LES ASSASSINS DE LA 5e B

Kanae Minato

LES ASSASSINS DE LA 5e B

roman

TRADUIT DU JAPONAIS
PAR PATRICK HONNORÉ

ÉDITIONS DU SEUIL
25, bd Romain-Rolland, Paris XIVe

COLLECTION DIRIGÉE
PAR MARIE-CAROLINE AUBERT

Titre original : *Kokuhaku*
Éditeur original : Futabasha Publishers Ltd., Tokyo

Les droits français ont été négociés
auprès de Japan UNI Agency, Inc., Tokyo
ISBN original : 978-4575236286

ISBN 978-2-02-105627-3

www.seuil.com

I

Sacerdoce

– Dès que vous aurez bu votre lait, veuillez rapporter les cartons vides dans vos casiers et revenir vous asseoir, je vous prie… Voilà qui est fait ? Tout le monde a bu ? J'entends quelques grognements…

– Même le dernier jour de l'année il faut encore boire ce truc ?!

– Rassurez-vous, cette fois était bien la dernière. Merci.

– Hein ? À la rentrée il n'y en aura plus ?

– Eh bien non, c'est fini. Le collège de S avait été désigné par le ministère de la Santé comme établissement pilote pour la campagne nationale de distribution de produits laitiers aux élèves du secondaire pour cette année seulement. C'est la raison pour laquelle deux cents millilitres de lait vous ont été quotidiennement distribués. J'ose espérer que grâce à cette campagne vous allez nous montrer une croissance globale en taille et une densité osseuse supérieures à la moyenne nationale à âge égal lors de la visite médicale de la rentrée d'avril[1], n'est-ce pas ? Enfin, nous verrons bien… Pardon ? On vous a pris pour des cobayes ? Eh bien, ma foi, j'imagine que l'année a pu être assez pénible pour ceux d'entre vous qui présentent une tendance aux dérangements intestinaux ou qui n'aiment pas le lait. Et il

1. L'année scolaire débute en avril et se termine mi-mars. Le collège commence en cinquième.

est vrai que cette désignation aléatoire des classes pilotes par la commission départementale, avec son système de double vérification, à la fois par casier et carton numérotés, et par classe et numéro d'élève, fait un peu rats de laboratoire. Ce système était destiné à s'assurer que vous preniez bien tous votre lait. Néanmoins, j'en vois qui avaient l'air de trouver ça bon et qui font maintenant la grimace parce qu'ils ont entendu le mot « cobayes ». Alors je m'adresse à eux : cela vous a-t-il posé un problème de boire un verre de lait tous les jours ? Vous venez tous d'entrer dans votre phase de croissance adolescente. Si on se contentait de vous suggérer de boire un verre de lait quotidien chez vous pour vous faire des os solides, combien d'entre vous le feraient effectivement ? Et puis le calcium n'est pas utile seulement au développement des os, il contribue également à la transmission nerveuse. C'est ce qui explique que, quand vous êtes de mauvaise humeur, on dise que vous devriez prendre du calcium, ça rend aimable. M. Watanabe, dont la famille est dans l'électronique, est semble-t-il capable de neutraliser quatre-vingt-dix pour cent du floutage des films pornographiques qu'il fait circuler sous enveloppe auprès des garçons du cours privé Gakken, n'est-ce pas, trafic dû au fait que la période de croissance intense que vous traversez ne vous affecte pas uniquement physiquement mais aussi psychologiquement. Mon exemple n'était peut-être pas très pertinent, mais je voulais dire par là que cette période de croissance peut aussi être qualifiée de période de rébellion. Développement sexuel et rébellion, voilà ce que désigne le vocable générique de « puberté ». Un mot de travers et vous voilà en colère, un événement mineur peut énormément influencer vos décisions et vos choix. Ce qui ne vous empêche pas de prétendre à l'indépendance par ailleurs – ne me dites pas que vous ne voyez pas de quoi je veux parler, n'est-ce pas ? Par exemple, si au lieu de parler de cobayes le premier d'entre vous à ouvrir la bouche avait dit : « Trop cool ! On a bu du lait gratos tous les jours ! », la réaction des autres aurait été différente, ne pensez-vous pas ? La vie est faite de situations semblables, où il suffirait d'un tout petit rien pour changer les choses. Vous ne voyez pas très bien où je veux en venir, peut-être… Vous croyez que je parle juste de boire du lait. Parce que, tout compte fait, tous les professeurs de l'établissement le disent, ils ont rarement vu une classe de cinquième si calme. Et ça aussi, si ça se trouve, c'était l'effet calcium…

À part ça, je vous annonce que je quitte mes fonctions à la fin de l'année scolaire, c'est-à-dire aujourd'hui.

– Pour aller dans un autre établissement ?

– Eh bien non, je quitte définitivement l'enseignement. J'ai donné ma démission. Chers élèves de 5e B, vous êtes la dernière classe de ma carrière, et soyez sûrs que je ne vous oublierai pas de toute ma vie.

– Dommage !

– Ah, je dois entendre des voix… Merci, c'est gentil.

– C'est à cause de… ?

– Qui sait ? D'ailleurs, à ce propos, laissez-moi profiter de l'occasion pour vous adresser quelques mots.

*

En cette heure, ma dernière dans l'enseignement, je me repose la question : qu'est-ce qu'un enseignant ?

Le jour où j'ai décidé de devenir enseignante, ce n'était pas parce que je trouvais cela romantique, ni parce que j'avais eu un professeur extraordinaire qui avait changé ma façon de voir la vie quand j'étais jeune, ni pour toute autre raison de ce genre, non. C'était parce que ma famille était pauvre. J'étais une fille, et mes parents me disaient tout le temps que je n'avais pas besoin de faire des études longues. Or, moi, j'aimais cela, étudier. Alors j'ai postulé pour une bourse. Cette bourse m'a été très facilement accordée.

À croire que ma famille était encore plus pauvre que je ne le pensais… En tout cas, si je me souviens bien, cela a plus joué en ma faveur que mes bonnes notes. Je suis donc entrée à l'université publique de ma région natale, où j'ai étudié la chimie, parce que j'aimais la chimie, tout en commençant à travailler dans une boîte à bachot, à faire réviser les élèves. Vous avez des adultes qui trouvent que les enfants qui vont à l'école du soir en sus de l'école obligatoire, en prenant sur leur temps de repos, sont à plaindre. Moi, je dis qu'ils ont beaucoup de chance d'avoir des parents qui les poussent à faire des études. Bref, à la fin de mon cycle universitaire, en quatrième année, j'ai cherché un vrai emploi. J'aurais aimé poursuivre dans la recherche, mais le désir de gagner ma vie comme il faut l'a emporté. Et puis, vous le savez peut-être, le fait de s'engager dans l'enseignement dispense de devoir restituer l'argent de sa bourse. J'ai donc passé sans hésiter les concours de l'Éducation nationale… Vous trouvez cela douteux, comme vocation ? Ça vous regarde. Néanmoins j'ai eu à cœur de remplir correctement ma mission d'enseignante. De nombreux individus restent à traîner chez eux sous prétexte qu'ils n'arrivent pas à se décider sur ce qu'ils veulent vraiment faire dans la vie. Ils sont bien plus nombreux en tout cas que ceux qui trouvent du premier coup le chemin. Alors qu'y a-t-il de mal à faire du mieux qu'on peut le métier qui se présente ? Je ne crois pas que cela porte préjudice à la vocation de qui que ce soit.

– Et pourquoi êtes-vous devenue professeur de collège et pas professeur de lycée ?

– Parce que, tant qu'à enseigner, enseigner à des élèves dans le cadre de l'enseignement obligatoire me semblait un défi plus méritoire. Au lycée, les élèves ont dépassé l'âge de l'école obligatoire, s'ils veulent arrêter, rien ne les en empêche. Moi je voulais enseigner à des enfants qui n'avaient aucun moyen d'échapper à l'école, c'était un choix. Moi aussi j'y croyais quand j'étais jeune, figurez-vous... Mademoiselle Tanaka ! Monsieur Ogawa ! Cela n'a rien de drôle, alors je vous dispense de vos ricanements.

Cela fait maintenant huit ans que j'enseigne en collège. J'ai débuté au collège de M, dans la principale ville du département, c'est là que j'ai fait mon stage pratique. J'y suis restée trois ans, puis j'ai pris un an de congé de maternité, et ensuite j'ai été affectée ici, au collège de S, près de la limite du département, où tout fonctionne un peu en mode plan-plan, il faut bien l'avouer. J'y suis depuis maintenant quatre ans, j'aurai donc consacré sept ans de ma vie à l'enseignement...

– Le fameux collège de M ?

– Exactement. Celui où exerce M. Sakuranomiya, dont on parle souvent à la télé ces jours-ci, tout à fait... Du calme, s'il vous plaît ! Eh bien ! J'ignorais qu'il était si connu, dites-moi... Si je le connais personnellement ? Ma foi, j'ai travaillé trois ans avec lui, alors je crois que je peux dire que je le connais, en effet. Mais à l'époque il n'était pas aussi actif que maintenant, vous en savez peut-être plus que moi... Pardon ? Oui, mademoiselle Maekawa ?... Vous ne le connaissez pas ? Dans ce cas, ce n'est pas que je tienne à vous parler de lui, mais je vais vous en dire deux mots... Dans son enfance, Sakuranomiya Masayoshi était le leader d'une bande de voyous. Une fois au lycée, il s'est fait renvoyer pour une histoire de coups et blessures à l'encontre de son professeur principal, à la suite de quoi il a voyagé un peu partout dans le monde, vivant d'expédients parfois illégaux. Cette expérience lui a donné l'occasion de côtoyer des gens qui devaient affronter des situations réellement dures, de guerre civile ou de vraie misère. Cela lui a fait prendre conscience de ses bêtises passées. Alors il est revenu au Japon, il a préparé son diplôme de fin d'études secondaires, il a réussi le concours d'entrée d'une grande université privée, puis il est devenu professeur d'anglais dans un collège… Pourquoi un collège ? Parce qu'il voulait éviter aux élèves de commettre la même erreur que lui, celle qui lui avait fait rater un virage et frôler la sortie de route. Depuis des années il effectue aussi des rondes la nuit dans les quartiers chauds, il aborde les jeunes qui rôdent sans but parce qu'ils ne veulent pas rentrer chez eux, même s'ils ne sont pas de son établissement. Il leur déclare : « Donnez-vous le meilleur départ, faites attention, pour engager votre vie sur le bon cap, c'est maintenant ou jamais… » On le surnomme le Prof Voyou Qui Veut Changer le Monde, il publie des livres et passe assez souvent à la télé… C'est exactement ce qu'il a raconté lui-même dans une émission la semaine dernière ? Alors désolée de répéter la même chose. Pour ceux d'entre vous qui le connaissent, il n'y a rien là de nouveau, certes.

– M'dame, vous oubliez le plus important !

– C'est-à-dire ?… Ah… qu'il continue à enseigner sans se laisser abattre ni en vouloir à la vie, parce que pour lui l'enseignement est un sacerdoce, alors même que les médecins lui ont annoncé qu'il n'avait plus que quelques mois à vivre, c'est bien ça ? Vous en savez des choses, monsieur Abe !

– C'est parce que j'ai énormément de respect pour lui…

– Je vois…

– Et je voudrais devenir comme lui.

– Ah bon… Eh bien, si vous prenez exemple sur lui, choisissez plutôt la seconde partie de sa vie, d'accord ?

Allons bon, nous voilà partis à parler de M. Sakuranomiya… En tout cas, je comprends que si vous rêviez d'un professeur débordant d'enthousiasme pour le métier d'enseignant, vous avez dû trouver que j'étais un peu juste. Pourtant, comme je vous l'ai dit, à mes débuts moi aussi je me suis vue en enseignante convaincue de sa mission. J'étais prête à arrêter une leçon pour réfléchir avec mes élèves si survenait un problème touchant l'un d'entre eux en particulier, ou pour l'accompagner s'il était convoqué en salle des professeurs. Puis un jour j'ai ouvert les yeux. J'ai compris que personne n'était parfait. Que si je pensais qu'être enseignante, c'était parler devant ma classe d'une voix passionnée, des choses auxquelles je croyais, en fait je faisais erreur. Cela, c'était tout bonnement imposer mes valeurs, de l'autosatisfaction pure et simple, à la limite de la condescendance. À la fin de mon congé de maternité, quand j'ai repris au collège de S, je me suis fixé une règle : ne pas tutoyer les élèves, leur parler comme à des égaux, avec le même niveau de politesse que j'étais en droit d'exiger d'eux. C'est tout. Rien de transcendant, mais cela a ouvert les yeux à certains… Sur quoi ? Eh bien, sur leur vraie place, je crois. Quand il ne se passe pas un jour sans qu'une histoire d'enfant maltraité soit montée en épingle dans les médias, les jeunes ont tendance à se prendre pour des martyrs entre les mains des adultes. Or, en réalité, la plupart d'entre vous êtes élevés comme des rois, avec des parents qui vous supplient à genoux de faire des études et de vous resservir à table. C'est comme ça qu'on se retrouve avec des gosses qui tutoient les adultes et les traitent comme des chiens. Parmi les professeurs aussi, certains s'imaginent que si les élèves les tutoient et les appellent par un surnom, c'est qu'ils sont appréciés. Parce que les « profs cool » des séries télé sont tous faits sur ce modèle. Cela ne vous a-t-il jamais étonnés, dans ces séries centrées sur la vie scolaire ? Je veux dire, nous avons un professeur qui a la passion de son métier et quelques élèves avec des problèmes – ou des élèves à problèmes. Comme de bien entendu, un ennui survient et le professeur et les élèves développent une belle relation de confiance mutuelle en gérant ensemble la situation. Oui, mais… Et les autres, alors ? Ceux qui sont juste désignés au générique par le nom de leur classe ? Que deviennent-ils ? Pourquoi ne gère-t-on pas leur situation, à eux aussi ? Le professeur fait de grands discours enthousiastes en prenant sur les heures du programme pour raconter son expérience de la vie et pour provoquer la compassion des autres pour les élèves en situation difficile. Mais les autres avaient-ils vraiment envie d'entendre cela ? Et si un élève un peu courageux intervient pour dire : « Bon, ça suffit maintenant, votre histoire, vous pourriez reprendre la leçon, plutôt ? », alors il enchaîne sur le sens de la Vie, et que les Hommes sont sur Terre pour s'entraider et patati et patata, et c'est reparti pour une volée de gros poncifs politiquement corrects. Tout ça pour arriver à la scène où l'élève qui a fait du mal à un autre va trouver son camarade pour s'excuser, et lui dire : « Je suis désolé, j'ai eu tort. » Évidemment, me direz-vous, ce ne sont que des séries télé. Si la même chose avait lieu dans la réalité, croyez-vous vraiment que cela se déroulerait ainsi ? Et en premier lieu, y a-t-il tellement d'histoires qui nécessitent qu'on interrompe le cours pour faire un sermon ? Au lieu de parler de gens qui ont fini par réussir leur vie malgré quelques bêtises de jeunesse, ne devrait-on pas plutôt parler de ceux qui ne sont *pas* sortis du droit chemin et n'ont *pas* fait de bêtises ? Est-ce que ce ne sont pas plutôt eux les héros ? Mais la lumière des projecteurs ne tombe jamais sur la vie ordinaire des gens ordinaires. À l'école c'est la même chose. Et voilà comment on en arrive à trouver suspects ces professeurs qui font leur travail sérieusement mais sans passion extravertie, voire à les considérer comme des perdants.

*

L'expression « relation de confiance » est très à la mode pour parler des rapports entre un enseignant et ses élèves. Depuis qu'il est devenu normal que des collégiens possèdent un téléphone portable, il m'arrive à moi aussi de recevoir des textos du style « Je veux mourir » ou « Je ne trouve plus aucune raison de vivre ». En général, ça tombe dans ma messagerie vers 2 ou 3 heures du matin, à des heures tellement indues que parfois on préférerait prétendre n'avoir rien vu. Mais bon, on ne peut pas, n'est-ce pas ? Pourtant, cela peut prendre des proportions inattendues. Un jeune professeur avait reçu un texto d'une élève de sa classe qui disait « M'sieur, au secours ! Ma copine a de vrais ennuis ! » et qui lui demandait de venir d'urgence devant un *love hotel*. Évidemment, se faire appeler devant un *love hotel*, il aurait dû se méfier un peu, mais enfin… Il se précipite là-bas et, bien sûr, il se fait prendre en photo. Le lendemain, les responsables légaux de l'élève étaient dans le bureau du proviseur avec les clichés : Et que nous allons porter plainte… Et que cela ira très loin… Heureusement, nous autres, ses collègues, nous avons tout de suite flairé l'embrouille, car nous savions que ce professeur était homosexuel. Nous lui avons conseillé de faire profil bas parce qu'il nous semblait tout à fait inutile de confesser un « trouble de l'identité sexuelle » pour une bêtise pareille. Mais il a dit qu'il en allait de l'honneur de l'enseignement et il a déclaré devant l'élève et ses responsables légaux qu'il était homosexuel et que ça ne pouvait donc pas être pour abuser d'elle qu'il s'était trouvé devant un *love hotel* avec une élève. Là-dessus l'administration nous a recommandé de surveiller un peu les conversations en classe. Je ne sais pas pourquoi, il n'y a que moi que cela a mise en colère. Tout ça pour une histoire aussi ridicule… Si l'élève a été renvoyée ? Même pas. Quand les responsables légaux de la fille sont montés sur leurs grands chevaux : « Qu'est-ce que c'est que cette école qui confie nos enfants à des homosexuels et des filles mères ? C'est ça que vous apprenez à nos enfants ? », en oubliant fort à propos de rappeler ce que la fille en question avait fait, eh bien, l'école s'est écrasée. Déjà, être obligés de considérer l'école comme un ring de catch… Et le professeur en question ? Eh bien, l'année dernière, il a changé d'établissement et est maintenant enseignant dans un collège uniquement féminin.

C'était un exemple un peu extrême, mais un autre que lui aurait pu avoir du mal à prouver sa bonne foi. Depuis cette histoire, ici au collège de S, quand un élève demande à voir un professeur du sexe opposé hors de l'établissement, il a obligation de se faire remplacer par un prof du même sexe que l'élève. Nous avons quatre classes par niveau, et l'équipe pédagogique est composée de deux profs principaux masculins et deux profs principaux féminins pour chaque niveau, précisément pour faciliter cette disposition. Par exemple, si un garçon de votre classe veut me voir en dehors des heures de cours, je prends contact avec M. Tokura de la 5e A et je lui demande de me remplacer auprès de cet élève. Inversement, si une fille de 5e A demande à voir M. Tokura, c'est moi qui y vais à sa place… Vous n'étiez pas au courant ? Remarquez, ça ne m'étonne pas, ça n'a jamais été annoncé officiellement… Pardon ? Si c'est pour voir arriver M. Tokura, vous ne risquez pas de demander de l'aide, même en cas d'urgence ? Vraiment ? Auriez-vous des choses à vous reprocher en cours d'éducation physique, monsieur Hasegawa ? D'ailleurs, M. Hasegawa vient de parler de cas d'urgence, et parmi les textos d'appel au secours qui nous sont adressés il est vrai qu'il y en a de réellement sérieux. Toutefois, si vous me permettez une évaluation personnelle, je dirais que cela ne dépasse pas quelques cas isolés par an. Bien sûr, pour celui ou celle qui envoie le texto, c'est peut-être véritablement une question de vie ou de mort, il ou elle a peut-être véritablement le sentiment de se trouver dans une impasse. Quand on est complètement submergé par un problème grave, on a sans doute l'impression d'être abandonné du monde entier. Mais tout de même, quand vous envoyez un texto, il faudrait peut-être aussi vous demander ce qu'est en train de faire la personne à qui vous demandez secours, ce serait la moindre des choses, non ? Enfin, admettons. Si le texto trouve son destinataire, c'est déjà rassurant. Voyez-vous, un élève qui est vraiment au bord du suicide, je ne suis pas sûre qu'il ait la présence d'esprit de se dire : Tiens, je vais demander secours à mon professeur.

En attendant, c'est plutôt ma vie à moi qui était suspendue à un texto.

*

Être enseignante, cela ne voulait pas dire n'avoir que mes élèves à l'esprit vingt-quatre heures sur vingt-quatre. J'avais quelqu'un de plus important que mes élèves dans ma vie. Vous le savez tous, j'avais une petite fille de 4 ans que j'élevais seule. Oui, j'étais « fille mère », comme disent encore certains. Je devais me marier avec le père de Manami, un homme qui possédait tant de choses que je n'avais pas, pour lequel j'avais le plus profond respect. Je suis tombée enceinte quelque temps avant la cérémonie. Cela nous avait fait rire : « Ce sera un mariage *pas le choix*, pour finir ! », alors qu'en fait, pour nous, c'était double bonheur. Et puisque j'étais enceinte, mon fiancé en a profité pour faire un bilan de santé. Il y est allé le cœur léger, mais on lui a trouvé une terrible maladie. Plus question de mariage.

– Pour une maladie ?!

– Bien sûr !

– Le pauvre !

– En effet, le pauvre, comme vous dites, mademoiselle Isaka. En principe, si l'un des partenaires tombe malade, l'attitude correcte consiste à se marier malgré tout et à affronter le destin à deux, en couple – c'est ce que feraient la plupart des gens dans ce cas, n'est-ce pas ? Par exemple, vous, votre copine ou votre copain est infecté(e) par le VIH, que faites-vous ? VIH : virus de l'immunodéficience humaine, plus connu sous le nom de virus du sida. Faut-il vous en dire plus ? D'après vos rapports de lecture de l'été dernier, vous étiez plus de la moitié de la classe à avoir lu le même roman. Les commentaires de la plupart étaient dithyrambiques, et allaient de « J'ai été très ému(e) » à « Je ne pouvais plus arrêter mes larmes ». Devant tant d'enthousiasme, je me suis dit : Moi aussi il faut que je le lise. Je le résume pour les autres : une jeune fille encore mineure, après avoir couché avec quelques hommes contre rémunération, se retrouve contaminée par le virus du sida. À la fin elle meurt... Comment ça, je suis trop simpliste ? Vous n'aimez pas mon résumé ? Mais je remarque que même ceux qui ont trouvé ce roman si touchant ont un réflexe de répulsion dès qu'ils se trouvent en présence d'une personne qui a réellement couché avec un séropositif, n'est-ce pas ? Allons, mademoiselle Hamazaki, vous êtes au premier rang, je sais, mais ce n'est pas la peine de retenir votre respiration comme ça, vous ne craignez rien, voyons. Ça ne s'attrape pas par l'air qu'on respire, vous savez. C'est curieux, mais j'ai l'impression que vous préféreriez que je ne vous approche pas à moins de quelques mètres. Serait-ce une idée ? Pourtant, ça ne se transmet ni par une poignée de main, ni par la toux, ni par les éternuements, ni en prenant le bain ensemble, ni à la piscine, ni en partageant les mêmes couverts, ni par les moustiques ou les animaux domestiques. Par un petit bisou non plus. On peut vivre avec un porteur du virus et mener une existence tout à fait normale, il n'y a aucun risque à avoir un porteur du sida dans sa classe. Mais ça, ce n'était pas écrit dans votre fameux livre, n'est-ce pas ? Ah, et puis désolée d'avoir abusé de votre patience : je suis séronégative... Vous avez l'air de ne pas me croire... Effectivement les rapports sexuels sont l'une des principales voies de transmission du virus, mais ce n'est pas non plus sûr à cent pour cent. J'étais déjà enceinte quand j'ai été contrôlée négative, et c'était tellement incroyable de ne pas avoir été infectée que j'ai refait le test. Ce n'est qu'après coup, en lisant des études sur le taux de transmission du virus par rapports sexuels, que j'ai été convaincue que ce qui m'arrivait n'était pas impossible. Et comme je sais que vous risquez d'être facilement influencés par les chiffres, je ne vous dirai pas quel est le taux réel, mais si vous voulez vraiment le savoir vous pouvez chercher vous-mêmes.

Il avait contracté le virus du sida à une époque où il vivait à l'étranger dans des conditions assez sordides. Je ne dis pas que j'ai accepté la situation spontanément sans ciller. Quand j'ai appris qu'il était séropositif, même sachant que j'étais moi-même séronégative, le choc a été énorme. Mais si je n'avais pas fait le test la première, j'aurais été dévastée par l'angoisse d'être contaminée. Et même en sachant que j'étais passée au travers, des nuits entières la peur que l'enfant que je portais soit peut-être séropositif m'a empêchée de dormir. J'avais un respect immense pour le père de mon enfant, mais à ce moment-là j'ai aussi éprouvé de la haine pour lui. Il m'a demandé et redemandé pardon. Il m'a suppliée de mettre cet enfant au monde. D'ailleurs, je n'ai jamais envisagé d'avorter. Pour moi, l'avortement est un assassinat. Et lui-même n'est jamais tombé dans le désespoir. Pour lui, il l'avait bien cherché, si on veut, pas plus. Parce qu'il y a les hémophiles aussi, qui ont été contaminés sans que ce soit le moins du monde de leur faute, eux.

Et pourtant, je pense qu'intérieurement son désespoir devait être infini. Je lui ai dit : « Marions-nous. » Son état ne constituait pas un obstacle à notre vie commune, puisque nous le connaissions tous deux, et aussi je tenais à ce qu'il soit le père de l'enfant qui allait naître. Mais il a refusé catégoriquement. Il a toujours eu une volonté très ferme, c'est même l'une de ses principales qualités, mais pour le coup il fut carrément buté : « Nous devons d'abord penser au bonheur de l'enfant, disait-il. Les porteurs du virus du sida sont perpétuellement regardés comme des pestiférés »

– exactement comme à l'instant, quand la plupart d'entre vous ont spontanément retenu leur respiration ou m'ont jeté un regard comme s'ils avaient vu un *alien*. « Et même si notre enfant n'est pas lui-même séropositif, pour peu qu'on apprenne que son père l'est, sais-tu comment on le traitera ? Quand il se fera des amis, les parents de ses amis leur interdiront peut-être de jouer avec lui. Quand il ira à l'école, il sera peut-être persécuté par ses camarades, et même par les profs, même si en fait on peut sans risque manger à la cantine et faire du sport avec un séropositif. Alors tu me diras, bien sûr, les enfants sans père aussi sont parfois victimes de discrimination. Mais il est tout de même possible de se faire une place dans la société quand on n'a pas de père… » Nous en avons discuté à maintes reprises. Nous avons finalement renoncé à nous marier, et j'ai eu mon enfant seule.

À sa naissance, il est apparu que Manami n'était pas porteuse du virus. Vous n'imaginez pas le bonheur que ça a été. « Oh oui, je t'élèverai avec tant d'amour… je te protégerai… » Je me le suis juré et j'ai reporté tout mon amour sur ma fille. Alors si vous me demandez ce qui était plus important pour moi, ma classe ou ma fille, je vous réponds : ma fille, bien sûr. C'est évident. Une seule fois, Manami m'a demandé : « Et mon papa ? – Ton papa fait un métier très important, c'est pour ça qu'il ne peut pas être là. » Il avait volontairement renoncé à porter le titre de père, et toute la passion qu'il aurait mise à être un père, lui il l'a reportée sur son métier.

Mais… Manami n'est plus là…

*

Quand Manami a eu un an, je l'ai inscrite à la crèche et j'ai repris mon travail. Certaines crèches de grandes villes permettent de laisser les enfants jusque tard le soir, mais en province 18 heures, c'est la limite. Et ma famille habite loin. Alors j'ai fait appel aux services du Centre pour l'emploi des seniors. Le centre m'a présenté Mme Takenaka, qui habite derrière la piscine scolaire. Oui, la maison avec le gros chien noir, Muku. Vous êtes quelques-uns à lui donner parfois des morceaux de votre repas de midi ou des gâteaux, il me semble, à travers le grillage. Tous les jours de la semaine, Mme Takenaka allait chercher Manami à 16 heures et la gardait chez elle jusqu'à ce que je rentre du travail. Manami aimait beaucoup Mme Takenaka, elle l'appelait « Grand-mère ». Elle adorait Muku aussi, elle disait : « C'est moi qui lui donne à manger. » Cela a duré près de trois ans, puis au début de cette année Mme Takenaka est tombée malade et a été assez longtemps hospitalisée. Et pourtant, je répugnais à demander au Centre pour l'emploi des seniors qu'ils me présentent quelqu'un d'autre. Pendant un moment, je suis allée moi-même chercher Manami à la crèche, en attendant que Mme Takenaka se rétablisse. J'avais demandé à la crèche de bien vouloir la garder jusqu'à la dernière limite, à 18 heures, et je me dépêchais de quitter le travail au plus vite. Mais le mercredi, le jour de la réunion de l'équipe pédagogique qui se prolonge toujours assez tard, ce n'était pas possible. Alors, ce jour-là, j'allais la chercher à 16 heures et je revenais pour la réunion en lui disant de m'attendre sagement dans la salle de l'infirmerie. Mademoiselle Naitō, mademoiselle Matsukawa, vous avez souvent accepté de rester pour jouer avec elle, c'était très gentil de votre part. Manami aimait tellement jouer avec vous. Parfois, elle me disait à l'oreille comme un secret : « Les grandes, elles m'ont dit que j'étais leur lapin en peluche ! »

Ne pleurez pas, voyons...

Manami aimait beaucoup les lapins. Elle adorait tout ce qui était doux au toucher. Elle adorait tous les dessins de petits lapins en peluche, qu'ils soient destinés aux petits enfants ou aux lycéens. Son sac d'affaires pour la crèche, sa mini-serviette éponge, ses mouchoirs en papier, ses socquettes, ses chaussures, absolument toutes ses affaires avaient un lapin dessiné dessus. Tous les matins, elle allait chercher son peigne avec le motif de petit lapin, elle venait s'asseoir sur mes genoux et me disait : « Comme un petit lapin, d'accord ? » Le week-end, au centre commercial, ses yeux brillaient dès qu'elle apercevait quelque chose avec un motif de lapin. « Cro mignon ! » elle disait.

Environ une semaine avant sa mort, nous nous sommes rendues toutes les deux au centre commercial. Cela faisait un certain temps que nous n'y étions pas allées, c'était la période qui précède la Saint-Valentin. Il y avait un grand comptoir spécial avec toutes sortes de chocolats de Saint-Valentin. Or il paraît que depuis quelque temps c'est la mode entre petites filles de s'échanger des chocolats. Ça s'appelle « faire chocopines », je crois. Et il y en avait plein qui convenaient très bien pour ses copines. Elle en a même trouvé un en forme de petit lapin. C'était un lapin en chocolat blanc, présenté dans une petite pochette en fourrure toute douce. Évidemment, Manami en a voulu un. Mais entre nous il y avait une règle : un seul achat plaisir chaque fois. Et elle avait déjà eu un jogging avec motif de lapin cette semaine-là. Le jogging rose qu'elle portait quand elle est morte. Je l'ai prise par la main et je l'ai entraînée en lui disant : « Ce sera pour la semaine prochaine ! » En général, quand je lui disais ça, même pour quelque chose avec un motif de lapin, elle faisait la moue mais elle me suivait sans protester. Mais cette fois-là elle a insisté en y mettant toute son énergie : « Je n'ai pas besoin d'autres habits, à la place, s'il te plaît, je veux la pochette lapin ! » Elle s'est assise par terre en pleurant. Mais la règle c'est la règle. Je n'ai pas fléchi. Dans ma tête, je me disais : je vais l'acheter sans le lui dire et je le lui offrirai le jour de la Saint-Valentin, ça lui fera tellement plaisir... Mais avec elle je suis restée inflexible : « Pas question, c'est notre règle, on ne peut pas changer la règle comme ça. » Gâter un enfant, ce n'est pas l'aimer, comme on dit. À ce moment-là on a croisé par hasard M. Shimomura, qui faisait des courses avec ses parents. Quand j'ai exposé la situation, il a dit : « Puisqu'elle en a tant envie, un truc de juste 700 yens, vous pouvez bien lui passer son caprice… » Entendre cela de la bouche d'un étranger, ça l'a calmée aussi sec, elle s'est relevée et en gonflant ses joues elle m'a dit : « La prochaine fois sans faute, hein ! Promis ? » Elle s'est éloignée en faisant au revoir de la main à M. Shimomura avec un demi-sourire. Mais elle est morte avant la Saint-Valentin, et maintenant je me dis que ce jour-là j'aurais pu le lui acheter, ce chocolat qui lui faisait tant envie. Comme je regrette, maintenant…

Le jour de sa mort, la réunion de l'équipe pédagogique s'est terminée un peu avant 18 heures. La responsable de l'infirmerie participe aux séances, mais comme plusieurs élèves se relayaient pour s'amuser avec elle Manami ne se plaignait jamais, ne disait jamais qu'elle s'ennuyait ou qu'elle était triste en m'attendant à l'infirmerie. Quand je suis allée la chercher, Manami n'était pas là. Je suis allée voir aux toilettes : personne. À cette heure-là, toutes les activités de club étaient terminées, les vestiaires vides. Les grandes élèves l'avaient peut-être emmenée jouer dans leur classe. J'ai commencé à faire le tour de toutes les salles du collège, je n'étais pas encore inquiète. Les premières que j'ai rencontrées, c'étaient Mlle Naitō et Mlle Matsukawa – vous vous souvenez ? Je leur ai demandé si Manami n'était pas en salle de dessin, mais elles m'ont répondu que quand elles étaient venues jouer avec elle, à 17 heures, il n'y avait personne à l'infirmerie, alors elles avaient pensé que ce jour-là elle n'était pas là. Nous l'avons cherchée ensemble. La nuit était tombée depuis longtemps, mais il y avait encore du monde dans l'école et nous avons tous cherché Manami, même les professeurs. C'est vous, monsieur Hoshino, du club base-ball, qui avez deviné où elle était, n'est-ce pas ? « Aujourd'hui, je ne l'ai pas vue, mais un jour je l'ai vue sortir de la piscine », m'avez-vous dit. Alors nous sommes allés vérifier tous les deux. L'hiver, l'accès à la piscine est condamné par une chaîne et un cadenas, nous avons dû enjamber la palissade. À l'intérieur, le cadenas était fermé mais le portillon était ouvert, et la chaîne suffisamment détendue pour que Manami ait pu passer. Il n'y a pas d'activité piscine en cette saison, mais le bassin reste en eau toute l'année, comme réserve pour les pompiers en cas de séisme ou d'incendie. Manami flottait dans le noir, au milieu des feuilles mortes. Nous nous sommes approchés du bord, nous l'avons tirée. Son corps était glacé et son cœur ne battait plus. Je l'ai appelée par son nom, je lui ai fait la respiration artificielle, je l'ai frictionnée. M. Hoshino est allé chercher d'autres professeurs. Quand Manami a été transportée à l'hôpital, les médecins ont confirmé le décès par noyade, et comme la police n'a trouvé ni blessures ni vêtement déchiré, ils ont conclu à une mort accidentelle. Elle avait dû glisser et tomber dans la piscine. Il faisait noir, et je n'avais pas vraiment le cœur à inspecter les environs, et pourtant je me rappelle avoir vu Muku, le chien de Mme Takenaka, passer sa truffe et me regarder à travers le grillage. La police a trouvé des morceaux de pain à côté de cette grille. Le pain correspondait à celui qui est distribué aux enfants à la crèche de Manami. Plusieurs élèves ont témoigné avoir parfois vu Manami au bord de la piscine. Elle y passait en fait toutes les semaines, sans doute pour donner quelque chose à Muku. Mme Takenaka avait demandé à ses voisins de s'occuper de son chien pendant son hospitalisation, mais Manami ne le savait pas, elle pensait peut-être que Muku allait mourir de faim si elle ne le nourrissait pas. Et sans doute savait-elle que je la gronderais si j'apprenais qu'elle quittait l'infirmerie, c'est pourquoi elle y allait seule et revenait moins de dix minutes plus tard. Je n'avais jamais rien remarqué. Quand je lui demandais ce qu'elle avait fait en m'attendant, elle me regardait avec son petit air coquin et me racontait que les grandes élèves étaient venues jouer avec elle. Ce regard, c'était le signe qu'elle me cachait quelque chose et j'aurais dû la faire parler. Si j'avais insisté pour lui faire raconter les détails, peut-être ne serait-elle plus allée seule à la piscine…

Manami est morte par ma faute. Faute grave de sa responsable parentale, qui a manqué à son devoir de surveillance. Je suis profondément désolée d'avoir créé cet ennui au collège, de vous avoir causé ce choc à vous tous. Cela fait déjà plus d'un mois, et pourtant tous les matins je tends encore le bras dans le futon pour chercher Manami. Son corps était toujours en contact avec le mien quand elle dormait. Parfois, pour m'amuser, je me détachais d'elle. Alors, sans ouvrir les yeux, sa petite main me cherchait, et lorsqu'elle m'avait attrapée elle retournait à son sommeil paisible. Chaque fois que j'ouvre les yeux, et que je comprends que je peux bien la chercher partout dans le futon je ne toucherai plus jamais ses joues toutes douces, ni ses cheveux légers, je ne peux retenir mes larmes. Le jour où j'ai remis ma démission au proviseur, celui-ci m'a demandé : « C'est à cause de cet accident ? »… Oui, la même question que m'a posée Mlle Kitahara il y a quelques minutes. Oui, je démissionne à cause de la mort de Manami. Sauf que je ne démissionnerais pas si c'était un accident. Autant pour dissiper ma peine que pour expier ma faute. Alors pourquoi ?

Eh bien parce que Manami n'est pas morte par accident. Quelqu'un de cette classe l'a tuée.

*

Que pensez-vous du système de l'âge minimum ?

Par exemple, à partir de quel âge a-t-on le droit de fumer ou de boire de l'alcool ? Monsieur Nishio ?… 20 ans, c'est exact. 20 ans, c'est l'âge de la majorité. Chaque année, le jour de la cérémonie des nouveaux adultes, tous les jeunes qui ont 20 ans dans l'année accèdent à la majorité civile. Chaque année, la télévision montre des violences provoquées par ces nouveaux adultes qui se sont saoulés le jour de leur majorité – c'est pour ainsi dire un rite. Pourquoi s'enivrent-ils tout spécialement ce jour-là ? Bien sûr, l'attention qu'attirent sur eux les médias n'est pas pour rien dans ce phénomène, mais s'il n'y avait pas interdiction de boire de l'alcool pour les moins de 20 ans je ne suis pas sûre que cela irait aussi loin. Ce n'est pas d'en avoir l'autorisation légale qui les pousse à le faire, c'est plutôt le système de l'âge minimum requis qui les pousse à en profiter absolument dès que c'est possible, même si, à vrai dire, ils n'ont pas vraiment envie de boire. Vous me direz, si la loi n'imposait pas un âge minimum pour absorber de l'alcool, certains élèves viendraient peut-être saouls au collège. D'ailleurs, malgré cette interdiction, j'imagine que plusieurs d'entre vous ont déjà eu l'expérience de l'alcool, peut-être incités par un oncle ou un cousin plus âgé. Responsabiliser chacun pour ses actes, c'est bien beau mais ça reste un idéal.

Vous vous demandez où je veux en venir, n'est-ce pas ? Bien plus, vous vous demandez qui est ou plutôt qui sont les assassins. Deux assassins sont parmi vous, mais cela ne vous fait pas peur. Vous êtes surtout curieux, il me semble. Plusieurs ont des soupçons, et je vois que d'autres ont déjà deviné. Personnellement, ce qui m'étonne le plus, c'est de voir que les coupables ne sont même pas surpris que je vous en parle en ce moment même.

Mais cela m'étonne-t-il vraiment ? Non, à vrai dire, cela ne m'étonne pas. Au moins pour l'un des deux, qui ne rêve que de voir son nom proclamé en public. Le second, en revanche, est bien pâle depuis un moment. Je suis fichu, se dit-il. Eh bien soyez rassuré, je n'ai aucune intention de donner vos noms ici.

Vous connaissez la loi sur la responsabilité criminelle des mineurs ?... Les mineurs sont des êtres immatures en cours de développement, et l'État, dans sa grande mansuétude, a pensé à votre bien, au lieu de laisser vos parents s'occuper de votre éducation, en votant une loi spécialement pour vous. Quand j'étais moi-même adolescente, un mineur de moins de 16 ans pouvait, selon la décision du tribunal pour enfants, éviter même les instituts de redressement. Le mythe de la pureté de l'enfance, voyez-vous... C'étaient des idées d'une autre époque. Mais la jurisprudence a opéré un renversement dans les années 90, quand plusieurs crimes de sang perpétrés par des jeunes de 14 ou 15 ans ont créé une vive émotion dans la société tout entière. Vous n'aviez que 2 ou 3 ans à l'époque, mais je suppose que vous êtes nombreux à avoir entendu parler du crime de la ville de K ? Si je vous dis : l'assassin avait signé de son nom sa lettre de menaces... Oui, la mémoire vous revient, n'est-ce pas. Cette affaire a créé un mouvement d'opinion pour une réforme de la loi. Puis, en 2001, l'âge minimum pour une incarcération pénale est passé de 16 à 14 ans, c'est ce que l'on a appelé la nouvelle loi sur la responsabilité criminelle des mineurs.

Vous avez tous 13 ans, n'est-ce pas ? Qu'est-ce que ça veut dire, l'âge ?

En août dernier, cinq personnes de la même famille ont été assassinées dans la ville de T. Ce souvenir est beaucoup plus frais en vous, je suppose. La criminelle avait passé ses grandes vacances à mélanger dans leur repas du soir de petites doses de divers poisons dont elle avait trouvé le nom dans des romans policiers. Ensuite, elle décrivait sur son blog les symptômes qu'elle observait. Malheureusement, elle a été déçue : les effets étaient beaucoup moins graves qu'elle ne l'avait imaginé. Jusqu'au moment où elle a essayé le cyanure de potassium dans le curry. Le père, la mère, les deux grands-parents et le petit frère en quatrième année d'école primaire en sont morts. La criminelle était la fille aînée de la famille, 13 ans, en cinquième, comme vous. Son dernier post de blog disait : « On a beau dire, le cyanure de potassium, c'est quand même ce qui marche le mieux ! » Vous vous en souvenez, les journaux, les télés en ont parlé pendant des jours…

– Lunacy ?

– Effectivement, mademoiselle Sone, c'est le nom qui fut donné à l'affaire, c'est d'ailleurs à cette occasion que vous avez appris un mot nouveau. « Lunatique », de Luna, la Lune, mais aussi la divinité de la Lune et de la folie dans la mythologie romaine. Dont l'équivalent dans la mythologie grecque est Séléné… Ah, celle-là, vous ne la connaissez pas ? Bah, ça n'a aucune importance. Et donc, un lunatique, c'est quelqu'un qui souffre d'un trouble mental, d'une déficience psychologique, ou qui agit de façon idiote. Sur son blog, la fille en question signait d'un pseudonyme : Lunacy. C'est ce qui a fait dire aux médias qu'il s'agissait d'un « crime de lunatique ». « Cette fillette sérieuse et tranquille a été effleurée par Luna, déesse de la Lune et de la folie dans la mythologie romaine. » On a aussi parlé de dédoublement de la personnalité, on trouvait ça amusant. Et savez-vous à quoi a été condamnée cette fille ? Combien d'entre vous le savent-ils ? Une affaire qui avait fait un bruit monstre… Et pourtant ni le nom ni la photo de la coupable n'ont été publiés, en vertu de la loi sur la protection des mineurs. En fin de compte, c'est resté un crime dont on n'a pas vraiment tout compris, et pour lequel l'opinion publique en a été réduite à extrapoler sur les motivations psychologiques de son auteur. Tout cela a été emporté par le vent avant même que l'on comprenne le plus important. Quel bienfait la société retire-t-elle d'une telle couverture médiatique, dites-moi ? Les médias, en évitant de mettre au jour une partie de la psychologie profonde des jeunes de notre époque, en recouvrant pudiquement tout cela du voile de l'expression « crime lunatique », ont semé dans l'esprit d'enfants perdus le germe de crimes ayant pour seul but d'attirer l'attention. Déjà qu'ils éprouvaient une fascination pour les hors-la-loi… Si la protection des mineurs passe par l'interdiction de publier le nom et la photo de l'un d'eux lorsqu'il commet un crime, alors il faudrait aussi éviter de diffuser le « pseudo super cool » que celui-ci s'était inventé. S'il poste sur les réseaux sociaux sous le pseudonyme de Lunacy, c'est surtout ça qu'il faudrait flouter, et tant qu'à appeler le criminel « le jeune A » ou « la fillette A » pour éviter de donner son vrai nom, ce ne serait pas une mauvaise idée de l'appeler « P'tit con » ou « Grosse bouse » pour cacher son pseudo, vous ne croyez pas ? Dans l'affaire du crime de la ville de T, plutôt que de dévoiler sans avoir l'air d'y toucher qu'elle bloguait sous le pseudonyme de Lunacy, en faisant apparaître cela comme une prouesse poétique, n'aurait-il pas été plus judicieux d'écrire un peu ironiquement qu'elle bloguait sous un nom tout ce qu'il y a d'ordinaire, « en se la pétant comme une grosse truie simplement parce qu'elle l'avait écrit en *kanji* hyper compliqués pour faire intello » ? Comment vous figurez-vous une fille qui signe Lunacy, vous ? Réfléchissez bien… Une petite rêveuse plutôt mignonne, c'est cela ? Alors, puisqu'il est interdit de publier sa vraie photo, pourquoi ne pas la peindre avec une moustache ou des grosses rides de rire, une caricature bien laide, l'image du mal personnifié ? C'était pourtant l'occasion de montrer l'humanité dans son expression la plus hideuse. Au contraire, vous ne pensez pas que, plus on prend des pincettes pour représenter la coupable, plus on donne de la valeur à une affaire comme celle-là, plus on rend ses semblables ivres d'orgueil ? Quand on sait depuis le début que le coupable est un mineur, la couverture de l'affaire devrait être limitée au minimum, car n'est-ce pas le rôle des adultes d'éviter que des enfants pas encore très assurés dans leur tête confondent la renommée des criminels avec la gloire des héros ? Cette demoiselle va passer quelques années dans un institut de soutien à l'enfance à faire quelques rédactions, avant d'être réintégrée dans la société comme si de rien n'était.

Mais, dans cette histoire, quelqu'un a été puni bien plus sévèrement que la véritable criminelle, le saviez-vous ? Le professeur de physique de son collège. Pour préserver son identité, je l'appellerai Monsieur T. Un enseignant passionné par son métier. Alors que sous prétexte de la sécurité des enfants on nous interdit quasiment de réaliser la moindre expérience pratique en classe, Monsieur T croyait à l'enseignement de la physique par la pratique. Ce qui ne l'empêchait pas de prendre toutes les mesures nécessaires à la sécurité des élèves lorsqu'il leur faisait réaliser des expériences… Si je le connais personnellement ? Eh bien, il se trouve que, quelques jours avant que n'éclate cette affaire, je l'avais rencontré à l'Exposition nationale des travaux manuels scientifiques des élèves du secondaire et j'avais eu l'occasion de lui parler. Avant les vacances d'été, la fille en question lui avait demandé l'autorisation d'aller en salle de chimie pour récupérer son cahier qu'elle avait oublié. Or une réunion pédagogique dans la classe dont il était le professeur principal devait commencer. Cette élève avait toujours été sérieuse et sans problème, il lui avait donc confié son trousseau de clés. À vrai dire, c'est dans des drogueries de son quartier et sur internet que la fille avait acheté la plupart des produits qu'elle a utilisés pour ses expériences, sauf le cyanure de potassium : l'enquête a établi qu'il provenait de son collège. Monsieur T s'est alors trouvé au cœur d'un scandale et a été accusé de faute professionnelle grave. Non seulement il n'avait pas surveillé cette élève avec assez de précautions, mais la rumeur a même suggéré que par son attitude pédagogique favorable à l'expérimentation, c'était lui, en fait, qui lui avait donné des idées. Il a été contraint de démissionner de l'enseignement. Il a donc perdu son travail, mais ce n'est pas tout. Après des semaines de harcèlement et de vexations de la part des journalistes et du voisinage, sa femme a fait une grave dépression. Aujourd'hui encore elle est hospitalisée. Son fils, alors en troisième année d'école primaire, a dû changer d'école et déménager chez sa grand-mère dans une autre région. Il est aujourd'hui scolarisé sous le nom de jeune fille de sa mère. J'ai moi-même reçu, comme tous mes collègues, une circulaire émanant de la commission pédagogique départementale nous enjoignant de renforcer le contrôle de tout produit dangereux stocké au sein de l'établissement. Les expériences qui font partie du programme du collège ne nécessitent pas de cyanure de potassium, c'est un fait, mais je suppose que Monsieur T avait son idée. J'admets que le fait de confier son trousseau de clés à une élève alors qu'il conservait ce genre de produit constitue une faute professionnelle. Mais quoi ? Ici, nous n'avons pas de cyanure de potassium, mais nous avons bien d'autres produits avec lesquels il serait possible de tuer quelqu'un. Ils sont enfermés dans des armoires dont les clés sont gardées hors de portée des élèves. Mais évidemment, un coup de batte de base-ball suffirait pour les ouvrir, ces armoires. Et les couteaux de cuisine de la cantine, il faut en faire quoi ? Et les cordes à sauter du gymnase, on ne peut pas tuer quelqu'un avec ? Déjà, qu'un élève vienne avec un couteau dans sa poche, nous, les enseignants, n'avons même pas le droit de le lui confisquer. Il suffit qu'il nous dise que c'est pour se protéger d'un individu suspect à l'extérieur du collège et nous ne pouvons rien faire, quand bien même il aurait l'intention d'en porter un coup à quelqu'un. En référer à l'administration ? On nous dira de recommander à l'élève de faire *très attention*. Bien sûr, quand on en est là il est déjà trop tard. Et on nous reprochera de n'avoir rien fait pour empêcher un accident ou un crime alors que nous savions que cet élève avait un couteau sur lui. Mais à qui la faute, en définitive ? Est-ce réellement l'enseignant qui n'aura *pas suffisamment* mis en garde ses élèves ?

Qu'aurais-je dû faire, alors ?

*

Les funérailles de Manami ont été modestes et se sont déroulées dans la plus stricte intimité. Vous avez été nombreux à me demander la permission de venir, mais j'ai refusé à tous, je m'en excuse. Moi aussi j'aurais aimé qu'il y ait du monde pour l'accompagner lors de son dernier voyage, mais je tenais par-dessus tout à ce que son père soit présent. Manami et son père ne s'étaient rencontrés qu'une seule fois, à la fin de l'année dernière. Un soir, en regardant la télé, Manami a montré l'écran du doigt et a dit : « Ce monsieur, je le connais. » J'ai cru que mon cœur allait s'arrêter. Alors elle m'a raconté que, la veille, il l'avait regardée jouer à la balançoire à travers la grille de la crèche. Quand leurs regards s'étaient croisés, le monsieur lui avait fait signe de s'approcher et lui avait dit : « Tu es Manami, n'est-ce pas ? Tu t'amuses bien ? » Elle lui avait répondu : « Oui, je m'amuse tous les jours. » Alors le monsieur avait souri en disant : « Tant mieux ! » et il était parti. Récemment la sécurité à la crèche est devenue très stricte, ils contrôlent même les gens qui passent et regardent un peu trop à l'intérieur. Mais je suis sûre que son père aurait trouvé un prétexte si on lui avait demandé ce qu'il faisait là. Peut-être même qu'il aurait été accueilli et qu'on lui aurait proposé d'entrer. Pourquoi était-il venu ? Je me suis posé la question, et pour la première fois depuis notre séparation il y a cinq ans ou presque je lui ai téléphoné. C'est à ce moment que j'ai appris que sa maladie s'était déclarée. Le personnage de votre livre devient tout de suite malade du sida, mais, dans la réalité, les séropositifs restent porteurs du virus entre cinq et dix ans sans développer la maladie. Lui a été porteur sain pendant quatorze ans, ce qui est plutôt long. Ma foi, on peut dire qu'il a bien résisté, si vous préférez. Je ne savais pas quoi lui dire, alors, d'une voix sans force, il a dit : « Il n'y aura pas de deuxième fois. » Dans cette voix, il n'y avait pas la moindre trace de l'énergie débordante dont il fait montre quand il passe à la télé. « Allons quelque part pendant les vacances d'hiver, tous les trois », je lui ai proposé. Mais il a refusé, de la même voix sans force. Ce n'était pas compassion de ma part, du fait qu'il lui restait peu de temps à vivre. J'avais simplement envie qu'on passe du temps ensemble tous les trois. Mais il a refusé. La première fois que son père a pu serrer Manami contre lui, elle n'avait plus de vie. Il a pris son corps dans ses bras, il s'est accusé en pleurant : si Manami était morte, c'était à cause de lui, pour payer les crimes qu'il avait commis dans le passé. Il a pleuré toute la nuit. Vous connaissez l'expression « pleurer jusqu'à ce que ses larmes se tarissent » – mais cela ne s'est pas réalisé, ni pour lui ni pour moi. Si seulement mes larmes avaient pu tarir… J'ai tellement de regrets. Puisque cela devait finir comme ça, j'aurais dû le forcer à partir en vacances avec nous.

Combien de fois ai-je donc parlé de mes regrets depuis tout à l'heure ?

Après les funérailles, de nombreuses personnes sont passées à la maison pour dire un adieu aux cendres de Manami. Les maîtresses de la crèche, ses amis, les professeurs du collège, les élèves, tous vous êtes venus brûler un bâton d'encens et prier pour le repos de son âme, et tous vous avez déposé un lapin en peluche ou des gâteaux devant l'autel domestique. Maintenant, elle repose paisiblement, entourée des lapins en peluche qu'elle aimait tant. C'est ce que je me dis, du moins, pour essayer d'accepter la mort de Manami.

La semaine dernière, immédiatement après sa sortie d'hôpital, Mme Takenaka est venue à la maison. Cela faisait juste un mois que Manami était morte. Devant l'autel, les mains jointes pour une prière, elle s'est effondrée en pleurs en disant : « Pardon, Manami ! » Les journaux locaux avaient parlé d'une petite fille de 4 ans qui avait glissé dans la piscine et s'était noyée alors qu'elle voulait donner à manger à un chien, et Mme Takenaka culpabilisait énormément. Le proviseur avait pris la peine de relire tous les textes des articles que les journaux préparaient, pour me décharger de cette tâche, mais je regrette de ne pas l'avoir fait moi-même. Un regret de plus, vous voyez. Dans un sac en papier, Mme Takenaka avait rapporté toutes les affaires de Manami qui étaient restées chez elle. Ses vêtements de rechange et ses sous-vêtements, ses baguettes et sa cuillère pour manger, ses peluches ou ses petits jouets. Des souvenirs que je reconnaissais. Et puis une pochette en forme de tête de lapin en fourrure dont Manami avait eu très envie, mais que je ne lui avais pas achetée... Que faisait-elle là ? Quand quelqu'un lui offrait quelque chose, Manami me disait toujours ce qu'elle avait reçu, même un bonbon. Mme Takenaka m'a dit qu'elle l'avait trouvée dans la niche de Muku. La pochette était abîmée en plusieurs endroits, sans doute parce que Muku s'était amusé avec. Mais elle me l'a quand même rapportée parce que, comme elle disait : « Manami doit être triste de ne pas avoir sa pochette lapin auprès d'elle, la pauvre. » Je l'ai remerciée pour toute la tendresse qu'elle avait prodiguée à Manami, je l'ai remerciée aussi d'avoir pris la peine de venir alors qu'elle sortait tout juste de l'hôpital et n'était pas encore complètement remise. Je l'ai ramenée chez elle en voiture. Dans le jardin, qui n'avait pas été entretenu depuis un long moment, Muku jouait avec une balle de base-ball. Mme Takenaka a dit qu'elle venait de l'école. Or même le meilleur batteur de l'équipe du collège ne pouvait avoir frappé assez fort pour que la balle passe par-dessus le filet de protection et au-dessus de la piscine. Mme Takenaka m'a appris que parfois elle voyait des élèves, le soir après les cours, s'entraîner à se lancer des balles au bord de la piscine en faisant le ménage ; sans doute était-ce ainsi que celle-ci avait abouti dans son jardin. Je me suis souvenue qu'effectivement, parfois, des élèves étaient punis et chargés de balayer le gymnase ou les abords de la piscine. Certains de cette classe avaient été punis depuis le début de l'année, c'est vrai, je l'avais oublié.

Ce jour-là, Manami était-elle seule à la piscine ? La question m'est venue à l'esprit tout à coup. De retour chez moi, j'ai examiné la pochette lapin. Cette pochette appartenait-elle réellement à Manami ? Et si oui, qui la lui avait achetée ? Je l'ai soupesée dans mes mains, et elle m'a semblé étrangement lourde pour une pochette en fourrure synthétique. J'ai tiré la glissière, et sous le tissu de la doublure j'ai vu par transparence une sorte de bobinage. Là, j'ai eu un mauvais pressentiment, mais je me suis maîtrisée. Le lendemain, j'ai convoqué deux élèves. L'un après l'autre.

Ça devient bruyant dans les couloirs… Les autres classes doivent avoir terminé. Ceux qui ont club ou école du soir, ou même les autres, si vous voulez sortir, il n'y a pas de problème, allez-y. Moi, je continue mon histoire pas du tout amusante et même franchement pénible. Et ça ne va pas s'arranger, je préfère vous prévenir. Ceux qui n'ont pas envie d'en entendre plus, vous pouvez sortir… Personne ? Alors je considère que c'est de votre propre volonté que vous voulez écouter la suite, n'est-ce pas ? Je continue donc.

J'appellerai les deux coupables A et B.

*

Depuis son entrée au collège, A n'a jamais été un leader. Parmi les garçons, quelques-uns l'ont remarqué, moi-même j'ai commencé à m'intéresser à lui, sans qu'il se rende compte de rien, dès le test du premier trimestre. Au premier trimestre, nous avons surtout fait de la biologie, et à ce premier test A a eu 100 sur 100. Le seul de tous les cinquièmes à obtenir cette note. Cela a été annoncé officiellement, on a crié au génie. Puis, dans une autre classe, un autre son de cloche s'est fait entendre : « Oui, mais lui, il fait des expériences sur des animaux vivants… » C'est un garçon d'une autre cinquième, que j'appellerai C, qui a lancé la rumeur. Il avait été dans la même classe que A en primaire. Cela m'a quelque peu intriguée, et un soir, à la fin des cours, j'ai fait appeler C en salle de préparation. Il a commencé par me demander de garder le secret sur le fait que c'était lui qui avait parlé, puis il m'a raconté que depuis la dernière année d'école primaire A ramenait des chiens ou des chats errants chez lui et les soumettait à des expériences avec des machines de son invention qu'il appelait ses « machines de mort », avant de les achever. Au début, C s'exprimait timidement, les yeux baissés, mais au fur et à mesure il s'est enhardi et m'a parlé comme s'il me racontait ses exploits personnels : « Même qu'il filme tout et qu'il poste les images sur son site ! » Je me souviens encore du frisson qui m'a parcourue quand j'ai vu son regard éperdu d'admiration. C m'a donné l'adresse du site web de A. Je suis immédiatement allée voir sur l'ordinateur de la salle des professeurs. Sur le site de A, intitulé « Le Labo de Docteur Génial », il y avait une seule page, avec un message qui disait « Un peu de patience, je suis en train de mettre au point une nouvelle machine ! » écrit dans une fonte gothique façon « message maudit » dans les mangas. Pourtant, rien sur son dossier scolaire du primaire n'indiquait de tels centres d'intérêt. Pour en avoir le cœur net, j'ai téléphoné à son instituteur de dernière année du primaire, qui m'a dit : « Je n'ai jamais entendu parler de ça. A est un élève sérieux, qui a de très bons résultats, c'est un excellent élément. » À partir de ce moment, je l'ai eu à l'œil, mais il ne fait pas de doute que quand il était à l'école A était bien un élève sérieux, sans aucun problème tant sur le plan scolaire que sur le plan du comportement. L'élève modèle à tous points de vue. J'ai fini par ne plus m'inquiéter de lui, car d'autres élèves entraient dans l'âge difficile, et j'étais bien assez occupée comme ça.

Vers la mi-juin, après les cours, j'étais en train de préparer l'expérience de chimie du lendemain pour les troisièmes quand A est venu me trouver. Il a regardé les appareils et les ustensiles avec grand intérêt, puis m'a demandé : « M'dame, la matière dans laquelle vous êtes la plus forte, c'est quoi ? – Chimie », j'ai dit. Alors il m'a demandé : « Pas vraiment l'électricité, alors ? » J'ai également des bases en physique, évidemment, mais à ce moment je me suis souvenue du métier de son père et je lui ai répondu : « En électricité, ton père en sait certainement plus que moi. » Alors, tout d'un coup, il me sort un porte-monnaie, à glissière, en cuir synthétique noir, à première vue tout à fait ordinaire, le genre qu'on peut acheter dans une boutique « Tout à 100 yens ». Je lui demande ce que c'est, et là, avec un sourire bizarre, il me dit : « Il y a quelque chose d'amusant à l'intérieur, ouvrez-le. » Une blague, à tous les coups. Méfiante, j'ai pris le porte-monnaie en main, il était un peu lourd, je me suis dit qu'il devait contenir quelque chose. Mais il allait falloir un peu plus qu'une grenouille ou une araignée pour me faire peur. J'ai saisi la tirette de la fermeture à glissière, et là… j'ai senti un choc très violent au bout de mes doigts. Et comme on était en juin, la saison des pluies, j'ai immédiatement pensé : Condensateur électrique. J'en suis restée bouche bée, à regarder mes doigts et la fermeture à glissière. Alors A m'a dit, l'air tout fier de lui : « Génial, non ? J'ai mis trois mois pour le mettre au point. » Puis avec un petit bruit de langue il a ajouté : « À vrai dire, je pensais que l'effet serait plus puissant… » Je n'en croyais pas mes oreilles. « Vous m'avez prise pour un cobaye, c'est ça… » Sans s'excuser le moins du monde il me répond, toujours avec son sourire en coin : « Bah, pour ceux qui sont dans la physique ou la chimie, avaler un produit ou prendre une décharge de temps en temps, ce n'est rien du tout ! » J'ai immédiatement repensé à ce que m'avait raconté C. Et au message « Un peu de patience, je suis en train de mettre au point une nouvelle machine ! » sur son site. « C'est dangereux ! À quoi comptez-vous l'utiliser ? À électrocuter des animaux ? » j'ai demandé sur un ton assez sec. Le frisson dans mes doigts était encore là. Alors il prend une pose comme les Occidentaux quand quelque chose les fatigue et il répond : « Oh, faut pas vous fâcher ! Vous n'appréciez pas la beauté du truc ? Je suis déçu ! Je m'en fous, je le montrerai à quelqu'un d'autre, d'abord ! » Il m'a repris son porte-monnaie des mains et il est parti.

À la réunion pédagogique de cette semaine-là, j'ai dit que A avait fabriqué un porte-monnaie qui déclenchait une décharge électrique quand on attrapait la fermeture à glissière, que cette décharge était assez forte pour faire mal, que c'était un objet dangereux, j'ai dit aussi que C m'avait mise en garde sur ce que A était capable de faire. Mais tout le monde a pris cette histoire à la légère. Tant qu'il s'agissait d'électricité statique, cela ne pouvait pas aller bien loin. Et le proviseur m'a recommandé de lui faire une remontrance un peu appuyée, juste par acquit de conscience. Le baratin habituel, quoi. J'ai téléphoné à la famille de A. Sans critiquer son fils, j'ai dit à sa mère qu'il ne faudrait pas que ses expériences provoquent une électrocution et je lui ai conseillé de le surveiller un peu. Eh bien, elle m'a répondu sur un ton ironique : « Vous avez bien du temps à perdre pour une femme qui a un enfant en bas âge, je trouve… » À partir de là, chaque semaine, j'ai vérifié le site web de A. J'étais persuadée que ce qu'il avait appelé « le montrer à quelqu'un d'autre » signifiait en parler sur son site. Mais la page d'accueil n'était pas mise à jour et restait toujours sur « Un peu de patience ! ».

La semaine suivante, A est venu me trouver avec un

dossier, une feuille de papier, et son fameux porte-monnaie. « Je voudrais que vous apposiez votre sceau là-dessus », m'a-t-il dit. C'était un formulaire pour présenter son porte-monnaie électrique à l'Exposition nationale des travaux manuels scientifiques des élèves du secondaire, qui était annoncée sur le tableau d'affichage de la classe et pour laquelle la date limite des inscriptions était fixée au 30 juin. La date étant très proche, j'en avais parlé sans trop insister à toutes les classes de première année. J'étais à cent lieues d'imaginer que A comptait y présenter son porte-monnaie. Dans la colonne « Nom du dispositif », il avait marqué : « Le Porte-monnaie Antivol » ; dans la colonne « But du dispositif » : « Protéger sa petite monnaie des voleurs. » Tout le reste était déjà rempli, nom, prénom, établissement scolaire. Il ne manquait que la signature et le tampon du professeur qui avait supervisé le travail. Le porte-monnaie avait été amélioré, il avait maintenant un système de mise hors service, le propriétaire du porte-monnaie ne courait aucun risque, seul quelqu'un qui ne savait pas et essayait de l'ouvrir sans le mettre hors service se prendrait une châtaigne en touchant la tirette. Le dossier contenait le plan du circuit électrique du système et une description très détaillée du concept. Dans sa conclusion, il soulevait le problème que l'appareil ne fonctionnait qu'une seule fois et abordait diverses solutions pour corriger ce défaut, révélant des connaissances en technologie électrique du niveau d'un élève ingénieur. Et terminait par une phrase adorablement enfantine : « Je vais encore y travailler, pour que même les personnes âgées puissent l'utiliser sans crainte ! » Il aurait pu le taper à l'ordinateur, mais il avait pris la peine de l'écrire entièrement à la main, de façon à donner une bonne impression au jury de sélection et apparaître comme un bon petit collégien plein d'énergie enfantine. Quand j'ai eu fini de lire son dossier, il a déclaré : « Je n'ai pas eu besoin de votre supervision pour le fabriquer, mais sans votre tampon je ne peux pas m'inscrire. Et puis c'est vous mon professeur de sciences et professeur principal, alors s'il vous plaît… » J'ai hésité. Il a ajouté : « J'ai créé cet appareil pour servir le bien. Et vous, vous m'avez dit que c'était un objet dangereux. Nous allons bien voir lequel de nous deux a raison. » Bref, c'était un défi. Je l'ai relevé. Résultat : j'ai perdu. Au niveau régional, le Porte-monnaie Antivol a reçu le prix du Gouverneur du département, il a été exposé avec les meilleurs travaux d'élèves au niveau national et a reçu le troisième prix dans la catégorie collégiens.

*

Pour comprendre les circonstances exactes de la mort de Manami, j'ai convoqué A en salle de préparation. Était-ce vraiment un accident ? Interroger A, c'était surtout pour moi une façon de questionner ma propre responsabilité : n'avais-je pas laissé se produire quelque chose que j'aurais pu éviter ? Ce jour-là, j'ai écourté la leçon, et à peine passé midi j'ai mis la pochette lapin dans les mains de A, qui s'est présenté comme une fleur à ma convocation en salle de chimie. « Il y a quelque chose d'amusant à l'intérieur, ouvrez-le donc. » J'ai prononcé exactement la même phrase que lui, mais évidemment A s'est bien gardé de toucher la tirette. Dommage. Il l'avait amélioré, et maintenant le porte-monnaie délivrait une décharge équivalente à celle d'un Taser. Eh oui. Il suffit d'étudier un peu et n'importe qui est capable de fabriquer ce genre de chose. N'importe qui en est capable, oui, mais tout le monde ne le fait pas. Parce que cela dépend de la capacité de raisonnement de chacun, de sa logique intérieure.

« Ah, vous avez enfin compris ! » s'écria-t-il. A avait deviné la raison pour laquelle je le convoquais et il raconta tout. Il n'avoua pas, non : il s'en vanta. Et comme il le disait lui-même, cette pochette était bien une machine de mort.

A avait d'abord testé le premier prototype de son chef-d'œuvre sur ses copains de vidéos. Tous avaient dû trouver que c'était « super cool ! », je n'en doute pas. Mais cela ne dépassait pas l'effet farces et attrapes, et A ne pouvait se satisfaire d'un tel jugement. « Ces béotiens ne comprennent pas mon génie, il faut que je le montre à quelqu'un réellement capable d'apprécier la "beauté du truc". » C'est pourquoi il l'avait essayé sur moi. Et mon commentaire lui avait apporté entière satisfaction, bien qu'il se fût trompé sur le sens de mes paroles. Quand j'avais dit que c'était dangereux, je ne parlais pas de son porte-monnaie en lui-même, je parlais de sa logique sous-jacente, de son raisonnement et de sa façon de penser la science. Mais A avait cru que je parlais de son invention, et avait été conforté dans l'idée que le monde entier admirerait sa géniale machine de mort. D'où aussi son air de défi en repartant. Malheureusement pour lui, il faisait erreur. Car, en définitive, son invention n'alarma que moi. Alors il réfléchit : « Si je dévoile mon porte-monnaie sur internet, seuls les habituels débiles de service vont s'extasier et c'est tout. Moi, c'est par l'élite scientifique que je veux être admiré. »

Il s'inscrivit alors pour l'Exposition des travaux manuels scientifiques des élèves du secondaire. Le jury comprenait également un écrivain de science-fiction, si j'ai bonne mémoire, mais pour l'essentiel les juges étaient des autorités reconnues dans divers domaines scientifiques. A fit le calcul suivant : « Si des célébrités de la science épinglent la dangerosité de mon invention et qu'elle fait scandale, je serai définitivement reconnu comme un homme dangereux. Oui, mais à condition que cette dangerosité ne soit pas relevée dès la sélection régionale. » Cela, c'était le pire qui pouvait lui arriver. Pour éviter ce désagrément, il composa son rapport de façon à apparaître comme un gentil garçon, un chevalier blanc mettant habilement son jeune génie encore empreint de naïveté enfantine au service du Bien. Et son habileté paya. Il fut encensé comme un collégien modèle. Lors de la remise des prix dans la capitale, un professeur d'université bien connu parce qu'il apparaît parfois dans des émissions de jeux télévisés le félicita : « Tu es incroyable, mon garçon, moi je ne pourrais pas fabriquer ça ! » Ce qui en fait voulait dire qu'il fallait être un peu tordu pour imaginer un appareil de sécurité – et quel appareil de sécurité : non pas un banal système d'alarme mais un véritable système anti-criminalité – alors que la plupart des autres candidats présentaient des robots d'aide à la vie quotidienne. Néanmoins, il prit le commentaire au premier degré, comme une reconnaissance de son génie et de ses connaissances techniques. De ce point de vue, A est encore un enfant. Et finalement personne ne le considéra comme un homme dangereux, ce qui pour lui fut une grosse déception. Interviewé par un journal local, il exprima une satisfaction presque entière en déclarant : « Ce n'est pas tout à fait comme ça que je voyais les choses, mais finalement, pourquoi pas ?… » Et moi aussi, en lisant cette interview, j'en fus rassurée et j'en conclus qu'en définitive ce garçon ne recherchait que le regard des autres, et que cette expérience l'aiderait sans doute à utiliser son énergie dans le bon sens. Tout finissait pour le mieux.

Or, en plein milieu des vacances d'été, le jour où dans les pages locales de la presse A s'était vu en héros du jour, en première page le gros titre était : « Une famille de cinq personnes assassinée dans la ville de T. » De ce jour et pendant plusieurs semaines, les télés et les magazines ne parlèrent plus que de l'affaire Lunacy. À la rentrée de septembre, dans son discours de début du deuxième trimestre, le proviseur annonça bien le prix de A, mais personne ne se souvenait qu'on avait parlé de lui dans le journal ni qu'il avait été félicité par un célèbre professeur d'université. Tout le monde ne parlait que de Lunacy. Finalement, être félicité pour avoir accompli quelque chose de bien ne servait à rien. Lunacy, elle, n'avait rien inventé. « Le cyanure de potassium ? Cela fait des siècles que ça sert à empoisonner des gens ! Pas besoin d'être un génie pour y arriver ! Moi, je pourrais tuer avec une machine que j'ai inventée et fabriquée de mes mains ! Et on parlerait de moi bien plus encore ! » Plus le scandale Lunacy prenait de l'ampleur, plus la jalousie de A enflait. Alors il réfléchit à un développement de sa machine de mort.

*

De son côté, depuis qu'il est entré au collège, B a toujours été un élève à la recherche de la compagnie des autres. Il est calme et silencieux, ce qui tend à montrer qu'il a dû grandir dans une famille aimante et unie, entouré de ses parents et de ses sœurs aînées. Dès que j'ai eu fini d'entendre A, j'ai téléphoné à B, qui était déjà rentré, et je lui ai demandé de venir me voir. Je lui ai donné rendez-vous devant la piscine. À peine ai-je prononcé ce mot qu'il a compris de quoi il s'agissait, je suppose, car il a refusé, et m'a priée au contraire de venir chez lui. Je me suis donc déplacée chez B, ce soir-là. « Est-ce que maman peut rester avec nous ? » il m'a demandé. Devant l'étonnement de sa mère à cette visite inopinée, je me suis dit qu'elle ne savait sans doute rien. J'ai répondu favorablement à B, qui m'a donc reçue en compagnie de sa mère, et nous avons commencé à parler du déroulement de l'année scolaire et autres détails.

À son entrée au collège, B s'était tout de suite inscrit au club tennis. Il voulait faire du sport, et le tennis lui avait paru une activité convenable, susceptible de provoquer l'admiration des autres. Mais alors qu'un mois après la rentrée ceux qui avaient commencé le tennis en primaire étaient autorisés à utiliser le court, les débutants n'avaient toujours pas le droit de tenir une raquette. C'était musculation et assouplissement uniquement. Mais bon, comme c'était le cas de la majorité des membres du club, cela ne le choqua pas outre mesure. Le deuxième mois, en juin, B toucha enfin sa première raquette. Quand il quittait le collège le soir avec sa housse de tennis, il commençait à se sentir bien. Pendant les vacances d'été, le professeur responsable du club, M. Tokura, divisa le club en trois groupes, chacun avec un programme d'entraînement spécifique. Un groupe qui allait travailler les attaques, un groupe qui allait travailler la défense, et un troisième groupe qui allait travailler la puissance, c'est-à-dire, dans un premier temps, sa musculation. B se retrouva dans le troisième groupe. Les deux premiers groupes comptaient six membres. Le troisième groupe trois. Et bientôt seulement deux, quand le troisième, D, se lassa de venir. Le dernier, E, était un petit, tellement malingre qu'on le surnomme « Cassy », parce que ça sonne comme le mot « *kyasha* », qui veut dire « petite chose pâle et fragile ». Tous les jours, B et E passaient leur temps à faire des tours du terrain de sport. B n'avait pas l'impression de gagner énormément en musculation par rapport aux autres groupes et commença à la trouver amère. Un jour, une fille de la classe qui appartenait à un autre club lui demanda : « Tu es au club tennis, mais en fait tu es toujours en train de courir… À quoi ça sert ? » B perçut cela comme une humiliation. Il alla trouver M. Tokura et lui demanda de le changer de groupe. « Tu n'aimes pas courir ou tu n'aimes pas courir avec Cassy ? » lui demanda M. Tokura en retour. Bien sûr, c'était plutôt la seconde option, mais pour B il n'était pas question de l'avouer. Il garda le silence. « On ne fait aucun progrès à trop se préoccuper du regard des autres, relança sèchement M. Tokura. Dans une semaine, le programme d'entraînement par groupe sera terminé, essaie de tenir jusque-là. » Le lendemain, la mère de B téléphona pour dire que son fils arrêtait le club tennis. À la place, B commença à suivre des cours du soir dans une école privée.

Une boîte à bachot du centre-ville connue pour pousser ses élèves à viser très haut pour leurs études supérieures.

Dès le deuxième trimestre, les notes de B, qui jusque-là n'avaient rien de fameux, firent de réels progrès. En moyenne, quinze points sur cent de mieux aux tests du contrôle continu. Dans son cours du soir, où les classes sont établies par niveau, il passa du groupe E au groupe B, c'est-à-dire de l'avant-dernier au deuxième. À partir de novembre, un autre élève, F, qui avait commencé l'année avec à peu près les mêmes notes que B, s'inscrivit lui aussi aux cours du soir de la même boîte à bachot. Au début, F fut admis dans le groupe D. L'une des caractéristiques de la puberté est justement de passer par des périodes où les notes scolaires, l'activité sportive ou un talent artistique peuvent connaître des développements foudroyants. Il suffit de s'y mettre, les résultats sont tout de suite au rendez-vous, une nouvelle confiance en soi s'installe, et on se convainc qu'on peut encore mieux faire. Jusqu'à l'exagération, parfois. Or, de même qu'un champion peut connaître une mauvaise passe, un talent peut aussi rencontrer des points morts. À vrai dire, c'est dans ces moments que tout se joue. Devant une stagnation des résultats qui étaient si bien partis, certains se disent : Finalement je ne suis qu'un nul et se laissent couler. Il y en a d'autres cependant que cela incite à donner un nouveau coup de collier et qui remontent la pente à la force du poignet. Quand on est professeur principal d'une classe de troisième, il est courant d'entendre des parents d'élèves, juste avant la période des concours, déclarer à propos de leur enfant : « Quand il veut, il peut… » Mais, à vrai dire, la majorité appartient plutôt à la première catégorie, la catégorie de ceux qui ne réussissent pas à passer le col et se laissent retomber dans le trou. « Quand il veut, il peut… » En fait, cela signifie : « Il ne peut pas. »

C'est à un col de ce genre qu'était arrivé B.

Au moment des vacances d'hiver, ses notes connurent un

palier, puis commencèrent à replonger. Il reçut une petite mise en garde sur le bulletin trimestriel. Mais, l'enthousiasme du nouvel an peut-être... Quoi qu'il en soit, il croyait que des ailes lui avaient poussé et qu'il allait revenir dans le peloton de tête les doigts dans le nez. À la rentrée du troisième trimestre, le professeur de la boîte à bachot lui passa un savon carabiné devant toute la classe. Certes, ses notes avaient un peu baissé, mais cela méritait-il de se faire postillonner au nez en public ? B trouva cela fort désagréable. Mais ce n'était pas encore le pire. Alors qu'il était maintenu dans le groupe B, F, lui, monta en A. Son amour-propre en fut tellement blessé qu'au lieu de rentrer directement chez lui, ce soir-là, il passa par le *game center* pour se défouler. Son portefeuille était encore gonflé par les étrennes qu'il avait reçues au nouvel an. Pris par les jeux vidéo, il ne s'aperçut pas que des lycéens l'avaient encerclé. Ils essayèrent de lui voler son portefeuille, il résista. Ils lui sautèrent dessus pour lui faire payer son manque de soumission, mais un policier qui faisait une ronde dans le quartier le tira de ce mauvais pas. Il devait être près de 23 heures quand je reçus un appel du poste de police. J'appelai immédiatement M. Tokura. En voyant arriver non pas son professeur principal mais M. Tokura, B eut un choc. « Pourquoi n'est-ce pas Mme Moriguchi qui vient me chercher ? » Ce à quoi M. Tokura répondit : « Parce que c'est une femme, c'est comme ça. » B crut que cela voulait dire que je ne pouvais pas laisser ma fille, que j'élève seule. Que les femmes célibataires préfèrent s'occuper de leur enfant plutôt que de leurs élèves. En voiture, sur le chemin du retour vers la maison de B, M. Tokura lui fit la leçon : « Alors, je parie que tu t'es fait un peu remonter les bretelles par ton prof de cours du soir et ça t'a mis en pétard... Je me trompe ? Tu te préoccupes beaucoup trop du regard des autres, il suffit qu'on te fasse une petite remontrance pour que tu paniques. Mais quand tu seras dans la vie active, attends-toi à des coups un peu plus méchants que ça, mon bonhomme ! » Le ton et la vigueur des paroles de M. Tokura le blessèrent, semble-t-il. Encore une façon très immature de prendre les choses. Personnellement, à ce récit, je compris que M. Tokura, loin d'être le professeur irascible que croient ses élèves, savait très finement juger les personnalités.

À ce point du récit de son fils, Mme B avait déjà répété un incalculable nombre de fois « mon pauvre chéri... ». Une vraie maman poule, pensais-je. Mais en même temps je me disais que B recevait beaucoup d'amour de sa maman poule et qu'il avait bien de la chance. En ce qui concerne sa mésaventure au *game center*, B était victime, mais le règlement intérieur du collège interdit aux élèves de fréquenter les *game centers* et il reçut tout de même quelques heures de colle. À savoir : nettoyage des abords de la piscine et des vestiaires pendant une semaine, à raison d'une heure par jour après les cours.

*

Début février, A avait réussi à tripler le voltage délivré par la tirette du porte-monnaie et mourait d'impatience de l'essayer sur quelqu'un. C'est à ce moment-là qu'il vit B, assis à côté de lui en classe, écrire dans la marge d'un cahier : « Va crever ! » À la fin de la journée, il lui adressa la parole : « J'ai réussi à me procurer une vidéo trop géniale, ça te dit ? » Cela faisait longtemps que B était intéressé par les vidéos de A et le marché fut vite conclu. A en profita pour lui demander s'il n'avait pas quelqu'un à qui il aimerait donner une bonne leçon. B sursauta à cette question, et A expliqua qu'il avait monté la puissance de son Porte-monnaie Antivol, mais qu'il ne l'avait encore essayé sur personne. « C'est trop bête, hein ? Et vu que je l'ai inventé précisément pour châtier les mauvais, c'est ce qu'il faut pour le tester, tu ne crois pas ? » Bien entendu, B connaissait l'existence du porte-monnaie, et avait été très impressionné quand l'invention de A avait été primée à l'exposition des travaux d'élèves au niveau national. Il ne se fit pas prier longtemps et suggéra le nom de M. Tokura. Sans aller jusqu'à se proposer pour remettre lui-même le porte-monnaie au professeur d'éducation physique, le courage n'étant pas son fort. A élimina ce candidat qui avait le défaut d'être assurément un peu plus costaud que lui en prétextant qu'il détestait tellement M. Tokura qu'il ne voulait même pas lui parler. En deuxième choix, B donna mon nom. Il m'en voulait d'avoir envoyé M. Tokura à ma place pour aller le chercher au poste de police. Mais A repoussa également cette candidature. Je ne me laisserais sans doute pas prendre deux fois au même piège. Et il avait compris que cela ne générerait de toute façon pas le scandale escompté. C'est à ce moment que B se souvint de Manami, qu'il avait aperçue au bord de la piscine pendant qu'il nettoyait les abords. « Et pourquoi pas la fille de Moriguchi ? » Cette fois, A approuva la proposition. A aussi savait que le mercredi soir après les cours je revenais au collège avec Manami. Et B lui donna les informations complémentaires : que Manami pénétrait seule dans l'enceinte de la piscine, qu'elle allait donner à manger à un chien de l'autre côté. Il raconta aussi que je lui avais refusé la pochette en forme de petit lapin qu'elle voulait au centre commercial. Le mot « pochette » produisit un déclic dans la tête de A.

Le mercredi suivant, après la dernière heure, A et B se cachèrent dans les vestiaires et attendirent. Manami vint, seule, et alla directement nourrir Muku. À travers la grille, elle lui donna les morceaux de pain qu'elle dissimulait sous son jogging. A et B s'approchèrent derrière elle. B parla le premier, avec son joli sourire de garçon qui aime bien tout le monde. « Bonjour ! Tu es bien Manami, n'est-ce pas ? Nous, on est des élèves de la classe de ta maman. Tu te souviens, on s'est déjà vus au centre commercial Happy Town ? » Manami eut peur. Que sa maman apprenne qu'elle venait toute seule ici, surtout. A le comprit et prit la parole, en gardant ses mains cachées derrière son dos. « Tu aimes bien le chien ? Nous aussi, on l'aime bien. Des fois, on vient lui donner à manger. » Cela la rassura complètement. C'est alors que A sortit de son dos la pochette et la lui montra. « Ta maman n'a pas voulu te l'acheter… Si ? » Manami fit non de la tête. « Eh non, bien sûr, puisqu'elle nous a demandé de te l'acheter à sa place. Tiens, c'est un peu en avance, mais c'est le cadeau que ta maman t'offre pour la Saint-Valentin. » Alors A passa la pochette au cou de Manami. Il paraît même qu'en apprenant que c'était un cadeau de sa maman Manami eut l'air très heureuse. « Il y a un chocolat à l'intérieur. Ouvre-le ! » Encouragée par A, Manami attrapa la tirette de la fermeture à glissière. Sans un cri, elle s'effondra. Dans le crépuscule, le corps de Manami ne bougeait plus. Un grand sourire apparut sur le visage de A, et il murmura entre ses lèvres : « Gagné ! » B, lui, ne comprenait plus rien. « Qu'est-ce qui se passe ? Eh ! Elle ne bouge plus… » Un tremblement dans la voix, il commença à s'emporter contre A. « Oh, mais tu peux le raconter à tout le monde ! » répondit A en se dégageant de la main de B posée sur son épaule. Puis il quitta les lieux, pour pouvoir savourer à son aise un si beau succès. B commença à prendre peur. « Est-elle morte ? » Il était incapable de regarder Manami en face. Son regard croisa celui du petit lapin de la pochette autour de son cou. « Si on devine qu'elle est morte à cause de cet objet, je serai considéré comme complice. » Alors, toujours sans la regarder en face, il retira la pochette et la jeta de toutes ses forces de l'autre côté de la haie. « Oui, c'est ça, on pourrait faire comme si elle était tombée dans la piscine. » B prit Manami dans ses bras et la fit basculer dans l'eau glaciale. Puis il fila le plus vite qu'il put. Il était tellement en état de choc qu'il ne se souvenait pas très bien. C'est ce qu'il a ajouté pour finir, mais, en l'occurrence, cela suffisait amplement.

Voilà comment Manami est morte.

*

Bien que je sache la vérité, A et B continuent à venir normalement en classe. La police ne les arrête pas. Pourquoi ?

Quand A a fini sa confession extatique, je lui ai dit : « Officiellement, c'est un accident, et ça le restera. Je ne vous donnerai pas le plaisir de parader en vous vantant d'avoir commis un crime pour attirer l'attention sur vous. » Quant à B, qui lui s'était confessé pour se sentir plus léger, et à sa mère qui restait la bouche ouverte depuis qu'elle avait appris que son fils chéri avait commis un crime, je leur ai dit : « En tant que mère, je voudrais les tuer tous les deux, aussi bien A que B. Mais je suis aussi enseignante. Si un citoyen a le devoir d'aller dire la vérité à la police, pour que les coupables reçoivent le châtiment que la société jugera bon de leur infliger, l'enseignante que je suis, elle, a le devoir de protéger ces enfants. Et puisque la police a décidé que c'était un accident, je n'ai pas l'intention de tout chambouler. » Jolie tirade, digne d'une enseignante dévouée à son sacerdoce, ne trouvez-vous pas ?

Le soir même, je reçus un coup de téléphone du père de B, qui venait d'apprendre la situation en rentrant du travail et qui me proposa un dédommagement financier. Je refusai. Accepter cet argent, pour B cela signifiait que l'affaire s'arrêtait là. Or je ne veux pas que B oublie le crime qu'il a commis, je veux que cette expérience lui serve à trouver le droit chemin. « Monsieur, quand votre fils trouvera le poids de son crime trop lourd à porter, apportez-lui tout le soutien d'un père. » Celle-là non plus, elle n'est pas mal, je trouve.

– Oui, mais si A commet d'autres crimes ?

– Oh, bonne remarque ! La froide réflexion, l'esprit du joueur, sans doute. Enfin, moi, ce que j'ai du mal à comprendre, c'est que vous sembliez porter plus d'attention à cette histoire de crime qu'à mon histoire de virus du sida tout à l'heure. D'ailleurs, votre hypothèse selon laquelle A pourrait tuer d'autres personnes est erronée dans les termes. Le soir où Mme Takenaka est venue chez moi, je suis retournée au collège, j'ai démonté la pochette, puis j'ai reconstitué le circuit et j'ai mesuré la tension aux bornes. Je vous passe les chiffres pour aller directement à la conclusion : la tension était trop basse pour provoquer la mort d'une enfant de 4 ans, en l'absence de problème d'insuffisance cardiaque du moins. J'ai touché directement le contact et j'ai trouvé le choc beaucoup plus faible que la fois où j'avais pris le jus en touchant avec des mains mouillées le cordon d'alimentation à moitié dénudé de ma machine à laver. Autrement dit, Manami n'était sans doute qu'évanouie. Comme je l'ai dit tout à l'heure, ma fille est morte de noyade, pas électrocutée. Le lendemain de l'affaire, en apprenant que Manami avait été trouvée dans la piscine, A interpella B et lui demanda ce qui lui avait pris de tout gâcher. C'est aussi la question que j'aimerais lui poser, même si ce n'est pas tout à fait avec le même sens. Aller chercher des secours était un peu trop lui demander, mais pourquoi ne l'a-t-il pas laissée là, tout simplement ? S'il s'était enfui sans rien faire…

Manami serait encore en vie.

*

À dire vrai, personnellement, je n'ai jamais considéré l'enseignement comme un sacerdoce.

Si je n'ai pas dénoncé A et B à la police, c'est parce que je n'ai pas envie de laisser à la loi le soin de décider de leur châtiment. A avait l'intention de tuer, mais ce n'est pas lui qui a donné la mort. B n'avait pas l'intention de tuer, mais il a donné la mort. Si la police découvrait la vérité, ils n'iraient même pas en prison, ils seraient acquittés d'une inculpation de meurtre avec préméditation, tout juste s'ils feraient un peu de sursis. J'ai imaginé tuer A par électrocution. J'ai imaginé tuer B par noyade. Mais ce n'est pas cela qui va faire revenir Manami. Eux-mêmes ne peuvent pas effacer leur crime, quand bien même ils adresseraient leurs regrets sincères à Manami pour ce qu'ils lui ont fait. Je veux qu'ils apprennent quel poids cela a, une vie. La leur, par exemple. Quand ils seront pénétrés de cette pensée, qu'ils auront pleinement conscience du poids de leur crime, je veux qu'ils continuent à vivre avec ce poids sur leurs épaules.

Oui, mais concrètement ?

Eh bien, n'y a-t-il pas quelqu'un qui vit précisément de cette façon, en portant dignement le poids de ses erreurs passées, et qui pourrait les aider ?

J'ai amené le sujet de loin, en commençant par vous parler de manque de calcium, mais à vrai dire ce n'est pas seulement de calcium que vous manquez, tous. Jadis, les Japonais possédaient une sensibilité très subtile pour les saveurs élémentaires. Malheureusement, de plus en plus d'enfants d'aujourd'hui n'arrivent même plus à faire la différence entre un riz au curry doux et un fort. Il paraît que ce handicap gustatif vient d'une carence en zinc. Votre sens gustatif est-il bien développé ? Pardon, je veux dire, A et B ont-ils un sens gustatif bien développé ? Ils ont bu leur dose de lait, mais n'ont-ils pas senti un goût bizarre, un étrange goût de fer, par exemple ? Ça n'a été possible que parce que le lait est conditionné en cartons individuels, et qu'on ne voit pas la couleur du liquide. Je parle du sang mélangé au lait, bien sûr. Pas mon sang à moi, non. J'ai prélevé un peu de son sang malade à son insu à Sakuranomiya Masayoshi, afin de donner un coup de main à ces deux-là pour qu'ils deviennent de bons enfants bien sages.

Ah, je vois que vous commencez à comprendre.

Le résultat n'apparaîtra pas tout de suite. Mais, d'ici deux ou trois mois, faites donc une analyse de sang. Si c'est positif, eh bien cela vous donne environ cinq à dix ans pour bien apprécier le poids et l'importance de la vie. Quand vous aurez tous les deux senti le poids de votre crime, mon souhait est que vous demandiez sincèrement pardon à Manami pour ce que vous lui avez fait. Et puisque vous serez tous de nouveau dans la même classe à la rentrée, vous, les autres, ne vous détournez pas de vos deux camarades ; au contraire, j'espère que vous leur apporterez tout votre soutien et vos encouragements. Je doute que l'envie d'envoyer un texto pour demander de l'aide à un professeur parce qu'il veut mourir vienne encore à quelqu'un dans cette classe. Et moi, comment vais-je vivre maintenant ? Je n'en sais rien. Je n'aurai sans doute bientôt plus le choix non plus. Disons jusqu'à ce que le résultat apparaisse.

– Et si le résultat n'apparaît pas ?

– Oui, en effet… Eh bien soyez très très prudents quand vous traversez la rue en tout cas… Je vais me faire discrète, me consacrer à l'homme dont je partage la vie depuis cette affaire et avec qui je vais me marier, pour être auprès de lui jusqu'à ses derniers instants. Je vous souhaite à tous un printemps très fructueux. Je vous remercie pour cette année.

C'est tout ce que j'ai à dire.

II

Martyre

Dire qu'il y a quelques mois, tous les jours Mme Moriguchi Yūko était là en face de nous. Et maintenant, j'ai eu beau faire, je n'ai pas réussi à trouver son adresse actuelle. Elle s'est volatilisée à peine après avoir prononcé son verdict, ce que je trouve tout de même un peu irresponsable comme attitude pour une prof. Elle a choisi de se faire justice elle-même, d'accord, mais elle devrait assumer et se préoccuper de savoir comment ça se passe pour eux, non ?

Qu'elle sache ce qui est arrivé, au moins. C'est ce que je pense en tout cas, et c'est pourquoi je lui ai écrit une lettre. Mais comment la lui faire parvenir ?... En désespoir de cause, après mûre réflexion, je me suis dit que j'allais essayer de la faire publier dans une revue littéraire que je l'ai souvent vue lire en salle des profs, pendant les interclasses, en m'inscrivant à leur prix du Jeune Auteur. Les prix littéraires sont souvent attribués à des lauréats de moins de 20 ans ces derniers temps, et ce n'est pas totalement irréaliste comme idée, je pense.

Une chose m'inquiète cependant, c'est que cette revue publiait aussi tous les mois une chronique de Sakuranomiya Masayoshi, or cette chronique a pris fin avec le numéro d'avril. Alors, en supposant que ma lettre reçoive le prix et soit publiée, rien ne prouve que notre ancienne prof la lira. Bref, mes chances sont plus que minces, mais je veux quand même essayer.

Cela dit, madame, n'allez surtout pas imaginer que ceci est un appel à l'aide. C'est seulement qu'il y a une question que j'aimerais vous poser.

*

Avant d'entrer dans le vif du sujet, j'en ai une autre : savez-vous sentir une atmosphère ?

L'air, ça stagne ou ça court, c'est vif ou c'est mou… Pour moi, l'atmosphère, c'est l'ensemble des auras de tous les gens présents. Parfois, je peux en avoir une conscience si forte que j'en suis oppressée, je n'arrive plus à respirer. Je suppose que c'est parce que je ne sais pas me fondre correctement dans le groupe. Quoi qu'il en soit, malgré le printemps, l'atmosphère qui règne en salle de 4e B est pour le moins… lourde.

*

Le dernier jour de classe de l'année dernière, ce jour où vous avez condamné Shūya et Nao à votre propre tribunal, est le dernier jour où Nao est apparu au collège. Le jour de la rentrée suivante, il était absent. Seulement Nao. Shūya, lui, était là. Et nous étions plus étonnés de la présence de Shūya que de l'absence de Nao, moi la première. Personne ne lui a adressé la parole. Mais tout le monde parlait de lui à voix basse, à bonne distance.

Lui semblait totalement indifférent à nos réactions. Il s'est assis à la place qui lui était attribuée par son numéro d'élève et il a commencé à lire un livre de poche, recouvert de papier opaque. Pas par provocation ; c'est ce qu'il a toujours fait, tous les matins de l'année dernière. C'est pour ça qu'on était tous dégoûtés, d'ailleurs : il n'avait rien appris, finalement.

Il faisait beau, les fenêtres étaient grandes ouvertes, et

pourtant l'air stagnait dans la classe. C'est dans cette atmosphère que la cloche du premier cours a sonné et que notre nouveau professeur principal est entré. Un homme jeune, qui a écrit son nom d'une main ferme au tableau noir.

– Je m'appelle Terada Yoshiki, mais depuis que je suis étudiant tout le monde m'appelle Werther, appelez-moi comme ça vous aussi.

Un truc vraiment agréable à entendre dès la première heure… En tout cas, c'est le nom que je lui donnerai dans cette lettre : Werther.

– Ce qui ne veut pas dire que je souffre !

Ça n'a fait rire personne.

– Eh bien, dites, faut lire, un peu ! il a dit avec une pose très théâtrale pour exprimer sa déception devant notre niveau.

J'avais saisi, n'allez pas croire. Je savais que c'était une allusion au roman *Les Souffrances du jeune Werther*, et j'avais compris le jeu de mots lourdingue avec son prénom : Yoshiki, « la bonne lumière » : « Bon », en anglais, c'est « *well* », et « lumière », ça peut se dire « *teru* ». Well-teru, Werther… Oh là là !… C'est surtout lui qui devrait un peu lire… l'atmosphère.

– Ah, j'allais oublier l'appel… Naoki a un gros rhume, il ne viendra pas. Y a-t-il d'autres absents ?

Et il a commencé à faire l'appel par nos prénoms, comme ça, dès le premier jour. Puis il a parlé de lui :

– À votre âge, je n'étais pas un élève très sérieux. Je fumais en cachette de mes parents, quand je détestais un prof je lui rayais sa voiture… Mais mon prof de quatrième m'a complètement changé. Lorsqu'un élève avait un problème personnel, il arrêtait le cours afin qu'on en parle tous ensemble. Rien que pour moi, il a dû bloquer au moins cinq heures du cours d'anglais, ah ah ah…

Je crois que personne n'écoutait, ou presque. Nous étions bien plus préoccupés par ce soi-disant rhume de Naoki.

C'était un mensonge, nous le savions. En tout cas je me sentais soulagée d'apprendre qu'il était toujours inscrit dans notre classe. Plusieurs élèves jetaient des coups d'œil en direction de Shūya. Qui, de son côté, regardait le prof droit dans les yeux comme un bon élève, mais sans donner l'impression d'écouter vraiment. Ce n'était pas ça qui allait empêcher Werther de poursuivre son discours :

– Je suis titulaire depuis cette année seulement, vous êtes donc ma toute première classe, c'est un événement ! Alors, pour éviter d'avoir des préjugés sur vous, je me suis volontairement abstenu d'ouvrir le rapport de votre professeur principal de l'année dernière. Surtout, n'hésitez pas à vous confronter à moi dans toute la spontanéité de vos émotions. S'il vous arrive quelque chose, n'hésitez pas à venir me demander conseil, non pas comme à votre professeur principal mais comme à un grand frère, en toute franchise surtout. D'accord ?

Fini « Werther », maintenant il était notre « grand frère ». En conclusion à son laïus, pendant lequel il avait fait reluire son idéalisme en répétant « tous ensemble, tous ensemble… » au moins une fois par phrase, il a pris une craie jaune toute neuve et a écrit au tableau la phrase de l'année, en anglais s'il vous plaît :

ONE FOR ALL ! ALL FOR ONE !

Je ne sais pas ce que vous, vous pensiez de chacun de nous individuellement, et je n'ai aucune idée de ce que vous avez bien pu écrire sur Nao et Shūya dans votre rapport. Mais ce que je sais, c'est que si Werther l'avait lu, un malheur aurait été évité.

*

Le pont de début mai était passé, nous étions presque à la moitié du mois, l'atmosphère de la classe était relativement calme. Nao n'était toujours pas apparu, et tout le monde évitait Shūya. Nous l'évitions, mais de façon naturelle (je sais, ça fait bizarre à dire), peut-être à cause de l'habitude. Comme s'il n'existait pas, sans lui montrer de répugnance particulière. L'air lourd et stagnant était devenu l'atmosphère permanente de la classe, cela n'avait plus rien de particulièrement suffocant.

Un soir, j'ai regardé un reportage sur l'éducation à la télé.

Il était question d'un collège dans lequel la réunion matinale avec le prof principal était remplacée par dix minutes de lecture individuelle. Non seulement parce que la lecture enrichit la sensibilité, mais parce que lire favorise la concentration et contribue à la progression des connaissances, paraît-il. Ça m'a fait penser à Shūya.

Le lendemain, au fond de la salle, il y avait une sorte de mini-bibliothèque de classe. C'est Werther qui avait rapporté un casier de livres de chez lui.

– Ce sont des livres usagés, je suis désolé, mais tous ensemble nous pouvons enrichir notre vie grâce à un peu de lecture quotidienne !

Ça ne casse pas trois pattes à un canard, mais enfin ce n'était pas une mauvaise idée non plus.

Quand j'ai parcouru les titres des yeux, je suis restée bouche bée. Même le groupe de Shiho, qui se montre assez bienveillante avec Werther de façon générale parce qu'il est plutôt beau gosse, a eu un mouvement de recul. Sur le plus haut rayon de l'étagère, ce n'étaient que des livres de Sakuranomiya Masayoshi.

Je suppose que notre manque d'enthousiasme devant sa bibliothèque de classe l'a déçu. Quoi qu'il en soit, pendant le cours de maths – puisqu'il est aussi notre prof de maths –, alors que nous essayions de résoudre l'exercice qu'il nous avait donné, du fond de la classe il a pris un livre en main et a lu à voix haute sans prévenir :

– « Je ne porte aucun intérêt particulier aux religions,

mais quand je voyage, n'importe où à l'étranger, j'emporte toujours une bible avec moi. Dans Matthieu, chapitre 18, il y a cette phrase : "Si un homme a cent brebis, et que l'une d'elles vienne à s'égarer, ne laissera-t-il pas sur les montagnes les quatre-vingt-dix-neuf autres pour aller à la recherche de celle qui s'est égarée ? Et s'il lui arrive de la retrouver, en vérité je vous le dis, il a plus de joie pour elle que pour les quatre-vingt-dix-neuf autres qui ne se sont pas égarées…" C'est cette phrase qui m'a fait découvrir la vérité de ce qu'est l'enseignement. »

Il a refermé le livre et a dit sèchement :

– Bon, on arrête le cours de maths et on fait une discussion de classe. Nous allons parler de Naoki.

C'est l'histoire de la brebis égarée qui lui avait fait penser à Nao, faut croire. Il nous a dit de ranger nos manuels et on n'a même pas corrigé l'exercice de maths. La première semaine, Nao était absent pour « gros rhume » ; depuis la deuxième semaine, c'était devenu « problème de santé ».

Werther a commencé par dire :

– Je vous ai dit que Naoki était absent pour problème de santé, eh bien en fait c'est faux, je vous ai menti. Et pourtant, ce n'est pas non plus parce qu'il sèche l'école sans raison. Il a parfaitement la volonté de venir, mais dans son esprit un problème psychologique l'en empêche.

Tiens, moi qui croyais que la volonté et l'esprit se trouvaient au même endroit… Je me demande de qui est cette explication : de Werther ou de la mère de Nao ?

– Je m'excuse de vous l'avoir caché jusqu'à maintenant.

Là, il m'a un peu fait pitié. Car Nao souffre peut-être d'un problème psychologique, mais il n'y en a qu'un dans toute la classe qui ignore d'où ce problème lui vient, et c'est bien Werther. Parce que je ne crois pas que qui que ce soit ait parlé de cette histoire à l'extérieur de la classe, depuis le fameux jour où vous nous avez avoué comment vous aviez organisé votre vengeance. Vous avez quitté la salle, et à peine tout le monde s'était-il dispersé que chacun a reçu sur son portable un texto disant : « Si quelqu'un fait la balance à l'extérieur, ça ne peut être que C. » Nous avons tous les numéros de portable et les adresses mail de toute la classe enregistrés sur nos portables, ça fait partie des mesures de sécurité en cas de séisme ou de catastrophe naturelle, mais le nom de l'expéditeur n'apparaissait pas.

Alors Werther a fait une suggestion :

– Faisons en sorte de créer une bonne ambiance dans cette classe afin que Naoki se sente à l'aise quand il reviendra, d'accord ?

Personne n'a rien répondu. Même Kenta, qui en général arrive à rebondir sur les blagues débiles de Werther, a baissé la tête de découragement. Mais faut croire que Werther s'est mépris sur notre attitude et s'est imaginé que nous étions tous en train de réfléchir sérieusement à sa proposition, car il a fait un grand sourire et a commencé à lancer lui-même des idées. À moins qu'il n'ait jamais eu l'intention de nous demander notre avis, en fait.

– Nous pourrions lui apporter les copies des cours !

De plusieurs endroits se sont fait entendre des « Hein ? » et des « Quoi ? » qui sonnaient clairement comme des « Ah, ça non alors ! ».

– Pourquoi réagir comme ça, Ryōji ? a demandé Werther à Ryōji, qui a le défaut d'avoir la voix la plus forte.

Ryōji, comprenant qu'il s'était fait piéger, a fait une grimace et baissé le front. Il s'en est quand même bien sorti :

– C'est que j'habite de l'autre côté de la ville, moi...

– Eh bien alors disons que chacun à tour de rôle recopiera son cahier, et une fois par semaine Mizuki et moi nous irons les apporter chez Naoki. Ça vous va comme ça ?

Il fallait que ça tombe sur moi. Et vous savez pourquoi ? Parce que, cette année encore, évidemment, je suis déléguée de classe (avec Yūsuke comme délégué garçon), et parce que je n'habite pas très loin de chez Nao. J'ai acquiescé sans faire de commentaire ni rien, mais Werther m'a demandé :

– Mizuki, tu te sens gênée avec moi, ou quoi ?

Sur le coup, je n'ai pas compris sa question.

– D'ailleurs, tu n'as pas un surnom, Mizuki ?

J'ai compris. En fait il m'en voulait parce que je ne lui avais pas répondu « Oui, Werther », ou « Bonne idée, Werther ». D'ailleurs, je ne suis pas la seule à ne pas l'appeler par son surnom. Et comme moi aussi on m'appelle tout simplement par mon prénom normal, Mizuki, j'ai répondu :

– Non, pas spécialement.

Il a fallu qu'Ayaka s'écrie :

– Si ! Mizuho !

Bon, c'est vrai, dans les petites classes à l'école primaire, on m'appelait souvent Mizuho au lieu de Mizuki… Mais c'est vieux…

– C'est très mignon, Mizuho, je trouve ! a dit Werther. C'est décidé, à partir de maintenant je t'appellerai Mizuho au lieu de Mizuki. Hé ! On va tous l'appeler comme ça, d'accord ? Puisqu'on est tous des camarades de classe, on peut faire ça, c'est l'occasion ! Voilà, on va faire tomber les barrières qui enferment le cœur de chacun l'un après l'autre !

Et c'est comme ça que je suis redevenue Mizuho.

*

Le troisième vendredi de mai, je suis allée pour la première fois avec Werther apporter le cahier de cours chez Nao. À l'école primaire, j'étais copine avec sa grande sœur, j'allais souvent chez eux à l'époque.

Sa maman nous a ouvert. Je ne l'avais plus revue depuis longtemps, mais elle n'avait pas changé, toujours parfaitement maquillée, bien habillée. Je me souviens de ce qu'elle disait : « Pour le goûter, Nao préfère les *hot cakes*… L'autre jour je pleurais parce que j'étais en train d'éplucher des oignons,

Nao est venu m'apporter son mouchoir préféré en disant "Ne pleure pas, maman !"... Nao a reçu le troisième prix de calligraphie... » Et Nao par-ci, Nao par-là... Moi j'étais là pour jouer avec sa sœur, d'ailleurs Nao n'était pas avec nous ces fois-là, mais sa mère ne parlait que de lui.

Je m'étais imaginé que nous repartirions dès que nous lui aurions remis le cahier de cours, mais elle nous a invités à passer au salon. J'étais un peu gênée, mais Werther, lui, a eu l'air de trouver ça normal.

Je jouais avec Nao aussi parfois, dans ce salon, aux cartes ou à Othello. Sa chambre se trouve juste au-dessus, sa sœur n'avait qu'à lever la tête et à dire : « Nao, tu peux descendre le jeu de cartes, s'il te plaît ! »... Elle est étudiante à Tokyo maintenant. J'ai regardé vers le plafond, mais je ne savais pas s'il était dans sa chambre. Sa mère nous a servi du thé anglais, puis elle s'est adressée à Werther :

– C'est la faute de son ancien professeur si Nao est tombé malade du cœur. Si tous les enseignants étaient comme vous, avec la passion de leur métier chevillée au corps, ça ne serait pas arrivé...

À la tête qu'elle faisait, j'ai compris que Nao n'avait pas parlé à sa mère de votre vengeance le dernier jour de classe de l'année dernière. Si elle avait su la vérité, je doute qu'elle eût pu se lamenter avec autant d'aplomb.

Et s'il n'a rien dit à sa mère, cela veut dire qu'il souffre tout seul dans son coin. Et elle qui prenait de gros gants pour ne surtout pas parler de l'affaire, et se concentrer lourdement sur l'incompétence de l'ancienne prof de son fils... Se figurait-elle qu'il n'était absolument pour rien dans cette affaire, son fils ? Qu'il y avait été entraîné contre son gré ?

Rien n'indiquait que Nao allait se montrer. Finalement, nous étions venus pour écouter sa mère enchaîner les médisances contre vous. Et Werther qui lui renvoyait de grands acquiescements de tête... Je me demande jusqu'à quel point il comprenait ce dont elle parlait.

– Madame, vous pouvez compter sur moi pour votre enfant, a-t-il fini par déclarer, très sûr de lui.

Au même instant, il y a eu un léger bruit quelque part. J'ai de nouveau regardé au plafond. Je suis sûre que Nao avait tout écouté. Mais il n'est pas réapparu à l'école, ni le lendemain ni le surlendemain. Nao ne venait plus en classe, c'était devenu normal. De même pour Shūya, tout le monde l'évitait et c'était normal aussi. Mais le pire n'était pas encore arrivé.

*

Le premier lundi de juin, il y a de nouveau eu distribution de lait, pour tout le collège cette fois. Au vu des résultats de la campagne de promotion des produits laitiers dans les établissements d'enseignement du secondaire sous l'égide du ministère de la Santé, ce que nous appelions tous « l'heure de la traite », une distribution quotidienne généralisée de lait à tous les élèves de collèges et lycées, avait été décidé à l'échelon départemental. À ce qu'il paraît, non seulement les élèves des classes pilotes avaient vu leur croissance en taille et en densité osseuse augmenter plus rapidement que la moyenne nationale, mais les élèves difficiles, autrement dit ceux qui avaient la réputation de péter un câble un peu trop facilement, s'étaient tenus plus tranquilles au cours de l'année test.

Pendant que Yūsuke et moi, en tant que délégués de classe, procédions à la distribution des cartons individuels, un air lugubre s'est répandu dans la salle, comme un mauvais souvenir qui remontait des bas-fonds. Sauf que cette fois nous n'étions pas obligés de boire, c'était déjà ça. Parce que, malgré les bons résultats de la campagne de l'année dernière, beaucoup de parents avaient déposé une protestation comme quoi leur enfant ne supportait pas le lait : « Et puis de quel droit forcez-vous nos enfants à boire du lait ? »

Ma foi, en ce qui me concerne je trouvais que ça faisait beaucoup de parents qui se donnaient du mal pour faire accepter les caprices de leurs enfants, mais bon, c'est quand même grâce à ces protestations que l'administration a renoncé à inscrire le numéro de la classe et le numéro de l'élève sur chaque ration individuelle. Malgré tout, comme on pouvait s'en douter, le seul à boire son lait avec tous les signes du plaisir manifeste fut Werther.

– Hé ! Mais qu'est-ce qui vous arrive ? C'est bon pour la santé, le lait ! il a dit en écrasant son carton vide après l'avoir vidé d'un trait.

Manque de chance pour Yumi, le regard de Werther a croisé le sien.

– Je... Je le boirai après le club, elle a fait d'une petite voix gênée.

– Ah oui... Bonne idée... Après l'effort le réconfort...

Il a trouvé ça drôle. Et voyant que tout le monde glissait son carton dans son sac pour plus tard, il n'a pas insisté.

Ce même jour, après les cours, c'était le tour de Shūya d'être de corvée de balayage dans la classe. Il était de dos pour prendre le balai dans le placard quand un bruit de quelque chose qui éclate avec des éclaboussures a fait se retourner les cinq ou six élèves garçons et filles qui se trouvaient encore là. C'était Yūsuke qui avait lancé son carton de lait en visant exactement les pieds de Shūya. J'étais assise à ma place en train de remplir le cahier de texte de la journée, sur le coup je n'ai pas compris. Mais quand j'ai levé les yeux, j'ai vu tout le monde regarder Yūsuke avec des yeux ronds.

Je ne savais pas ce que chacun pensait de Shūya mais, même si tout le monde avait la haine, je n'avais pas imaginé que quelqu'un aurait le courage de l'agresser directement. « Courage » n'est peut-être pas le mot, d'ailleurs, je n'appelle ça « courage » que parce que le geste est venu de Yūsuke, qui est un peu le leader de la classe et qui est un sportif.

– Et lui, il ne regrette rien, lui ? a lancé Yūsuke en l'apostrophant indirectement alors qu'il nous tournait toujours le dos.

Shūya a regardé son pantalon plein de lait d'un air dégoûté, il a attrapé son sac et est sorti de la salle sans réagir. Tout le monde l'a suivi des yeux, mais personne n'a rien dit.

Ç'a été le premier acte de harcèlement contre Shūya.

*

Je crois que Yūsuke vous aimait bien. Et quand j'y repense aujourd'hui, je crois que vous aviez un don pour évaluer la personnalité de chaque élève, même si d'un autre côté personne n'ira dire que vous étiez une prof qui mouillait le maillot, avec la passion de son métier chevillée au corps. Lors de la réunion de classe du matin, ou en début de cours, vous annonciez qui avait eu les meilleures notes aux tests, ou qui avait remporté une compétition ou un prix avec son club, ou qui avait bien fait son boulot au comité d'organisation de la fête de l'école ou d'autre chose… Vous ne traitiez personne comme une star, mais vous saviez féliciter l'un ou l'autre devant tout le monde, et nous on applaudissait chaleureusement.

Moi-même j'ai personnellement bénéficié à plusieurs occasions des applaudissements de toute la classe. Les délégués ont toujours des petites missions à remplir, je les acceptais sans rechigner, mais je savais bien qu'il ne fallait pas espérer de remerciements. Or vous aviez toujours un mot pour le rappeler devant tout le monde. Ça me faisait rougir, mais, je peux bien l'avouer, ça me faisait tout de même plaisir…

Werther, lui, il ne sait pas faire ça. Lui, il préfère la chansonnette qui dit « *La la la only one…* » ou « *La la la number one…* », je ne sais plus… Le jour de la rentrée, au moment où il s'est présenté, c'est cet air-là qu'il fredonnait derrière ses paroles : « Je ne cherche pas à mettre en avant le ou la meilleure d'entre vous, moi, je suis pour l'égalité entre tous, je veux être celui qui fait briller chacun d'entre vous en fonction des efforts qu'il a fournis, avec le même regard pour tous. »

Début mai, il y a eu le tournoi départemental de base-ball, le club du collège a battu l'équipe d'une école privée super forte et on est allés en demi-finale. C'était l'exploit du siècle, du jamais-vu au collège de S, le club a même eu sa photo sur la page locale du journal. Il faut dire que c'était surtout grâce à Yūsuke, numéro 4 et meilleur batteur de l'équipe. Il a été nommé Meilleur Joueur du département à l'issue du tournoi, et il a eu droit à une interview individuelle dans le journal. Toute la classe était hyper fière de lui (enfin, Shūya, je ne suis pas sûre…), c'était la première fois qu'un air un peu frais entrait dans la salle de la 4ᵉ B. Sauf qu'il a fallu que Werther jette sa bassine d'eau froide là-dessus :

– Oui, sans doute, Yūsuke a bien joué. Mais je voudrais que vous réfléchissiez : est-ce que Yūsuke a été le seul à jouer du mieux qu'il a pu ? Le base-ball est un sport d'équipe. Le meilleur batteur ne fera jamais une équipe à lui tout seul. C'est pourquoi je voudrais vous faire applaudir Yūsuke et ses huit coéquipiers, ainsi que les joueurs remplaçants, même ceux qui n'ont pas eu l'occasion d'être sur la feuille de match, tous ensemble.

Franchement, il aurait aussi bien pu dire ça après avoir félicité Yūsuke individuellement. Vous, vous auriez commencé par féliciter Yūsuke, je pense, puis le reste de l'équipe. Ça nous aurait permis d'adresser des applaudissements sincères à tout le monde.

Tous ceux d'entre nous qui avaient reçu au moins une fois des éloges individuels de votre part, et pas seulement Yūsuke, nous avons trouvé que la façon de Werther n'était pas très correcte, j'en suis sûre. Cela nous a frustrés quelque part, et cette frustration demandait à être évacuée. Même si ce n'est pas pour ça que certains ont commencé à se défouler sur Shūya.

*

J'accompagnais donc Werther tous les vendredis chez Nao. La première fois, sa maman nous avait reçus dans le salon familial et nous avait abreuvés de ses médisances, mais de semaine en semaine le temps qu'elle nous consacrait s'est sensiblement raccourci. Et ce n'était plus dans le salon qu'elle nous recevait mais juste dans l'entrée. Puis même plus dans l'entrée : elle récupérait l'enveloppe des copies de cours par la porte entrebâillée, sans même retirer la chaîne. Pour ce que j'ai pu voir par l'interstice, la maman de Nao était toujours méticuleusement maquillée, mais il m'a semblé qu'elle avait le coin des lèvres gonflé.

Leur fille aînée est mariée, la seconde est étudiante à Tokyo, et le père rentre toujours tard le soir. En fait, dans la journée, Nao est seul avec sa mère. Et avec la grosse angoisse qui l'étouffe et dont il ne peut même pas parler.

Je le lui ai dit, à Werther, que nous ferions mieux d'arrêter ces visites hebdomadaires. Ce n'était pas ça qui allait faire revenir Nao en classe, d'abord, et je pensais même au contraire que cela ne faisait que lui mettre la pression, et ce n'était certainement pas ce dont il avait besoin. Un court instant, le visage de Werther a laissé échapper une expression de mécontentement, spontanée pour une fois, mais il s'est vite ressaisi et il a répondu avec un sourire fabriqué :

– Nous sommes à un moment décisif des deux côtés. Quand ce cap sera franchi, il comprendra, j'en suis sûr !

Bref, il n'avait pas l'intention de cesser les visites. Mais les « deux côtés », pour lui, c'était qui et qui ? Et le « moment décisif », ça voulait dire quoi ? Nao n'était pas venu une seule fois en cours depuis la rentrée – l'avait-il déjà rencontré, d'abord ? En fait, je n'avais même pas envie de le lui demander.

Le lundi suivant, pendant l'heure de maths, Werther a sorti une feuille de joli papier cartonné.

– Nous allons tous écrire nos encouragements pour Nao sur cette feuille.

Je me suis préparée à encaisser la vague d'air bien poisseux qui allait déferler sur la classe. Mais c'est une atmosphère encore plus pourrie que ça qui s'est infiltrée.

Des filles ricanaient en écrivant, des garçons aussi. Au début, je ne comprenais pas pourquoi. Puis le papier cartonné est arrivé jusqu'à moi. La feuille était déjà remplie aux deux tiers, et quelque part quelqu'un avait écrit :

Courage ! Rien n'Est plus Vrai que l'Espoir. Acceptons la Sagesse Suprême de l'Amitié, le Sourire du Soleil Illumine la Nuit !

Pigé ! Quelle idiote j'étais, quand même... En fait, on commençait à y prendre goût, à notre petite atmosphère vicieuse.

*

Ce jour-là, vous nous avez parlé de la loi sur l'âge minimum de la responsabilité criminelle, je me souviens. Personnellement je suis de ceux qui ont toujours respecté la loi, mais celle sur l'âge minimum ne m'a jamais convaincue, même avant que vous nous en parliez.

Par exemple, dans l'affaire du jeune (qui n'est plus du tout jeune, maintenant) qui avait tué une femme et son bébé dans la ville de H. Combien de fois j'ai vu à la télé la famille des victimes raconter l'horrible façon dont tous les deux étaient morts, et la vie de bonheur qui était la leur avant... Chaque fois, je me disais qu'il n'y avait pas besoin de procès, qu'on n'avait qu'à remettre le coupable à la famille des victimes, qu'on n'avait qu'à donner à la famille des victimes le droit de juger elle-même le coupable, comme vous avez fait justice vous-même contre Nao et Shūya, et que les procès, on n'avait qu'à garder ça pour les cas où il n'y a personne pour juger. C'est comme ça que je pensais.

Pas seulement quand l'assassin est mineur, d'ailleurs. Chaque fois que j'entends un avocat trouver des justifications superflues à un meurtrier et aligner toutes sortes d'excuses indignes sur le ton le plus serein, je sens la colère monter en moi. Peut-être ces personnes ont-elles des idéaux très élevés, je ne dis pas, mais quand je vois ces avocats à la télé je me dis que j'aimerais leur filer un grand coup de pied dans les reins si je les croisais dans la rue, j'irais lancer des pierres sur leur maison si je connaissais leur adresse – combien de fois me le suis-je dit ?

Ce, alors que, bien entendu, je ne connais ni les victimes ni leur famille. Juste en apprenant par le journal ou la télé une affaire survenue quelque part loin de chez moi. Et si je pense de cette façon, c'est que je ne dois pas être la seule.

Cependant, au moment où je vous écris cette lettre, je sens que mes idées ont légèrement évolué.

Maintenant, je me dis au contraire qu'un vrai procès est la seule bonne façon de juger un criminel, même le plus cruel. Pas dans l'intérêt de l'assassin. Dans l'intérêt des gens normaux, pour nous empêcher, nous, les membres de la société, de foncer tête baissée dans l'arbitraire et le n'importe quoi. Voilà à quoi sert un procès.

Je suppose que la plupart des gens ont plus ou moins le désir d'être admirés. Mais réaliser quelque chose de bien ou de grand pour mériter l'admiration des autres n'est pas facile. Alors quelle est la méthode la plus simple ? S'indigner contre ceux qui ont fait quelque chose de mal ? Et encore, être le premier à dénoncer, être en première ligne quand il s'agit de porter le blâme sur quelqu'un, cela demande un minimum de courage. Parce qu'on sera peut-être tout seul. Par contre, suivre le troupeau dans la dénonciation du mal, ça c'est très facile. Pas besoin de principes personnels bien solides, il suffit de dire : « Moi aussi ! Moi aussi ! » C'est faire le bien, et en même temps ça défoule du stress quotidien, et ça c'est quand même le plus grand plaisir dont on puisse rêver. Et une fois qu'on a goûté à ce plaisir, dès qu'on a prononcé un premier jugement, on a besoin d'un autre, alors on cherche le suivant. La première fois, bien sûr, on a dénoncé un vrai salaud, un mauvais de la pire espèce, mais pour le suivant, si on n'en trouve pas un aussi bien à portée de la main, eh bien on le fabriquera.

Et ça, c'est exactement la même chose que les chasses aux sorcières en Europe au Moyen Âge. Parce que nous autres, les gens normaux, on oublie le principal : on n'a pas le droit de se faire justice...

*

Dès le lendemain du jour où Yūsuke a jeté son carton de lait sur Shūya, le bureau de Shūya s'est trouvé rempli des briques d'un peu tout le monde. Parfois, il y en avait même datant de la semaine d'avant – à se demander où ils les avaient gardées tout ce temps. Son bureau débordait tellement il était plein, et certains cartons étaient déchirés et tout dégoulinants. Son casier à chaussures et son casier personnel aussi. Tous les matins, avant que le prof arrive en classe, Shūya devait tout ramasser et nettoyer en silence. Ses cahiers ou ses affaires de sport disparaissaient, et j'ai même vu l'un de ses manuels scolaires avec écrit « ASSASSIN ! » en gros sur chaque page.

Nous faisions semblant de ne rien voir, mais ceux qui s'amusaient à ce genre de harcèlement devaient s'imaginer que tout le monde les admirait, même s'ils n'étaient qu'une faible minorité.

Un jour, toute la classe a reçu un texto : « Que le châtiment céleste tombe sur Shūya ! On commence à noter les sanctions de chacun ! » L'expéditeur devait être le même que la fois d'avant. Et ce qu'il commençait à noter, c'étaient les points qu'il attribuait aux vexations contre Shūya. Il suffisait de renvoyer à l'adresse du texto ce que l'on avait fait pour rendre la vie impossible à Shūya et on recevait un certain nombre de points. Chaque samedi, il faisait le total et l'élève de la classe qui avait le moins de points était considéré comme étant du côté du criminel et se voyait condamné lui aussi aux brimades.

Je ne ressentais aucune compassion pour Shūya, mais c'était tellement nul que j'ai décidé d'ignorer la menace. J'ai cru que personne ne prendrait ce texto au sérieux. Mais quelques jours plus tard, après les cours, j'ai aperçu par hasard Yukari, une fille toute timide du club beaux-arts, et Sōki jeter leur carton de lait dans le casier à chaussures de Shūya, puis envoyer un texto. Je n'en croyais pas mes yeux. Si même ces deux-là participaient, alors je devais être la seule à en être toujours à 0 point.

Le lundi suivant, j'étais sur mes gardes en arrivant au collège. Mais la journée s'est passée comme d'habitude. En fait, je crois qu'à ce moment nous étions encore plusieurs à ne pas avoir participé à ces brimades organisées. Et cela me soulageait de voir que tout le monde n'était pas devenu fou dans cette classe.

*

La quatrième semaine de juin, Werther s'est arrêté en plein cours de maths pour une discussion de classe. Les tests de la fin du trimestre approchaient, pourtant.

– Hier, coincé dans l'un des cahiers d'exercices que je corrigeais, j'ai trouvé ce message…

Et pour nous mettre dans l'ambiance il a agité devant nos yeux une demi-feuille de papier. Au même moment, dans les premiers rangs, on a entendu un cri étouffé. Sur la feuille, il y avait quelque chose imprimé à l'ordinateur, mais de ma place je ne pouvais pas voir. Werther a lu à haute voix :

– « Il y a du harcèlement organisé dans la classe »...

Ah, finalement, il y en avait qui essayaient de faire quelque chose pour changer l'atmosphère. J'ai pensé que celui ou celle qui avait écrit cela avait du courage. Mais il ou elle n'avait certainement pas imaginé que son message serait lu devant tout le monde. Devant la tournure inattendue des événements, il ou elle devait regretter son geste.

Werther a repris, en survolant toute la classe du regard :

– Je ne dirai pas dans le cahier de qui je l'ai trouvé, mais je tiens à ce qu'on en parle tous ensemble. À vrai dire, depuis quelque temps, je sentais qu'il se passait des choses étranges dans cette classe. Par exemple, comment se fait-il qu'un élève comme Shūya, qui a toujours été sérieux, change de cahier trois fois de suite en un mois parce qu'il a soi-disant perdu l'ancien ? Et pas seulement son cahier. Je sais qu'il a renouvelé également ses chaussons d'intérieur et ses affaires de sport. Je m'apprêtais justement à demander à Shūya de m'expliquer un peu ce qui se passe. Mais quelqu'un qui a eu le courage de m'en informer m'a précédé. Et ça, j'en suis extrêmement heureux. Toutefois... Mettons les choses au point : ce n'est pas du harcèlement. Ce harcèlement à l'encontre de Shūya, en fait c'est de la jalousie. La preuve en est qu'il est victime non de violences directes mais d'exactions indirectes visant ses affaires personnelles. Shūya a toujours les meilleures ou les deuxièmes meilleures notes des quatrièmes de l'établissement, toutes classes confondues. Et j'ai entendu dire qu'il avait reçu un prix de quelque chose à l'échelon national l'année dernière. Il n'est donc pas étonnant que quelqu'un soit jaloux de lui et lui fasse subir des vexations. Mais obtenir les aveux des coupables n'est aucunement dans mes intentions. Car cela, c'est votre problème à tous. Et c'est pourquoi je veux que ce soit très clair, aussi bien pour ceux qui participent à ces actes que pour ceux qui n'y participent pas. Shūya a de bonnes notes, c'est un fait. Mais si vous pensez que cela signifie que vous valez moins que lui, là vous vous trompez. Car avoir de bonnes notes, pour Shūya, c'est son point fort personnel. Vous aussi, tous autant que vous êtes, vous avez un point fort personnel. C'est pourquoi, au lieu d'être jaloux de son point fort à lui, vous devriez plutôt vous attacher à votre point fort à vous, et le travailler. Certes, il est possible que certains d'entre vous n'aient pas encore trouvé leur point fort. Dans ce cas, n'hésitez pas à venir me demander. Nous ne nous connaissons que depuis quelques mois, mais je vous vois tous les jours, et je vous observe, sachez-le…

À cet instant, un portable s'est mis à sonner. Takahiro a sursauté, s'est écrié « Merde ! », et a plongé la main en vitesse dans son bureau pour attraper et couper son téléphone. Le règlement intérieur du collège n'interdit pas d'avoir un portable, mais il faut qu'il soit éteint pendant les cours. Werther a confisqué le portable de Takahiro et a déclaré :

– Voilà, j'étais en train de faire une communication très importante à tout le monde, et pour un seul qui n'a pas respecté la règle j'ai été obligé de m'interrompre. On éteint son portable. Moi je dis qu'un élève qui ne sait pas respecter une règle aussi basique n'a même pas le niveau du primaire…

Et il a continué son laïus pendant un moment. Pour lui, le fait d'avoir été obligé de s'interrompre était plus grave que le harcèlement organisé dans cette classe. L'auteur du message devait être trop déçu, compter sur l'aide de Werther était une belle erreur…

Et le cauchemar ne faisait que commencer. La chasse aux sorcières était ouverte.

*

Le jour même, à la fin des cours, puisque je ne suis dans aucun club je m'apprêtais à rentrer à la maison après la corvée de balayage, quand devant les casiers à chaussures Maki m'a appelée. Depuis le début de l'année, Maki est aux petits soins pour Ayaka, prête à n'importe quelle commission, une vraie esclave.

– Ayaka voudrait te parler, tu peux remonter en classe, s'te plaît ?

Qu'est-ce que je disais ?... Évidemment, je me doutais que si Ayaka voulait me voir ce n'était pas pour me dire un truc super cool, mais bon, si j'avais refusé, ça m'aurait causé des ennuis plus tard, alors pas le choix, je suis retournée dans notre salle de classe.

À peine étais-je entrée par la porte du fond que Maki m'a donné un grand coup dans le dos. Je suis tombée sur les genoux, j'ai levé les yeux, Ayaka était debout devant moi. Et le temps que je reprenne mes esprits j'ai remarqué qu'il y avait en tout cinq ou six élèves autour de moi, des garçons et des filles.

– Mizuho, c'est toi qui as cafardé à Werther, avoue ! a commencé Ayaka.

N'importe quoi... même si, à vrai dire, j'imaginais bien quelque chose dans ce style en remontant.

– Non, ce n'est pas moi, j'ai répondu en la regardant droit dans les yeux.

Mais Ayaka n'avait pas envie de m'écouter.

– Tu mens ! Dans cette classe, qui est capable de faire ça ? Il n'y a que toi... « Il y a du harcèlement organisé dans la classe. » Cette blague ! Ça me fait trop marrer. Nous on châtie un assassin, d'abord ! Pas vrai, Mizuho ? Tu penses pas à la pauvre Mme Moriguchi, toi ? À moins que tu ne sois du côté du meurtrier, en fin de compte ?

C'était tellement nul, ça ne valait pas la peine de répondre, alors je n'ai rien dit et j'ai tourné la tête sur le côté.

– Bon, d'accord, mais alors prouve-le, elle a repris en me tendant un carton de lait. Si tu le fais exploser toi-même, je veux bien te croire.

J'ai regardé le carton de lait dans ma main, et un peu plus loin j'ai vu Shūya. Il était couché par terre, les chevilles et les poignets saucissonnés avec du ruban adhésif d'emballage. Et tous me guettaient avec un sourire en coin.

Si je ne jetais pas le carton de lait sur lui, à compter du lendemain je pouvais m'attendre à subir le même sort. Peut-être même que c'était moi qui allais me prendre la brique qu'elle n'était pas cap de lancer de ses mains sur Shūya.

Le regard de Shūya a croisé le mien. Il ne m'appelait pas à l'aide, il ne me défiait pas non plus, je ne savais pas trop ce qu'il pensait mais en tout cas son regard était très calme. En regardant ses yeux, je me suis dit à moi-même : Il ne pense à rien. Il n'a aucun sentiment humain. C'est un horrible assassin. Vous aviez dit que c'était Nao qui avait commis le geste qui avait tué votre fille, mais en fait il ne se serait rien passé du tout si Shūya n'avait pas été là !

Assassin ! Assassin ! Assassin !

Mes hésitations ont disparu.

Je me suis levée, j'ai fait deux ou trois pas dans sa direction, j'ai levé mon bras en visant sa poitrine, j'ai fermé les yeux et j'ai lancé la brique de lait de toutes mes forces. J'ai entendu le bruit du carton qui éclatait. Et au même instant, au fond de moi, une sorte de transe est montée.

Je veux qu'il souffre encore plus, ce salaud !

Encore ! Encore ! Il faut le châtier !

Le rire des autres a coupé le signal qui tournait en boucle dans ma tête. Un rire malsain, bouche ouverte. J'ai ouvert les yeux lentement, j'ai retenu ma respiration. Le lait dégoulinait de son visage. Sa joue droite était rouge et gonflée. La brique que j'avais lancée n'avait pas atteint sa poitrine mais l'avait frappé en pleine figure.

– Bien joué, Mizuho !

À la voix d'Ayaka, le rire des autres a redoublé. Ah bon, c'était aussi jouissif que ça ?... Shūya me regardait exactement avec les mêmes yeux que plus tôt. Mais cette fois il m'a semblé que son regard disait quelque chose.

De quel droit tu me juges, toi ?

Il m'est apparu comme un saint souillé par la foule imbécile.

– Pardon...

Ça m'a échappé. Mais pas à Ayaka.

– Attends une seconde... Tu viens de demander pardon à un tueur, là... Alors finalement c'est bien toi la traître ! On va te châtier comme tu le mérites !

Ayaka s'est mise à lancer ses imprécations comme si elle se prenait pour Jeanne d'Arc, sauf que je doute qu'elle ait suffisamment de connaissances en histoire pour avoir entendu parler de Jeanne d'Arc...

Elle n'avait pas plus tôt ouvert la bouche que je me suis retrouvée enserrée par deux bras derrière mon dos. Je ne sais pas qui c'était, un garçon de la classe en tout cas.

C'est tout ce qui m'est passé dans la tête à ce moment-là.

– À partir d'aujourd'hui, pour nous, tu es avec ce type, a décrété Ayaka.

J'étais toujours immobilisée, le garçon qui me ceinturait m'a obligée à plier les genoux, puis il m'a poussée dans le dos. Je me suis effondrée sur le sol. La tête de Shūya se trouvait à quelques centimètres de la mienne.

– Le bisou ! Le bisou ! Le bisou ! a crié quelqu'un.

J'ai commencé à me débattre. Non ! Arrêtez ! Mais en fait, j'avais tellement peur qu'aucun son n'est sorti de ma gorge. Celui qui me maintenait de tout son poids contre le sol a attrapé ma tête d'une main, l'a soulevée et l'a collée contre le visage de Shūya… J'ai entendu un genre de déclic à ce moment-là.

– Ayaka, regarde ! Le super scoop !

C'était la voix de Maki, et à ces mots j'étais soudain libre de mes mouvements. J'ai levé les yeux et j'ai vu tout le monde autour de l'écran du portable de Maki. Les rires gras ont redoublé.

– Ton premier baiser d'amour, je parie. Pas vrai, Mizuho ?

Ayaka a pris le portable de Maki et me l'a mis devant les yeux. Et sur l'écran, je me suis vue en gros plan, les lèvres collées contre celles de Shūya.

– Les endroits où pourrait se retrouver cette photo, tu vois, en fait ça dépend entièrement de toi, Mizuho.

Madame, si Shūya et Nao sont des assassins, ceux-là ils sont quoi ?

*

Je ne me souviens plus exactement comment je suis rentrée chez moi après ça.

J'ai enlevé mon uniforme du collège, qui sentait le lait, j'ai pris une douche et je me suis enfermée dans ma chambre sans même dîner. J'avais encore mal aux bras et les rires gras des autres ne me sortaient pas de la tête. Les tremblements ne s'arrêtaient pas. J'aurais voulu que le matin n'arrive jamais, ou qu'un missile vienne tout faire sauter.

Quand je fermais les yeux, les images horribles me revenaient, je ne pouvais même pas dormir. Vers minuit, mon portable a sonné pour annoncer un texto. J'ai pensé que c'était la photo. J'ai ouvert mon téléphone d'une main tremblante, mais c'était d'un numéro que je n'avais jamais vu : celui de Shūya. « Je suis devant la supérette, j'aimerais que tu viennes. » J'ai hésité mais finalement j'ai décidé d'y aller.

Il avait garé son vélo sur le côté du parking et il attendait devant, debout. Je ne savais pas quelle tête faire, ni quoi dire, alors je me suis arrêtée en face de lui sans rien dire du tout. Shūya non plus. Il a juste sorti un papier plié de la poche de son jean, il l'a déplié et me l'a brandi sous le nez.

Les réverbères étaient allumés mais je n'ai pas bien vu ce qui y était écrit. Je me suis reculée pour mieux voir. Il y avait des chiffres. Puis en regardant la dernière ligne j'ai compris que c'étaient les résultats de son analyse de sang. En haut de la feuille figuraient le nom de Shūya et la date du prélèvement. Juste une semaine auparavant.

– C'était au courrier aujourd'hui, je l'ai trouvé en rentrant. Voilà.

Il a replié la feuille et l'a replacée dans la poche de son jean. À ce moment je me suis aperçue que mes larmes coulaient. Je ne voulais pas qu'il pense que c'étaient des larmes de soulagement de ne pas avoir été contaminée par notre baiser forcé. Alors je le lui ai dit :

– Je le savais.

Shūya m'a regardée avec des yeux ronds. Ce n'était pas le visage du « jeune A », le mineur criminel, c'était un visage que je n'avais pas vu depuis longtemps, un visage qui exprimait une émotion.

– Shūya, j'ai quelque chose à te dire, j'ai fait.

Shūya est allé acheter deux canettes de jus de fruits à la supérette, il les a mises dans le panier de son vélo et il m'a dit de monter derrière. Les abords d'une supérette à minuit, c'était un peu trop animé pour parler de ça.

*

Un garçon et une fille de notre âge roulant à deux sur un vélo en pleine nuit, comment est-ce que les gens nous voyaient ? Il n'y avait pas grand monde dans les rues, pas beaucoup de voitures non plus, et de toute façon ce n'était pas du tout ce qu'ils pouvaient croire, mais n'empêche que mon cœur battait un peu fort.

Peut-être parce que Shūya était plus costaud que je ne l'aurais cru… Alors que j'avais souhaité que la fin du monde arrive, dans les ténèbres il était venu comme un héros me sauver. C'est un peu comme ça que je le voyais. Et puisqu'il m'avait sauvée, je devais lui dire ce que je savais…

Après une quinzaine de minutes, Shūya a arrêté son vélo devant une maison sans étage au bord de la rivière, un peu à l'extérieur de l'agglomération. Ça ne pouvait pas être la maison de sa famille, d'ailleurs l'endroit semblait inhabité. Il a sorti une clé de sa poche et a ouvert la porte d'entrée. Je n'étais pas rassurée, mais il m'a expliqué que c'était la maison où avait vécu sa grand-mère, et que maintenant l'endroit servait d'entrepôt pour le magasin de son père.

Nous sommes entrés et Shūya a allumé. Il y avait des cartons entassés jusque dans le couloir. C'était tellement encombré que l'air ne circulait pas, il faisait chaud et moite comme dans un sauna. Alors nous nous sommes assis devant l'entrée. Et en faisant rouler entre mes mains la canette de boisson goût pamplemousse qu'il m'avait donnée je lui ai raconté ce que j'avais fait ce fameux jour.

Vous non plus, vous n'êtes pas au courant.

*

Dans tout ce que vous nous avez raconté ce jour-là, il y avait un détail qui ne passait pas. Vers la fin.

Sur le moment, vous m'avez fait peur, à en sentir des frissons le long de ma colonne vertébrale. Puis vous êtes sortie de la salle de classe, Nao est sorti, tout le monde s'est dispersé comme si tous voulaient fuir cet endroit. Je suis restée la dernière. Moi aussi j'aurais voulu partir de là, à vrai dire, mais j'ai vu le casier posé sur la table à côté du tableau avec les cartons individuels de lait vides. Je me suis demandé qui était de corvée de rangement. Qui que ce soit, celui ou celle dont c'était le tour n'avait pas eu envie d'y toucher, c'était compréhensible. Inconsciemment, mes yeux se sont posés sur la brique de Nao et sur celle de Shūya.

Dans votre récit, j'avais remarqué que vous aviez employé plusieurs fois le mot « logique », ou « raisonnement logique ». Mais quel était votre « raisonnement » à vous, celui qui se cachait derrière le fait de répéter ce mot, justement ? Votre douleur et votre chagrin, dans une certaine mesure je pouvais les imaginer, mais je ne pouvais pas les comprendre entièrement. Tout simplement parce que moi, les gens que j'aime sont vivants, et si j'imagine leur mort ce n'est que de la fiction. Vous, vous haïssez à mort Shūya et Nao, et pourtant il m'a semblé qu'il restait quelque chose de « raisonnable » en vous.

J'ai enveloppé les deux cartons de lait de Nao et de Shūya dans un sac en plastique que j'ai trouvé dans le placard à balais, pour les rapporter chez moi. Bien sûr, si on récupérait tous les autres sauf ces deux-là, cela ferait bizarre. Alors, au lieu de les rapporter à l'administration, où il serait procédé au pointage, j'ai tout mis dans un sac « à incinérer » que j'ai déposé dans le coin poubelles, derrière le gymnase. Sur le chemin, j'ai croisé plusieurs profs, ils ont remarqué que je m'occupais des poubelles et ils m'ont félicitée, mais ils n'ont pas pensé à me demander ce que j'allais jeter. C'est ça l'avantage d'être déléguée de classe… Une fois de retour chez moi, j'ai ouvert les deux cartons de lait avec des ciseaux et j'ai mis du luminol, que j'avais par hasard parce que j'aime bien m'amuser avec.

Le résultat fut exactement celui auquel je m'attendais.

*

– Merci de n'avoir rien dit aux autres.

Quand j'ai eu fini mon récit, la façon de Shūya de me remercier m'a prise par surprise. Ce n'était pas du tout pour lui que j'avais gardé le secret, c'est juste que je n'avais pas d'amie assez proche pour en parler. Mais c'était vrai, si les autres de la classe venaient à savoir la vérité, le harcèlement contre Shūya risquait de prendre une tournure beaucoup plus violente, cela ne faisait pas l'ombre d'un doute.

– C'est la seule partie de l'histoire de Mme Moriguchi que tu n'as pas crue ?

J'ai acquiescé de la tête.

– Et ça t'est égal de te trouver seule avec moi dans un endroit pareil ?

J'ai de nouveau acquiescé.

– Même si je suis « le jeune A » ?

Je l'ai regardé droit dans les yeux. Si Shūya était « A », les autres de la classe, ils étaient quoi ? Et celle qui me faisait le plus peur, c'était moi-même, depuis que je savais que j'étais capable de jeter un carton de lait à la figure de quelqu'un qui ne m'avait rien fait. Sa pommette était encore enflée. J'ai effleuré son œdème comme pour toucher du doigt le résultat de mes actes. C'était tellement brûlant que je me suis écartée. Je ne crois pas que c'était parce que j'avais eu la canette glacée de jus de fruits en main, ni à cause du coup. Non, je pense que c'était parce que moi aussi je m'imaginais Shūya comme un monstre à sang froid. Alors qu'en fait Shūya était un garçon normal.

– Pourquoi tu m'as montré le résultat de ton analyse de sang ?

Cela faisait un moment que j'avais envie de lui poser la question.

– Parce que j'ai l'impression qu'on se ressemble beaucoup, toi et moi.

J'étais un peu déçue d'apprendre finalement que ce n'était pas précisément pour me sauver qu'il était venu vers moi. Je ne savais pas quoi répondre, alors j'ai commencé à tirer sur l'anneau de la canette.

– Attends ! Tu comptes tout boire ? a dit Shūya.

J'ai regardé la canette de trois cent cinquante millilitres

que j'avais entre les mains. Un truc avec des bulles, mais tout de même pas une quantité si énorme que je ne puisse pas la terminer. Que voulait-il dire alors ?

– Pas sûr…

Il m'a tendu sa propre canette, qu'il avait déjà entamée. Je l'ai prise et j'y ai bu directement trois gorgées, puis je la lui ai rendue. Lui aussi a bu, puis me l'a repassée. On a bu la boisson au pamplemousse en se passant et se repassant la boîte en métal à tour de rôle, puis quand elle a été vide on s'est embrassés. J'étais amoureuse d'un autre garçon, mais Shūya, c'était la seule personne au monde qui était de mon côté.

– Demain, tu viens en cours, pas vrai ? Sans faute ? il m'a demandé quand il m'a déposée en vélo devant la supérette.

Je n'avais pas envie d'aller au collège le lendemain, mais si je manquais, d'abord je me voyais facilement ne plus bouger de ma chambre jusqu'à ma mort, et puis je me sentais capable de supporter quelques brimades du moment que Shūya était là. J'ai promis :

– J'y serai.

*

À peine ai-je posé le pied dans notre salle de classe le lendemain matin qu'une partie des garçons s'est mise à me siffler. Des filles me dévisageaient en riant, et jetaient des coups d'œil vers le devant de la salle. J'ai levé les yeux vers le tableau : il y avait un grand « parapluie d'amoureux » dessiné, avec mon nom et celui de Shūya. Alors j'ai fait comme Shūya fait toujours, je suis allée à ma place sans regarder personne. Le même graffiti était dessiné sur ma table aussi. Au feutre indélébile.

– Coucou, Mizuho !

De sa place, entourée de sa bande, Ayaka agitait son portable d'une main en l'air. Je l'ai ignorée et je me suis assise. Puis j'ai ouvert le livre de poche que j'avais préparé en prévision.

À ce moment-là, Shūya est entré. Les mêmes cris et sifflets ont éclaté. Comme moi, il a vu le tableau. L'air impassible comme d'habitude, il a juste posé son sac sur le graffiti de sa table et est allé voir Takahiro, qui était en train de siffler.

– Qu'est-ce t'as, « jeune A », tu as quelque chose à me dire ? a lancé Takahiro d'un ton moqueur.

Shūya n'a rien répondu, il lui a jeté un coup d'œil, puis il a porté sa main à sa bouche, s'est mordu le petit doigt jusqu'au sang, puis lui a caressé la joue. Brimade de la brimade. Sur la joue de Takahiro est apparue une ligne rouge. Le sang de Shūya. Il y a eu un hurlement général de tous ceux qui se trouvaient aux alentours. Puis, immédiatement, toute la classe est retombée dans un silence glacial.

– C'est toi qui as taclé Mizuki hier, je crois… Tout ça pour faire plaisir à l'autre tarte ? C'est fou ce qu'on peut faire par amour, hein… a murmuré Shūya à l'oreille de Takahiro.

Après quoi il est allé se placer devant la chaise d'Ayaka, le petit doigt tendu devant ses yeux. Une goutte de sang dégoulinait le long de sa main, presque jusqu'au poignet. Ayaka s'est couvert le visage à deux mains pour se protéger. Il a posé sa main ensanglantée sur son portable, sur le bureau. Elle a hurlé, et Shūya a dit :

– Faut pas se prendre pour une héroïne quand la seule technique qu'on maîtrise c'est la lâcheté… En plus t'es tellement bête que tu ne t'aperçois même pas que tu joues pour quelqu'un d'autre.

Puis il est allé jusqu'à la place la plus au fond, où Yūsuke semblait observer le cours des événements comme si cela ne le concernait pas.

– Tu crois que personne ne voit que c'est toi qui manipules l'autre connasse pour organiser le harcèlement ?

Et en terminant sa phrase il s'est penché vers Yūsuke et a collé ses lèvres sur les siennes. Plus personne ne respirait dans la classe, pas même moi.

– Alors, ça fait quoi, d'embrasser un garçon ?

Le visage de Yūsuke était devenu de pierre. Même vu de profil, c'était très clair. Shūya a ajouté, affichant un sourire très à l'aise :

– Alors comme ça on veut châtier le Mal ? Tu te prends pour un justicier ? Mais dis-moi... la gamine, tu savais qu'elle allait à la piscine, pas vrai ? Alors en fait, si tu avais prévenu la prof que sa fille se rendait à la piscine en cachette, elle ne serait peut-être pas morte – je me trompe ? Seulement, tu ne l'as pas fait. Ce ne serait pas parce que ça te plaisait un peu de voir l'autorité du règlement bafouée ? Organiser un harcèlement, ça te fait jouir ? Tu sais quoi ? Les types dans ton genre, ça s'appelle des hypocrites. Alors continue comme ça, et la prochaine fois je mets la langue.

Les brimades ont cessé net.

*

Début juillet, pendant les tests de fin de trimestre, je voyais Shūya presque tous les jours dans l'ancienne maison de sa grand-mère. Il suffisait que je dise à mes parents que j'allais réviser chez une copine, je n'essuyais aucune remontrance, même si je rentrais un peu tard.

Le père de Shūya s'était remarié quand lui-même était en cinquième année de primaire. Il y avait un petit frère chez lui maintenant, alors il avait la permission d'utiliser la vieille maison pour travailler à sa guise. Il serait resté une semaine sans rentrer que personne n'aurait rien trouvé à redire – c'est du moins ce qu'il prétendait.

Dans la pièce la plus au fond, Shūya avait aménagé ce qu'il appelait son « Labo ». C'était là qu'il révisait pour les tests, et qu'il fabriquait « un truc compliqué comme une montre ». Je lui avais demandé ce que c'était mais il n'avait pas voulu me le dire. Je restais à quelque distance à le regarder travailler de dos, l'air très sérieux, et j'aimais bien. Vers la mi-juillet, c'était presque fini. Il m'a enfin expliqué ce que c'était : un détecteur de mensonges. Il y avait une lanière à passer autour du bras, avec un senseur qui captait les pulsations. Si le rythme des pulsations s'affolait, un écran clignotait et une alarme sonnait.

– Essaie pour voir, m'a dit Shūya.

Et si je me faisais électrocuter ? j'ai pensé pendant que je me laissais attacher la lanière autour du bras.

– Tu te demandes si tu ne vas pas te faire électrocuter, pas vrai ?

– Hein ? Mais non, pas du tout !

Pii pii pii pii... L'écran s'est mis à clignoter et une sonnerie de réveil à deux balles a retenti.

– C'est trop génial ! Shūya, tu es un génie !

À force de s'entendre répéter qu'il était génial, il a commencé à rougir, puis à rire. Il m'a pris la main.

– Tu vois, ce n'était pas plus compliqué que ça en fait, ça m'aurait suffi... J'avais juste besoin que quelqu'un m'encourage...

J'ai compris qu'il voulait parler de « l'affaire ». C'était la première fois. J'ai posé mon autre main sur la sienne, qui me tenait toujours par le poignet.

– Les petits enfants veulent toujours que celui qui les écoute réagisse de la façon qu'ils ont décidée, quand ils racontent une histoire. Et s'il le faut ils recommencent cent fois en exagérant chaque fois un peu plus jusqu'à avoir gain de cause. Eh bien c'est pareil... J'ai trouvé un chat mort dans un terrain vague. Et alors ?... En fait, c'est moi qui l'ai tué. Non ? C'est pas vrai ? Si, c'est vrai. Ça m'arrive, de tuer des chats. Ah bon... Mais je ne les tue pas normalement. Qu'est-ce que tu veux dire ? Alors comment ? J'utilise des machines de mort de mon invention. Ah oui ? Génial !… M'dame, il y a quelque chose d'amusant à l'intérieur, ouvrez voir. Dis, Mizuki, c'est quoi le crime que j'ai commis ? Ben, assassinat, je crois. Merde, qu'est-ce que je vais faire, alors ?…

Il pleurait. Je n'ai rien dit et je l'ai serré dans mes bras. Ça a redéclenché la sonnerie.

Quand je suis rentrée à la maison, c'était presque le matin.

*

Évidemment, le plus heureux de voir cesser le harcèlement contre Shūya fut Werther. Désormais, Shūya riait de bon cœur en classe, et il a eu les meilleures notes de toutes les quatrièmes au test de fin de trimestre. Pour l'élection du délégué de notre classe à la prochaine fête des élèves du deuxième trimestre, tout le monde pensait que Yūsuke se présenterait, mais maintenant on entendait certains suggérer qu'ils préféreraient Shūya. Werther paradait, totalement sourd au calme écrasant qui régnait dans la classe. Une fois, dans les couloirs, je l'ai vu faire un clin d'œil en passant devant Shūya, que le prof d'anglais était en train de féliciter. J'ai failli vomir. Heureusement qu'il ne m'a pas souri à moi.

Mais il lui restait encore une grande mission à accomplir, à Werther. Le cas Nao. Si Nao persistait à ne pas venir en cours, il allait bien falloir prendre une décision pour son orientation à la fin de l'année scolaire, la date limite de dépôt des dossiers approchait.

Vous, madame, quand vous essuyez un échec, cela vous demande beaucoup d'efforts pour que le mot « échec » franchisse vos lèvres ? Je ne parle pas de ceux qui disent « Je n'y arriverai pas » avant même d'avoir essayé, mais en tout cas, moi, je trouve ça très dur. N'empêche que Werther aurait quand même mieux fait de mettre sa fierté de côté et d'admettre qu'il n'arriverait jamais à faire revenir Nao en classe, si vous voulez mon avis.

Ou au moins il aurait pu prendre conseil auprès de ses collègues. Il y avait toujours la possibilité de proposer un changement d'établissement, par exemple, puisque la cause du refus de Nao de revenir à l'école se trouvait dans cette classe.

*

L'avant-dernier jour du premier trimestre, après les cours, comme d'habitude, j'ai accompagné Werther chez Nao. Il était environ 18 heures mais il faisait encore jour, et rien que de rester debout devant la porte d'entrée j'ai vite été trempée de sueur.

Cette fois-ci, j'apportais également une lettre personnelle pour Nao. Parce qu'il me semblait injuste d'avoir dit ce que j'avais découvert concernant les cartons de lait à Shūya et pas à Nao. Je lui racontais donc par écrit la même chose qu'à Shūya, rien d'autre évidemment, surtout pas : « Reviens en cours ! » Qu'il revienne ou pas, ça c'était un autre problème. En tout cas il me semblait que ma lettre pouvait lui enlever un gros poids.

Par la porte entrouverte, Werther a d'abord fait passer l'enveloppe avec les copies des cours, puis le joli carton dans un papier cadeau. Parce que, incroyable mais vrai, le carton sur lequel il nous avait tous fait écrire un message, il ne l'avait pas encore donné. Et, franchement, il aurait mieux fait de l'oublier définitivement.

Je ne sais pas si la clim marchait à fond ou quoi, mais j'ai vu que, par cette chaleur, la maman de Nao portait un vêtement épais à manches longues. Je n'ai pas bien vu son visage en revanche. Juste avant qu'elle referme la porte, j'ai voulu lui passer la lettre que j'avais écrite. Mais Werther en a profité pour mettre son pied dans l'ouverture et s'est mis à crier à l'intérieur :

– Naoki ! Si tu es là, écoute-moi bien. En fait, tu n'es pas le seul à avoir souffert pendant ce trimestre. Pour Shūya aussi ça a été très dur, tu sais. Shūya était harcelé par d'autres de la classe. Il subissait des brimades vraiment dégueulasses… Mais je leur ai expliqué, devant tout le monde, en quoi de tels actes étaient erronés. J'y ai mis toute mon âme… et ils ont compris. Alors, Naoki, d'abord je te demande de te confier à moi, de me dire toute la souffrance que tu as sur le cœur. Et ta souffrance, moi, je la prendrai avec toute mon âme, sincèrement. Je te promets de le résoudre, ton problème. Je t'en supplie, crois-moi ! Demain c'est le dernier jour du trimestre, viens ! Sans faute ! Parce que je t'attends, tu sais !

Pourquoi fallait-il qu'il prenne ce ton de reproche pour dire ça ? Pour commencer, il avait cru que ce n'était pas du harcèlement mais de la jalousie, pour Shūya. Et comme par hasard, à partir du moment où le problème était résolu, c'était soudain redevenu du harcèlement ? J'ai jeté un coup d'œil à la fenêtre de l'étage, il m'a semblé que le rideau de la chambre de Nao bougeait.

Je ne sais pas ce que Werther trouvait de si excitant, mais il y avait une lumière dans son regard qui ne semblait pas du tout en phase avec ce qu'il regardait. Il s'est incliné profondément devant la mère de Nao, qui restait complètement abasourdie, puis il a refermé la porte. J'ai eu l'impression que tout le quartier, attiré par la voix de Werther, était aux fenêtres. D'ailleurs, Werther, tout sourires, a incliné la tête comme pour saluer un public invisible, avant de se tourner vers moi.

– Mizuho, c'est très bien de ta part de m'accompagner chaque fois, je te remercie.

J'étais devant lui, et pourtant il parlait beaucoup plus fort que nécessaire, comme si c'était de tout le monde alentour qu'il voulait se faire entendre. Il faisait son show. Depuis le début, il faisait son show.

Et moi, j'étais sa spectatrice, celle qui avait vu la pièce depuis le lever de rideau, acte I, scène 1. J'étais là pour lui servir de témoin, j'étais la preuve qu'il se conduisait comme le prof émérite qui prend à cœur de rendre visite à ses élèves à domicile, c'était la seule raison pour laquelle il m'obligeait à l'accompagner. Dans la poche de ma jupe d'uniforme, j'ai fait une boule de la lettre que je n'avais pas réussi à transmettre à Nao.

C'est ce soir-là que Nao a tué sa mère.

*

La cérémonie de fin du premier trimestre fut écourtée pour cause de réunion d'urgence des profs et des associations de parents d'élèves.

– Hier, un événement grave s'est produit dans la famille d'un élève de notre établissement. La police est en train d'enquêter sur les circonstances précises de ce tragique incident, mais, quoi qu'il en soit, vous n'avez absolument pas à vous inquiéter.

C'est ainsi que le proviseur nous a informés de ce qui s'était passé chez Nao. À vrai dire, nous étions déjà presque tous au courant. Toutes sortes d'hypothèses s'échangeaient à voix basse en classe depuis le matin, et tous cherchaient des informations détaillées. Quelque chose de terrible s'était produit, mais une certaine excitation planait. Après la cérémonie, de retour dans notre salle, Werther n'a rien dit, ni sur Nao ni sur les événements. Ce n'était pourtant pas l'envie qui lui manquait, semble-t-il, mais il devait respecter une consigne de l'administration, je pense. Puis nous avons été mis dehors presque de force. Sauf moi. Moi, l'administration m'avait fait dire de rester. Dans la mesure où je m'étais rendue chez Nao quelques heures à peine avant le drame, c'était inévitable.

Voyant que j'allais rester seule, Shūya m'a laissé quelque chose en guise de « porte-bonheur ». Puis Werther est entré.

– Mizuho, tu n'as aucun souci à te faire, tu sais. Et si on te pose des questions, tu n'as qu'à dire la vérité telle qu'elle est, a-t-il dit en insistant sur chaque mot, les deux mains posées sur mes épaules.

Je n'ai rien fait pour qu'il retire ses mains, je l'ai regardé droit dans les yeux.

– M'sieur, je voudrais vous poser une question. Mais avant, vous pouvez passer cette lanière à votre bras ?... Non non, c'est juste une sorte de tour de magie à la mode en ce moment.

Werther a passé à son poignet le « porte-bonheur » que je lui tendais. Puis je lui ai demandé :

– M'sieur, chaque semaine, quand nous allions chez Nao, c'était vraiment pour Nao, ou pour votre satisfaction personnelle ?

– Qu'est-ce que tu racontes, Mizuho ? Tu étais avec moi, tu es bien placée pour le savoir ! Je n'ai jamais eu en tête que le bien de Nao dans mes visites hebdomadaires chez lui...

Pii pii pii pii...

Cette sonnerie était tellement ridicule qu'un petit rire m'a échappé.

– Qu'est-ce que c'est, ce truc ? a demandé Werther en regardant d'un air soupçonneux l'écran qui clignotait.

– Y a pas de souci, m'sieur, c'est juste les trompettes du Jugement dernier...

*

Werther m'a demandé de l'accompagner au bureau du proviseur. Celui-ci nous attendait avec le chef des profs principaux des quatrièmes et deux inspecteurs de la police.

Sans prendre la peine de me donner le moindre détail sur les événements, ils m'ont demandé de leur parler de Nao, tout ce qui me passait par la tête, n'importe quoi. Alors je leur ai dit la vérité telle qu'elle est.

– Tous les vendredis, j'accompagnais M. Terada chez Nao pour apporter les copies des cours. C'est toujours sa mère qui nous a reçus, pas une seule fois nous n'avons vu Nao lui-même. La première fois, elle nous a accueillis très gentiment, mais au fur et à mesure on a senti à son attitude que nous étions importuns. Elle portait toujours des vêtements épais à manches longues même avec cette chaleur, et comme elle était toujours maquillée je n'ai jamais vu de bleus sur son visage. N'empêche que, personnellement, je me suis souvent demandé si Nao ne la frappait pas. Parce que, chaque fois que nous venions, la mère de Nao devait lui dire de retourner au collège. D'ailleurs, les visites hebdomadaires de son prof devaient lui peser de plus en plus. Nao n'était pas le genre à donner des coups à la moindre contrariété, mais petit à petit il s'est senti pris à la gorge et il n'a rien trouvé d'autre pour expulser ce qui l'oppressait – c'est mon sentiment. S'il en est arrivé à frapper sa mère, c'est justement parce qu'elle était la seule à tout accepter de lui, quoi qu'il fasse. Nao n'est pas une très forte personnalité, tous les profs qui l'ont connu le savent. Le seul qui ne le savait pas, c'est M. Terada, qui croit pouvoir tout résoudre par lui-même. Alors, chaque fois que nous allions chez lui, Nao devait se sentir un peu plus acculé, et il reportait son stress sur sa mère. Une fois, j'ai suggéré à M. Terada d'arrêter ces visites. Mais il n'a pas voulu m'entendre. Finalement, hier, il lui a fait un sermon à la porte de leur maison, suffisamment fort pour que tout le voisinage l'entende. C'était donner Nao en spectacle à tout le quartier. Nao ne voulait peut-être plus venir au collège, mais au moins, jusque-là, sa maison restait un lieu où il pouvait se sentir à l'abri, j'imagine. M. Terada lui a ôté son dernier refuge. C'est M. Terada qui a poussé Nao au désespoir. M. Terada n'a jamais eu un seul regard pour un élève. La seule chose qu'il regarde, c'est son propre reflet à la surface de sa classe. S'il n'avait pas fait étalage de son égotisme imbécile, ce drame ne se serait pas produit.

*

Voilà donc les nouvelles du premier trimestre.

Au moment où je vous écris cette lettre, ce sont les vacances d'été. Je ne suis pas sûre que Werther sera encore là le jour de la rentrée du deuxième trimestre. Et au cas où il persisterait à vouloir se prendre pour un enseignant, je garde quelques idées en réserve. Depuis l'été dernier, je rassemble certains produits. Je comptais en faire usage pour moi-même, le jour où le monde me serait devenu trop insupportable. Mais, si nécessaire, je peux décider de tester d'abord les effets sur quelqu'un d'autre. À vrai dire, le cyanure de potassium manque encore à ma collection, mais c'est peut-être le moment de profiter de ce que l'administration du collège aura l'esprit ailleurs, avec tous les parents d'élèves qui vont lui tomber sur le dos à cause de cette histoire. Je pourrais demander les clés de la salle de chimie à M. Tadao, le prof de science, il devrait me les prêter sans se poser trop de questions, je pense.

Quant à le faire avaler à Werther, rien de plus simple. Il est le seul de la 4e B à boire le lait qui nous est distribué tous les matins. Et puis, si par manque de bol c'était quelqu'un d'autre qui le buvait, quel problème, franchement ? Ai-je une raison de haïr Werther plus qu'un autre ?

Quand j'étais à l'école primaire, j'étais amoureuse de Nao. Il a été mon premier amour.

Tout le monde dans la classe m'appelait Mizuho, un surnom que m'avait trouvé une tarte qui ne savait même pas ses tables de multiplication, pour la simple raison qu'elle n'encaissait pas que j'aie les meilleures notes de la classe. Mizu-ho, un raccourci pour *Mizuki-no-aho* : Mizuki la folle. Nao était resté le seul à m'appeler Mizuki. Peut-être tout bêtement parce qu'il avait l'habitude de m'appeler Mizuki depuis qu'on était tout petits, c'est possible. Mais à moi, cela m'avait suffi pour tomber amoureuse de lui. Nao, pour moi, c'était le seul de mon côté, mon seul allié.

Quand sa sœur étudiante lui a demandé : « Pourquoi as-tu tué maman ? » il paraît qu'il a répondu : « Pour être arrêté par la police. »

Maintenant, je peux vous poser ma question, madame ?

Vous avez voulu faire justice vous-même. Vous pensez toujours que c'était une bonne idée ?

III

L'amour infini d'une mère

Mes deuxièmes vacances d'été depuis que je suis à la fac. J'avais de toute façon prévu de rentrer dans la famille pour les fêtes d'Obon à la mi-août, mais j'ai reçu un coup de téléphone de mon père un peu plus tôt que prévu, le 27 juillet aux aurores.

Pas pour me demander si je venais passer les fêtes. Il avait deux choses à me dire. La première, que maman avait été assassinée. La seconde, que son assassin était mon petit frère Nao.

Ma mère a été assassinée. En principe je peux me considérer comme une victime et éprouver une haine sans bornes à l'encontre du meurtrier. D'un autre côté, mon petit frère a commis un meurtre. J'appartiens à la famille d'un criminel, je suis donc censée courber le dos sous les reproches de la société et méditer sur ce que mon frère devrait faire du reste de sa vie pour payer son crime, faire contrition, bref, tout ce que l'on doit à la famille de la victime.

Et quand c'est les deux en même temps, on fait quoi ?

Évidemment, ne comptons pas trop sur les médias pour considérer qu'il s'agit d'une affaire privée qui ne regarde que notre famille… D'ailleurs, ce n'est même pas de la vraie haine que nous allons essuyer, c'est de la banale et vulgaire curiosité.

Matricides et parricides n'ont plus rien de rare, d'ailleurs. Quand les infos se font l'écho d'une nouvelle affaire de mineur qui a assassiné ses parents, tout juste si cela fait encore lever un sourcil. À peine un tout petit peu plus que d'autres faits divers tout de même, parce que c'est le type d'affaire qui donne envie de savoir à partir d'où, dans une famille, tout s'en va à vau-l'eau.

Sentiments confus, éducation mal foutue, apprentissage des comportements raté, relations de confiance dégénérées. Sur le coup, on se dit : Comment une chose pareille a-t-elle pu se passer dans une famille si correcte et si droite ? Mais il suffit de soulever le couvercle pour découvrir ce qui était bancal de longue date. Alors on arrive à la seule conclusion qui s'impose : En fin de compte, il est arrivé ce qui devait arriver.

En regardant la télé, sans doute chacun se dit-il : Et nous ? Sommes-nous à l'abri ? Mais en ce qui me concerne, cela était toujours resté au niveau des choses qui n'arrivent qu'aux autres. Parce que *nous*, les Shimomura, nous étions des gens normaux, tellement *normaux* que le mot semblait avoir été inventé pour nous. Et pourtant… voilà qu'un de ces crimes a eu lieu dans notre foyer. Alors, qu'est-ce qui ne tournait pas rond chez nous, finalement ?

La dernière fois que je suis rentrée à la maison, c'était pour le jour de l'an.

Le jour du réveillon, à minuit, tous les quatre, papa, maman, mon frère et moi, nous sommes allés au sanctuaire de notre quartier pour la prière traditionnelle. Et au retour nous avons dégusté la cuisine de nouvel an confectionnée par maman tout en regardant distraitement la télé. Avec maman, dans la cuisine, j'ai parlé de mes amis du cercle de tennis. Dans le salon devant la télé, mon frère a parlé de ce comique que son collège avait invité pour la fête de l'école.

Le lendemain, notre sœur aînée, mariée depuis peu, est venue avec son mari de la ville voisine où ils habitent, pour les félicitations d'usage du nouvel an, puis nous nous sommes rendus tous ensemble au centre commercial pour acheter les paquets-bonheur traditionnels. Comme ses notes du deuxième trimestre avaient été en nette progression, notre frère a reçu un ordinateur portable pour les étrennes, ce qui m'a fait dire comme d'habitude : « C'est toujours Nao qui a de la chance, c'est pas juste ! », et moi j'ai eu un petit sac à main.

Bref, un nouvel an normal de famille normale, semblable à celui de chaque année. J'avais beau repasser dans ma tête la moindre phrase prononcée, le moindre geste, je ne voyais absolument rien qui aurait pu me mettre la puce à l'oreille, me signaler que quelque chose ne tournait pas rond.

Que s'était-il passé alors, qui avait tout fait déraper en six mois ?

Le corps de maman présentait un coup de couteau de cuisine à l'abdomen, et une marque de coup derrière la tête. La marque qu'elle s'est faite en tombant dans l'escalier après le coup de couteau, paraît-il. Je dis « paraît-il », comme si tout cela était très extérieur à moi, mais je dois dire que, quand j'ai vu le corps de maman, je n'arrivais pas à croire qu'elle était morte, et encore moins que c'était mon frère qui avait fait ça.

Comment cela a-t-il pu arriver ? Tant que je ne comprendrai pas, il me sera impossible d'accepter l'idée que maman est morte. Tant que je n'aurai pas compris, je ne pourrai accepter l'idée que mon frère a commis ce crime. Tant que nous n'aurons pas compris, ni papa, ni ma sœur, ni moi ne pourrons envisager de recommencer notre vie.

Finalement, le surlendemain, j'ai compris. C'est la police qui m'a donné l'élément clé.

De nos jours, l'absentéisme scolaire n'a rien d'exceptionnel, mais il se trouve que mon frère n'est pas allé une seule fois à l'école de tout le premier trimestre, depuis la rentrée, en fait.

Et cela, seule maman le savait. Ni moi qui habite loin, ni ma sœur qui n'habite pas si loin mais qui est enceinte et a d'autres choses à penser, ni même mon père qui habite dans la maison mais rentre tard du travail n'étions au courant. Alors, évidemment, on peut se demander comment un père peut ignorer que son fils ne va plus à l'école depuis quatre mois, même avec près de deux heures de transport entre son domicile et son lieu de travail, même avec des tonnes d'heures supplémentaires.

La police n'a pas manqué de lui poser la question. Et il a répondu une chose : la cause du refus de mon frère de retourner à l'école ne trouvait-elle pas son origine dans une affaire qui semblait avoir eu lieu dans son établissement à la fin du troisième trimestre de l'année dernière ?

Malgré la chose terrible qui venait de se produire dans sa famille, mon père, qui n'a jamais été un grand bavard, s'est contenté de répondre par bribes, comme s'il n'était pas concerné, sans surtout sortir des clous de chaque question. Mais voilà en gros de quoi il s'agit…

En février dernier, la fille de la prof principale de mon frère était retrouvée morte noyée dans la piscine du collège. Mon frère se trouvait par hasard sur les lieux mais n'a rien pu faire pour sauver l'enfant. Depuis lors, la prof jugeait mon frère responsable de la mort de sa fille. Mon frère en était blessé, et, bien que cette prof ait démissionné à la fin de l'année, il n'avait plus le cœur à retourner à l'école.

Nao est un garçon plutôt fragile et je peux comprendre sa réaction. Il s'est enfermé dans sa chambre et n'a plus voulu en sortir, c'est évident. Mais tue-t-on sa mère pour ça ?

Comment se passaient les journées dans cette maison, depuis quatre mois que mon frère ne sortait plus ? Comment maman gérait-elle cette situation vis-à-vis de mon frère ?… Maintenant que maman est morte, seul mon frère connaît la réponse. Mais il ne nous a pas encore été permis de le voir.

Puis je me suis souvenue d'un détail : quand je suis partie vivre seule, maman m'a offert un cahier-journal. « Si tu as le moindre problème, tu peux toujours me demander conseil, mais je sais qu'il y a des choses qu'on répugne de dire à sa mère, alors, dans ces moments-là, écris dans ce journal comme si tu t'adressais à la personne en qui tu as le plus confiance. Le cerveau humain est fait de telle sorte qu'il s'efforce de tout retenir, mais une fois que quelque chose est écrit il n'est plus nécessaire de le retenir, et on peut oublier sans souci. Comme ça, tu pourras garder dans ta tête seulement les choses gaies, et oublier les choses pénibles. »

Maman m'a dit que c'était son professeur de collège qui lui avait enseigné ce secret dans son enfance et lui avait offert son premier cahier-journal, quand elle avait perdu ses deux parents l'un à la suite de l'autre, l'un dans un accident, l'autre de maladie.

J'ai donc cherché où maman tenait son journal.

*

Le 1… mars

Hier soir, Mme Moriguchi Yūko, le professeur principal de Naoki, est venue à la maison.

Oh, ce que je déteste cette femme ! J'avais même adressé une lettre au proviseur pour me plaindre qu'une femme avec un enfant mais qui n'est même pas mariée soit nommée professeur principal de mon fils, en cette période de l'adolescence où toutes sortes de sentiments se bousculent dans son esprit. Mais voilà bien l'école publique ! On ne va pas prendre en compte l'avis personnel d'une mère d'élève. Et comme de bien entendu, en janvier dernier, quand Naoki s'est fait prendre à partie par une bande de grands du lycée et a trouvé refuge auprès de la police, cette femme n'est même pas allée chercher mon fils, préférant donner la priorité à sa propre famille. Si le proviseur avait changé le professeur principal à ce moment-là, Naoki ne se serait pas trouvé impliqué dans cette affaire.

Je savais que la fille de Mme Moriguchi était morte noyée dans la piscine du collège, je l'avais lu dans le journal. Je veux bien éprouver de la compassion pour une femme qui a perdu une fille encore toute petite, mais enfin, je ne trouve pas normal d'amener son enfant sur son lieu de travail. L'aurait-elle fait si elle avait travaillé dans une entreprise ? Je me demande bien si la cause première de cet accident, ce n'est pas cette morgue de fonctionnaire, ce sentiment de pouvoir se reposer en toute tranquillité sur son statut.

Alors quand j'ai vu cette femme se présenter comme cela chez nous sans prévenir, et se mettre à poser des questions pièges à Naoki, devant moi… D'abord, elle a commencé par lui demander des choses concernant sa vie scolaire. Naoki a raconté comment dans un premier temps il s'était inscrit au club tennis, avant qu'un désaccord avec les principes d'entraînement du responsable le contraigne à en partir. Il a également expliqué qu'il avait commencé à suivre les cours d'une école du soir, puis il a raconté l'histoire du *game center* où il s'est fait agresser par des voyous du lycée, à la suite de quoi le collège lui a donné une punition, alors qu'il était victime, tout de même !

Ce qui ressortait de tout ça, c'était que son attitude positive et sa bonne volonté depuis qu'il était entré plein d'espoir au collège étaient toujours déçues, le pauvre. Bien qu'il n'ait absolument rien fait de mal, il ne lui arrivait que des malheurs. Et moi, je commençais à l'avoir mauvaise. Qu'est-ce que cette femme était venue faire chez nous, en fin de compte ? C'est alors qu'elle s'est mise à lui poser des questions sur l'accident de sa fille, comme si elle cherchait à le coincer.

– Mais enfin, Naoki n'est absolument pas concerné ! je me suis écriée, révoltée.

Mais la réponse de Naoki, d'une voix hachée, m'a laissée abasourdie :

– Ce n'est pas de ma faute…

Au début du troisième trimestre, Naoki est devenu ami

avec un garçon de sa classe, Watanabe Shūya. J'avais appris dans le journal que ce garçon avait reçu un prix pour avoir fabriqué un porte-monnaie antivol, et je m'étais plutôt réjouie que Naoki se soit fait un ami si brillant. Mais il se trouve que ce Watanabe est en réalité un enfant absolument horrible.

Watanabe a demandé à Naoki de choisir le cobaye sur lequel il allait tester son porte-monnaie antivol, un objet affreux qui envoie des décharges électriques. Par gentillesse, Naoki a proposé plusieurs noms de professeurs qui garderaient sans doute l'histoire pour eux sans le dénoncer. Mais Watanabe a rejeté toutes les propositions. Alors, que pouvait-il faire d'autre ? Naoki a parlé de la fille de Moriguchi. En se disant que Watanabe n'allait tout de même pas s'attaquer à un jeune enfant, je suis sûre.

Mais Watanabe est vraiment le fils du démon. Il a pris Naoki au mot et s'est mis à préparer son coup. Et quand ça a été prêt, il a entraîné de force Naoki qui renâclait, et ils ont attendu que la fille de Moriguchi passe par la piscine.

Rien qu'à imaginer la scène, je me suis sentie prise de vertige.

C'est Naoki qui a appelé le premier la fillette, quand celle-ci est arrivée pour donner à manger au chien. Watanabe profitait de la gentillesse de Naoki, bien sûr. Et quand la fille de Moriguchi s'est crue entourée de gens gentils, Watanabe lui a passé autour du cou une pochette en forme de lapin et lui a dit de l'ouvrir.

C'était précisément la pochette que nous avions vue dans les mains de la fille de Moriguchi au centre commercial quelque temps auparavant, un jour où nous les avions croisées toutes les deux par hasard alors que nous faisions des courses en famille. Moi, je ne sais pas si ce sont ses principes d'éducation, mais pour une mère célibataire, qui gagne plus que la normale, et surtout devant des gens, je trouve honteux d'avoir fait ce cirque. Elle aurait pu la lui acheter sans faire de chichis, sa pochette, ça aurait évité que ce Watanabe en profite…

À la seconde où la fille de Moriguchi a touché la tirette de la fermeture à glissière, elle s'est effondrée. Mon Dieu, quand je pense que Naoki a vu une petite fille mourir devant ses yeux ! Quelle frayeur il a dû avoir… Mais le plus effrayant, c'est que Watanabe a tué la fillette avec préméditation. C'était son plan depuis le début. « Dis-le à tout le monde, vas-y ! » il a dit à Naoki, puis il est parti en le laissant tout seul, maintenant que son plan avait réussi. Mais moi, ce que je crois, c'est que Naoki, qui est bon de nature, a tout de même voulu protéger son camarade. Et pour que la mort de la fille de Moriguchi paraisse accidentelle, il a fait tomber le corps dans la piscine.

– J'étais tellement paniqué que je ne me souviens pas exactement de comment ça s'est passé, a dit Naoki pour finir.

Ce qui est parfaitement compréhensible, puisque, tout de même, il s'était trouvé mêlé à un assassinat contre son gré. Là-dessus, Moriguchi a déblatéré des mots sans queue ni tête comme à son habitude, avant de finir par ces mots :

– Puisque la police a conclu à un accident, je n'ai pas l'intention de tout chambouler.

Non mais quel toupet ! Si ce n'est pas essayer de forcer la reconnaissance des gens, ça ! Le seul coupable, c'était Watanabe, comment pouvait-elle en douter ? C'était Watanabe qui avait conçu son plan, et qui avait utilisé Naoki malgré lui. Naoki était victime, comment en serait-il autrement ? Et si elle ne voulait pas parler à la police, j'allais y aller, moi ! Pour dénoncer Watanabe, évidemment !

Mais c'était Naoki qui avait poussé le corps dans la piscine, c'est vrai. Pourrait-il être accusé de dissimulation de cadavre pour ça ? Ou peut-être de dissimulation de preuves ? Pour préserver l'avenir de Naoki, il fallait à tout prix éviter que les gens le jugent comme ayant pu être complice d'un criminel. Alors, puisque je n'avais pas le choix, j'ai fait semblant de remercier sincèrement cette femme. Je l'ai raccompagnée jusqu'à la porte avec un grand sourire, mais intérieurement je bouillais de haine.

Sur le moment, j'ai d'abord pensé cacher l'histoire à mon mari. Mais, une fois qu'elle a été partie, je me suis demandé s'il n'était pas préférable de lui verser une compensation financière. Cela valait mieux que de se trouver plus tard dans la situation où elle pourrait en exiger une. Plus vite cette histoire serait réglée, mieux ça vaudrait. Seulement, s'il était question d'argent, je ne pouvais pas garder le silence devant mon mari. Alors, quand il est rentré du bureau, en deux mots je lui ai raconté l'histoire et je lui ai demandé de téléphoner à Moriguchi. Eh bien, elle a refusé toute compensation financière. Qu'est-ce qu'elle cherche, cette femme, à la fin ?

Pour mon mari, le mieux est d'aller tout raconter à la police. Mais cela est hors de question ! Veut-il vraiment que Naoki soit interrogé comme complice ? Il affirme que cela vaudra tout de même mieux, même pour Naoki. Et là, moi je dis que, décidément, les hommes ne comprennent rien. Franchement, j'ai regretté de lui en avoir parlé. Décidément, il n'y a qu'une mère pour protéger son fils, il n'y a que moi qui puisse prendre soin de mon petit Naoki.

D'abord, ce que Naoki a avoué, moi je n'y crois pas.

Qu'est-ce qui me prouve que ce n'est pas cet affreux Watanabe qui fait pression sur Naoki pour lui faire dire qu'il a joué un rôle alors qu'en fait il ne s'est trouvé là que par le plus grand des hasards ? Ou même, est-ce que toute cette histoire n'est pas une pure invention de Moriguchi ? Si sa fille s'est noyée en glissant au bord de la piscine, comme ça a été écrit dans le journal, alors la responsabilité en incombe à la détentrice de l'autorité parentale, c'est-à-dire à cette Moriguchi. Et comme elle ne veut pas l'admettre, elle exerce sa terrible pression psychologique sur Naoki et Watanabe, qui se trouvaient par hasard sur les lieux, pour les pousser à faire de faux aveux. Franchement, on ne peut pas récuser cette possibilité.

Parce que, si véritablement Naoki est impliqué dans une affaire criminelle, il n'est pas pensable que cela m'ait échappé, que je n'aie rien remarqué. Que Naoki ne m'ait rien dit jusqu'à ce que Moriguchi le provoque, c'est simplement inimaginable.

Voilà, c'est sûrement ça. Toute cette histoire est une invention de Moriguchi, dans sa souffrance pathétique d'avoir perdu sa fille par sa propre faute. En fait, même Watanabe est victime, dans cette histoire.

Tout est de la faute de Moriguchi.

Le 2… mars

Aujourd'hui, c'était le dernier jour de classe pour Naoki.

Depuis la visite de Moriguchi l'autre jour, il n'avait pas le moral, et pourtant il n'a jamais manqué, même pas un seul jour, et cela je peux dire que ça m'a rassurée.

Mais quand il est rentré de l'école il est monté s'enfermer dans sa chambre et s'est couché sans même dîner. Je suppose que c'est la tension qu'il a dû maintenir jusqu'à aujourd'hui qui s'est tout à coup relâchée.

À partir de demain, ce sont les vacances, mais rien que de penser qu'il risque d'avoir de nouveau Moriguchi comme professeur principal à la rentrée, je me sens déprimée.

Le 2… mars

Depuis le début des vacances, Naoki est en proie à une étrange manie de propreté.

Ça a commencé quand il m'a demandé de ne plus servir les repas dans un grand plat commun mais de mettre sa part dans son assiette. Lui qui, jusqu'à présent, finissait directement dans mon assiette tout ce que je laissais ! Ensuite, il m'a demandé de ne plus laver ses vêtements avec ceux du reste de la famille, et il m'a interdit formellement de prendre mon bain après lui. Et d'autres lubies encore.

J'avais déjà entendu parler de ce genre de comportement un jour à la télé, alors j'ai pris ça pour un phénomène typique de l'adolescence, et j'ai fait exactement ce qu'il exigeait, même si je me suis demandé s'il ne poussait pas un peu loin. Parce que, tout de même, c'est au point qu'il refuse formellement que je touche tout ce qu'il a porté ou utilisé.

Alors que je ne lui ai évidemment jamais demandé de participer aux tâches ménagères, voilà que maintenant il lave ses assiettes et ses couverts lui-même, et qu'il fait sa lessive tout seul. Seulement ses affaires, bien sûr, mais tout de même… Enfin, vu comme ça, on dirait le fait d'un enfant particulièrement attentionné, sauf qu'à le voir faire je ne peux pas m'empêcher de trouver cela inquiétant. Il passe près d'une heure à laver et frotter avec le produit deux petites assiettes et un bol. Et pour la lessive c'est pareil, il utilise une quantité énorme de Javel pour tout, même la couleur, et tout plusieurs fois.

Comme si soudain, un jour, tous les microbes et virus du monde lui étaient devenus visibles.

Enfin, si cela s'était cantonné à une manie de la propreté un peu excessive, j'aurais compris, et j'aurais pu imaginer quelques stratégies pour l'en guérir, mais ça ne s'est pas arrêté là. Car pour ce qui le concerne lui personnellement, il prend la tendance diamétralement inverse.

Parce que, alors, on peut dire qu'il est sale ! On dirait qu'il refuse d'éliminer tout ce qui sort de son corps. Je l'ai plusieurs fois grondé à ce sujet. Il ne se coiffe pas, il ne se lave même plus les dents. Il ne prend plus de bain, lui qui aimait tant ça.

Pour le forcer à se laver, une fois qu'il passait devant la salle de bains, je l'ai un peu poussé dans le dos, comme par plaisanterie, pour l'y enfermer, mais ça ne lui a pas plu. Je ne l'avais jamais entendu me répondre sur ce ton :

– Ne me touche pas !

C'était la première fois qu'il criait contre moi. C'est l'adolescence, c'est comme ça, je me suis dit, mais cela m'a fait mal, à tel point que je suis allée pleurer dans le salon.

Mais d'un autre côté, tout de suite après, j'étais encore sous le choc, il est venu me rejoindre en m'appelant : « Maman ! Maman ! », et s'est mis à évoquer des souvenirs de quand il était petit.

Je me demande jusqu'à quand cet étrange comportement va durer.

Le 3... mars

Aujourd'hui, une de nos voisines est venue nous offrir des *monaka* d'une célèbre pâtisserie traditionnelle de Kyōto où elle est allée récemment. Naoki n'a jamais été très friand de pâtisseries traditionnelles, mais puisque c'était un cadeau je suis quand même montée à sa chambre pour lui demander s'il en voulait un.

– Non merci, a été la réponse, comme je m'y attendais.

Mais au bout d'un moment il est descendu à la cuisine en disant :

– Finalement, je vais en prendre un.

Cela faisait bien longtemps que je n'avais pas mangé un gâteau en tête à tête avec Naoki, alors j'ai préparé mon meilleur thé vert et je l'ai observé sans pouvoir retenir une légère appréhension.

Il a mordu une première bouchée, puis s'est empressé de tout fourrer dans sa bouche d'un seul coup. Enfin, après l'avoir avalé semble-t-il avec plaisir, je ne sais pas ce qui lui a pris, il a éclaté en pleurs.

– Maman, j'avais oublié que c'était si bon, les *monaka*. Jusqu'à présent, je n'avais jamais vraiment cherché à le savoir, d'ailleurs...

Quand j'ai vu ses larmes, j'ai compris soudain. Sa manie de la propreté, ainsi que son comportement complètement contradictoire, en fait, ce n'était pas du tout dû à l'adolescence : c'était à cause de la fameuse affaire !

– Mais, Nao, tu n'as pas besoin de te gêner, voyons ! Tu peux tout manger, si tu veux !

Alors il a ouvert un nouveau sachet, et cette fois il l'a mangé lentement, une bouchée après l'autre, en mâchant consciencieusement.

Je suis sûre qu'il mangeait son *monaka* en pensant à la fille de Moriguchi. Et ses larmes, c'était pour elle, qui ne connaîtrait plus jamais les bonnes choses de la vie. Quel gentil garçon que mon Naoki !

Et pas seulement en mangeant des pâtisseries. Cette affaire ne lui sort plus de l'esprit.

Sa manie de la propreté, c'était parce qu'il avait beau frotter, il avait beau laver, le souvenir dégoûtant ne voulait pas partir de sa mémoire, et il reportait cette angoisse sur ses vêtements ou ses couverts qu'il lavait et relavait. Et inversement, s'il ne se lavait plus, c'était par refus de se sentir égoïstement propre et confortablement vivant, c'était par sentiment de culpabilité.

Il était donc hanté par une idée de châtiment.

Je venais enfin de comprendre la raison de ce comportement qui me semblait si étrange depuis plusieurs jours. Comment est-il possible que cela ne me soit pas apparu plus tôt ? C'était tellement évident, alors que le pauvre Naoki m'envoyait des signaux de sa détresse...

Décidément, cette Moriguchi, qui a oppressé l'âme de mon petit garçon par ses soupçons inouïs, m'est de plus en plus haïssable. Si elle veut alléger son sentiment de culpabilité à elle, que ne fait-elle porter la responsabilité à quelqu'un de son genre, aux nerfs solides et épais ? S'attaquer à un garçon gentil et délicat comme Naoki, c'est purement et simplement de la lâcheté, je n'ai pas d'autre mot.

Heureusement, il y a deux jours, est arrivé par courrier le bulletin de Naoki pour le troisième trimestre. Y était jointe une note annonçant la démission de Moriguchi. Madame quitte l'enseignement, ce qui est tout de même une preuve que ce n'était pas une vraie battante mais une perdante, plutôt. Il n'y a pas encore eu d'annonce officielle de changement de professeur principal dans la classe de Naoki pour la rentrée, évidemment, mais du moment que ce professeur s'en va et qu'il en vient un autre, tout va bien. J'espère que ce sera un enseignant empreint de passion pour son métier, de préférence un homme célibataire, j'ai l'intention d'écrire au proviseur à ce propos.

En tout cas, Naoki n'a plus besoin de se rendre malade. Maintenant, tout ce dont il a besoin, c'est d'oubli. Et pour oublier, il suffit d'écrire son journal.

D'ailleurs, c'est mon professeur du collège, mon vénéré maître, qui m'a enseigné ce secret. Tout de même, alors que j'ai eu la chance d'avoir un professeur merveilleux à tout point de vue, il est regrettable que Naoki se soit fait accrocher par une incompétente pareille. C'est une loterie, finalement.

Naoki a manqué de chance, ce n'est pas plus que ça. Mais maintenant, tout ira bien.

Le... avril

Aujourd'hui, je suis allée à la papeterie du quartier et j'ai acheté un cahier-journal qui se ferme avec une clé. Je l'ai pris avec serrure, parce que je pense que ça l'aidera à cracher tout ce qu'il a sur le cœur pour l'enfermer et que ça ne ressorte plus.

Tout à l'heure, je le lui ai donné et je lui ai dit :

– Nao, il me semble que quelque chose pèse sur ta poitrine, quelque chose de tellement lourd que tu n'arrives pas à le porter tout seul. Mais dis-toi que tu n'es pas obligé de continuer à le porter. Alors tu n'as qu'à écrire toutes tes pensées dans ce cahier, d'accord ? Tu vois, maman ne te demande pas de le lui faire lire.

Évidemment, Nao est un garçon. Un collégien maintenant. Je me faisais un peu de souci à l'idée qu'il rejette l'idée de tenir un journal, bien sûr. Mais à ma surprise il l'a pris sans renâcler. Puis il a de nouveau éclaté en sanglots et a dit :

– Merci, maman. Je ne sais pas très bien écrire des phrases, mais je ferai de mon mieux.

Je dois dire que moi non plus je n'ai pas pu retenir mes larmes à ces mots.

Tout va bien se passer, tout ira bien. Naoki guérira bientôt. Il oubliera ce sordide accident.

Dans le secret de mon cœur, je m'en suis fait la promesse.

Le... avril

En principe, je ne consigne dans ce journal que les événements pénibles, mais aujourd'hui il s'est passé quelque chose qui me rend tellement heureuse qu'il faut absolument que je l'écrive.

Mariko est venue m'annoncer qu'elle était enceinte. Elle n'en est encore qu'à son troisième mois et cela ne se voit pas du tout pour l'instant, mais je l'ai trouvée absolument rayonnante déjà du bonheur de devenir mère et du sentiment de son devoir.

Elle avait apporté des choux à la crème, que Naoki aime

tant, alors je suis montée pour l'appeler, afin de célébrer dignement l'événement tous les trois, mais il n'a pas voulu descendre. Il a dit qu'il se sentait un peu enrhumé et qu'il ne voulait surtout pas passer ses microbes à sa grande sœur.

Mariko l'a félicité en déclarant avec une grimace boudeuse :

– Eh bien, Nao a plus de prévenance que mon mari !

Et elle a raconté que son mari se permet de fumer en sa présence, alors qu'elle est encore au début de sa grossesse.

Ce qui m'a fait ouvrir les yeux : j'avais tellement l'esprit occupé par l'attitude étrange de Naoki récemment que j'oubliais de voir le reste. Et le reste, c'est que non seulement Naoki est un garçon adorable, mais il a beaucoup mûri. Se restreindre pour assurer le bien-être et la santé de sa sœur aînée enceinte, pour un garçon de son âge, n'est-ce pas faire preuve d'une étonnante maturité ? Quelle joie j'ai ressentie !

Mais ce qui m'a rendue le plus heureuse, c'est quand, au moment où Mariko allait partir, alors que nous bavardions encore devant l'entrée, Naoki a ouvert la fenêtre de sa chambre à l'étage et a passé la tête :

– Félicitations, grande sœur !

Mariko lui a répondu :

– Merci, Nao ! Toi aussi tu donneras beaucoup d'amour à mon bébé, n'est-ce pas ?

Il a souri en agitant la main.

Si j'avais eu quelques interrogations, je dois dire que cette scène m'a rassérénée : non, je ne me suis pas trompée dans l'éducation de mes enfants.

J'ai toujours considéré la famille dans laquelle j'ai moi-même grandi comme l'idéal de la famille heureuse. Nous étions quatre : mon père, strict et austère, ma mère, modeste et féminine, mon frère cadet et moi. Tout le monde, tant dans le voisinage que dans toute la parentèle, nous enviait notre famille modèle.

Mon père se reposait entièrement sur ma mère pour

la gestion de tout ce qui concernait la maisonnée, et se dévouait entièrement à son travail, de nuit comme de jour, pour faire vivre sa famille. Grâce à quoi nous avions une vie légèrement plus aisée que les autres.

Moi, comme j'étais une fille, ma mère a déployé des trésors d'éducation pour me donner les connaissances pratiques et m'enseigner les règles de politesse qui me permettraient d'entrer sans déshonneur comme bru dans n'importe quelle famille. À mon frère, au contraire, elle a appris à toujours être sûr de lui, à toujours accorder ses actes à ses principes, l'encourageant et le félicitant pour les plus petits détails, le couvant de son regard d'un amour maternel infini. Mon père s'était en outre donné pour mission de le former afin qu'il sache se consacrer à n'importe quel travail sans atermoiements, et résoudre par lui-même toute situation conflictuelle qui pourrait survenir dans son foyer.

Mais, c'est si vrai, le malheur frappe en premier les familles heureuses. Mon père est mort dans un accident de la route, puis ma mère de maladie, alors que je n'étais qu'une collégienne.

Mon frère, de huit ans mon cadet, et moi-même avons été confiés à mes grands-parents. Et j'ai tenu le rôle de mère de substitution pour mon jeune frère. Je n'avais pas oublié le précieux enseignement de ma mère : en toutes circonstances agir envers mon frère comme elle l'aurait fait elle-même, exigeante avec moi-même. Comme fruit de mes efforts, mon frère est entré dans une université d'élite, puis il a été appelé à servir dans une entreprise prestigieuse avant de fonder lui-même une magnifique famille. La scène où il déploie ses talents est aujourd'hui à l'échelle du monde entier.

Il ne pouvait y avoir d'erreur à suivre l'enseignement de ma mère.

Et si aujourd'hui les symptômes parfois déroutants de la manie hygiénique de Naoki (je ne trouve pas d'autres mots pour le dire) n'ont toujours pas disparu, j'ai l'impression que les moments de bonne humeur se sont faits plus nombreux récemment, c'est ce qui m'apparaît quand je feuillette en arrière mon journal.

D'ailleurs, en y repensant mieux, il me semble que mes deux aînées ont connu elles aussi des périodes similaires. Mariko était au collège quand elle a voulu arrêter les leçons de piano ; quant à Kiyoko, c'est aussi au collège qu'elle a commencé à refuser de porter les vêtements que je lui achetais.

S'il s'est trouvé pris dans cette histoire d'accident sordide en plein milieu de l'âge délicat de l'adolescence, je pense que c'est parce que Naoki traverse une phase naturelle de recherche de lui-même pour son avenir. Je ne dois pas me laisser abattre. Comme ma mère pour mon frère, comme je l'ai fait moi-même pour mon frère, je dois l'encourager dans la moindre de ses actions, et m'attacher à le couver d'un regard de mère profondément aimante. C'est de cette façon que le Naoki d'avant, non, un Naoki plus grandi encore, apparaîtra.

Ce sont les vacances de printemps, il est tout à fait normal qu'il se repose.

Le 1… avril

Cela fait plusieurs années maintenant que l'on parle de *hikikomori*, ces jeunes qui restent des mois voire des années enfermés dans leur chambre. D'année en année on voit de plus en plus de cas extrêmes, paraît-il, on parle d'eux comme d'un problème de société.

Personnellement, j'ai toujours pensé qu'on avait tort de dénommer ainsi les jeunes qui campent ferme dans cette attitude de refuser d'aller à l'école, sans pour autant chercher un travail pour entrer dans la vie active.

Quand on vit en société, on acquiert la sécurité par son statut et son appartenance à un groupe. N'avoir aucun statut, n'appartenir à aucune institution, c'est comme ne pas être un élément de la société. La plupart des gens ressentiraient une énorme angoisse s'ils se trouvaient dans une telle situation, et feraient tout ce qui est en leur pouvoir pour s'assurer de trouver un endroit où ils peuvent exister.

Or donner le nom de *hikikomori* à des gens qui n'appartiennent à rien, d'une certaine façon c'est leur donner un titre et un statut par lesquels ils arrivent à justifier leur existence. Maintenant on a des gens qui trouvent une assurance et une reconnaissance dans ces appellations de *hikikomori*, et se croient dispensés de chercher du travail ou d'étudier, sous le prétexte qu'ils sont *hikikomori*, justement !

Enfin, bien sûr, il n'y a rien à faire, puisque c'est la société dans son ensemble qui reconnaît leur existence de cette façon, mais je n'arrive pas à croire qu'il y a des parents qui peuvent dire sans perdre la face que leurs enfants sont des *hikikomori*.

Invariablement, ces parents déclarent sans honte que si leurs enfants sont devenus *hikikomori*, c'est la faute de l'école, ou la faute de la société, que sais-je, c'est toujours à cause de l'extérieur, jamais à cause de leur façon de les élever ou de ce qui se passe à l'intérieur de leur foyer.

Mais cette façon de considérer les choses est une vue de l'esprit. À supposer que l'événement déclencheur se trouve dans l'école ou dans leur position sociale, les racines des enfants sont bien toujours ancrées dans une réalité familiale, et c'est cette réalité qui les forme. Il est donc impossible que la raison ne soit pas à rechercher dans la situation du foyer.

L'explication des enfants *hikikomori* se trouve dans leur situation familiale. Et justement, quand on va au fond des choses, alors Naoki ne peut pas être un *hikikomori*.

Aujourd'hui, cela fait exactement une semaine que la rentrée a eu lieu, et Naoki n'est pas encore allé un seul jour en classe. Le premier jour, il a dit qu'il avait de la fièvre, alors je l'ai laissé se reposer sans trop insister. Quand j'ai téléphoné au collège, on m'a passé le nouveau professeur principal de sa classe, un homme jeune. Je suis heureuse que le proviseur m'ait enfin écoutée. J'en ai immédiatement informé Naoki :

– Nao, tu sais, ton nouveau professeur principal est un homme jeune. Je suis sûre qu'il saura te comprendre.

Mais Naoki était encore fiévreux le lendemain, et le surlendemain, et il n'a pas voulu aller au collège. Comme il parlait de fièvre, j'ai voulu mettre ma main sur son front, mais il s'est mis à hurler :

– Ne fais jamais ça !

Quand je lui ai tendu le thermomètre, il a noyé le poisson en disant :

– Ce n'est pas tant la fièvre, c'est surtout le mal de tête.

Je pense qu'il n'est pas vraiment malade. Mais ce n'est pas non plus une maladie inventée pour paresser. S'il va au collège, il ne pourra s'empêcher de repenser à l'accident. C'est ce sentiment qui l'empêche de retourner à l'école.

Naoki est fatigué, psychologiquement. Alors il n'y a pas à tergiverser, il faut le faire voir par un médecin, et obtenir un certificat médical. Car si je laisse les choses sans rien faire et qu'il continue à manquer l'école, on va commencer à jaser et certaines méchantes langues dans le quartier pourraient laisser courir le bruit que Naoki est devenu un *hikikomori*.

Il n'aimera peut-être pas cette idée, mais il doit au moins une fois aller consulter un médecin. Je dois me faire violence pour contraindre Naoki, c'est pour son bien.

Le 2... avril

Aujourd'hui, j'ai accompagné Naoki à la clinique psychologique de la ville voisine.

Bien sûr, comme je l'avais craint, il a d'abord refusé. Mais je m'étais bien mis dans la tête que c'est précisément quand une mère est incapable de parler d'un ton un peu ferme à son fils qu'elle fait de lui un *hikikomori*.

– Naoki, si tu ne veux pas aller à l'hôpital, alors fais-moi le plaisir de retourner immédiatement au collège ! je lui ai dit. Si tu vas à l'hôpital te faire examiner par un médecin, qui te donnera un certificat médical, alors à partir de demain maman ne t'obligera plus à aller à l'école. Tu te méprends peut-être sur la raison pour laquelle je veux que tu ailles consulter, mais, de nos jours, les maladies psychologiques sont considérées comme de vraies maladies, tu sais. Alors il faut y aller, au moins pour dire quelque chose.

Il a réfléchi un instant puis a répondu :

– Ils ne vont pas me faire une prise de sang ?

Ce qui m'a remis en mémoire qu'effectivement, depuis qu'il est tout petit, Naoki déteste les piqûres. Le pauvre, c'est cela qui lui causait du souci ? Décidément, mon Naoki est encore un petit garçon.

– Rassure-toi. Maman leur dira d'arrêter s'ils veulent te faire une piqûre.

Alors il a commencé à se préparer. Et en y réfléchissant, c'était la première fois que Naoki sortait de la maison depuis la fin de l'année scolaire, en mars.

À l'hôpital, après un examen rapide par un généraliste, nous avons eu un entretien de près d'une heure avec un conseiller psychologue. Naoki répondait à toutes les questions les yeux baissés, on voyait qu'il n'arrivait pas à répondre de façon adéquate aux questions sur son état tant physique que moral, aussi, à sa place, j'ai raconté la situation de ces derniers temps.

Autrement dit, que son professeur principal de l'an passé l'avait utilisé comme bouc émissaire, et que depuis il souffrait d'une forte manie hygiénique.

Le docteur a diagnostiqué une « dystonie neurovégétative ». Il a dit qu'il n'était pas nécessaire de le forcer à retourner en classe, et qu'il fallait d'abord éviter le stress, se détendre. Autrement dit, c'est le médecin qui lui a prescrit de rester à la maison.

Avant de rentrer, j'ai proposé à Naoki de nous arrêter en chemin pour manger quelque chose qui lui ferait plaisir. Il a dit qu'il voulait bien prendre un hamburger dans un fast-food. Je n'aime pas beaucoup ce genre d'endroit, mais je suppose qu'à cet âge un garçon éprouve périodiquement le besoin de manger de ces choses. Nous sommes allés dans un restaurant de hamburgers devant la gare.

J'ai mangé le mien avec précaution, en faisant attention de ne pas me salir les doigts, en le tenant avec plusieurs serviettes. Je devine que c'est à cause de son syndrome d'obsession de l'hygiène que Naoki a choisi un fast-food. Parce que les couverts ne sont utilisés qu'une fois.

À la table à côté de la nôtre était assise une petite fille de 3 ou 4 ans, avec une femme qui devait être sa maman. Je n'arrivais pas à croire qu'une mère pouvait donner ce genre de chose à manger à une enfant de cet âge, mais j'ai quand même été rassurée de voir que la petite buvait du lait à la paille dans un carton individuel.

Mais le carton de lait lui a glissé des mains et il est tombé par terre. Des gouttes de lait ont éclaboussé et sali les chaussures et le bas du pantalon de Naoki. Je l'ai vu alors devenir soudain très pâle, il s'est levé et a couru aux toilettes. Je ne sais pas s'il a vomi, mais quand il est revenu il était tout blanc.

Ce n'est pas seulement une fatigue psychologique. Il n'est pas très bien physiquement. Demain, j'enverrai le certificat médical au collège. Le mieux est qu'il prenne un peu de repos pendant quelque temps.

Le... mai

Naoki passe la majeure partie de ses journées à nettoyer.

Il lave sa vaisselle avec ses mains aux ongles longs. Il étend son linge tout flapi. Aux toilettes aussi, chaque fois qu'il les utilise, il passe ensuite un temps fou à frotter le siège avec du désinfectant, même le mur et la poignée de porte. Je lui ai dit de laisser ça, que je m'en occuperais, mais c'est comme s'il ne m'entendait pas, et si je veux l'aider pour la vaisselle il se met à hurler : « Ne me touche pas ! »

Le mieux est de le laisser, puisqu'il ne fait rien de mal, évidemment, mais dans la mesure où tout vient de cet accident au collège, il va tout de même falloir que j'intervienne.

Il se lave à peine une fois par semaine. Comme il ne sort pas, ne transpire pas, disons que cela ne va pas jusqu'à devenir incommodant.

L'heure du thé est pour moi le meilleur moment de la journée. Cela dépend bien sûr de l'humeur de Naoki, mais depuis le jour des *monaka* il lui arrive de bien vouloir manger avec moi quand je lui propose une bonne pâtisserie. Un jour, il m'a même dit : « Maman, je voudrais manger un de tes *hot cakes* faits maison. » Il ne m'accompagne plus pour faire les courses comme avant, mais depuis récemment, sortir en me disant que Naoki appréciera peut-être un gâteau que j'aurai choisi, voilà mon petit bonheur.

Le reste du temps, je ne sais pas s'il joue à l'ordinateur ou à ses jeux vidéo ou s'il dort, en tout cas il reste enfermé dans sa chambre et ne fait aucun bruit.

Je crois qu'il récupère lentement de la fatigue de la vie.

Le 1… mai

Aujourd'hui, le nouveau professeur principal de la classe de Nao, M. Terada Yoshiki, est venu à la maison.

Je m'étais déjà entretenue avec lui à de nombreuses reprises par téléphone, mais le rencontrer en personne m'a confirmée dans l'idée que c'est un homme qui se donne tout entier pour aller de l'avant, en tout cas il m'a fait excellente impression. Naoki a dit qu'il ne voulait pas le voir et n'est pas descendu de sa chambre, mais M. Terada m'a écoutée avec beaucoup d'attention.

Il avait apporté les photocopies de tous les cours, car, si Naoki a certainement besoin de rester à la maison pour prendre du repos, son professeur craint qu'il ne prenne du retard dans le suivi du programme, et moi je dis que c'est formidable, cette attention de sa part, et je l'ai assuré de mes sincères remerciements.

Ce qui m'a inquiétée, c'est que M. Terada est venu accompagné de la petite Kitahara Mizuki. Je suppose que c'est en pensant que Naoki se sentirait plus en confiance et parlerait plus volontiers en présence d'une de ses condisciples, mais j'aurais préféré qu'il vienne avec un camarade qui habite plus loin de chez nous.

Parce que, bien sûr, j'ai prévenu l'administration du collège de la maladie de Naoki, mais j'ignore comment son professeur principal a communiqué à ce sujet aux autres élèves de la classe. Imaginons que Mizuki, après cette visite, parle de Naoki à ses camarades en termes tout à fait inadéquats tels que *hikikomori*, cela pourrait se répandre jusqu'à notre voisinage et ce serait terrible. Demain, quand je téléphonerai à M. Terada pour le remercier de sa visite d'aujourd'hui, je crois que je vais lui suggérer de faire écrire à tous les élèves de la classe une lettre avec des paroles encourageantes pour Naoki.

Tout à l'heure, je lui ai monté dans sa chambre les copies des cours que lui a apportées son professeur, mais à peine ai-je ouvert la porte qu'il m'a hurlé dessus :

– Qu'est-ce qui t'a pris de raconter n'importe quoi, vieille pie !

Et il m'a jeté un dictionnaire à la figure. J'ai cru que mon cœur allait s'arrêter. Ces mots horribles… Ce geste de sauvage… Mon Dieu, c'est la première fois que je vois mon Naoki dans un état pareil. Qu'ai-je fait de mal ? Est-ce le simple fait de repenser à l'école qui le met dans des états pareils ? Pour le dîner, j'avais fait les croquettes à la viande qu'il aime tant, mais il a refusé de descendre.

Néanmoins, je pense que M. Terada est l'homme qu'il faut pour sauver mon Naoki. Et quand je pense à la chance qu'il a d'être tombé sur un professeur comme lui, je me sens prête à être forte moi aussi.

Le 1… mai

Ce n'est pas vraiment une évolution en ce qui concerne l'obsession de l'hygiène de Naoki, mais peut-être est-il fatigué de faire la vaisselle : il vient de me demander de lui présenter ses repas sur des assiettes en carton. Et le thé dans des gobelets en carton aussi, et uniquement des baguettes jetables. Ce n'est pas économique et cela augmente la quantité de déchets, mais si cela peut le tranquilliser, j'irai acheter tout cela demain.

Cela fait au moins trois semaines qu'il ne se lave plus. Il n'a pas quitté ses vêtements et sous-vêtements depuis des jours. Ses cheveux sont dégoûtants de gras et tout son corps dégage une odeur âcre. Ce n'est pas du tout bien, alors, même si je devais l'entendre me hurler dessus, j'ai essayé de le frotter de force avec une serviette humide, mais il m'a repoussée avec une telle violence que je me suis cognée contre la balustrade de l'escalier.

Les goûters que nous partagions ont disparu.

En revanche, il continue à récurer les toilettes pendant des heures chaque fois qu'il les utilise.

Il était pourtant devenu plus tranquille pendant un certain temps, je me demande ce qui a bien pu le mettre dans un état pareil… Je pense que ce sont les visites à domicile du professeur. Une fois par semaine, le vendredi, M. Terada vient chez nous, toujours accompagné de Mizuki, et chaque fois le temps que Naoki passe ensuite enfermé dans sa chambre s'allonge, j'ai bien l'impression. Sans doute me soupçonne-t-il de vouloir le faire retourner à l'école tout en lui disant qu'il peut rester se reposer puisque c'est ce dont il a besoin.

Quant à ce M. Terada, j'avais cru que c'était un enseignant enthousiaste, je dois dire que j'attendais beaucoup de lui, mais au fil du temps je me suis aperçue qu'il ne faisait que brasser du vent. Il apporte les copies des cahiers, oui, mais il ne fait rien pour changer les principes généraux de l'établissement ou prendre des mesures concrètes. Comment présente-t-il la situation au proviseur ou au comité pédagogique, je me le demande.

J'ai bien envie de téléphoner au collège pour me renseigner, mais j'ai peur, si Naoki m'entend, que pour le coup il ne sorte plus du tout de sa chambre. Le mieux est plutôt de prendre mes distances avec le collège pour le moment, je pense.

Le… juillet

Nous vivons dans la même maison, mais je dois dire que cela fait plusieurs jours que je n'ai pas aperçu Naoki. Il ne descend plus de sa chambre maintenant.

Même quand je lui apporte son repas sur des assiettes en carton, il me dit simplement de laisser le plateau devant la porte, sans se montrer. Cela fait bien un mois qu'il n'est pas entré dans la salle de bains. Je n'ai pas l'impression qu'il change ses vêtements ni ses sous-vêtements non plus.

Les toilettes, si, il va encore aux toilettes, je pense, mais toujours quand je suis sortie ou que je suis occupée à autre chose. Et quand je reviens je trouve les toilettes parfaitement propres, si ce n'est une odeur désagréable qui reste dans l'air. Pas une odeur d'excréments, plutôt une odeur de nourriture pourrie.

Naoki s'est enfermé dans la prison de sa chambre, revêtu de sa saleté comme d'une armure.

Je pensais qu'en faisant comme si de rien n'était il se rétablirait. Mais Naoki ferme de plus en plus son cœur. Dois-je descendre plus profond, pour le rejoindre à la racine de sa peur et de son angoisse ?

Le 1... juillet

Pas un seul cheveu par terre, la chambre parfaitement rangée à un point effrayant, et Naoki profondément endormi, protégé par sa carapace de saleté. Il faudrait vraiment qu'il se passe quelque chose de grave pour qu'il se réveille avant ce soir.

Je sais qu'en principe une mère ne met pas de somnifères dans le déjeuner de son fils, mais c'est la seule idée qui m'est venue afin de le libérer de sa carapace. Ce qui tient Naoki prisonnier dans sa maison, c'est cette armure de saleté qu'a secrétée son sentiment de culpabilité.

Dans l'obscurité de la chambre aux rideaux fermés, je me suis approchée de Naoki environné d'une odeur infecte, et j'ai regardé son visage endormi. Sur son visage luisant de gras, plusieurs boutons à pointe blanche ressortaient. Ses cheveux étaient tout emmêlés et comme couverts de croûtes. Malgré cela je n'ai pu me retenir de caresser son visage, une seule fois, d'une seule main. Lentement, j'ai approché de sa tempe la paire de ciseaux que je tenais dans mon autre main. Quand je me suis soudain interrompue : mes coups de ciseaux risquaient de faire du bruit et de le réveiller, et s'il se réveillait au milieu, cela pouvait être terrible. J'avais peur, mais j'ai quand même réussi à lui dégager les oreilles.

Je n'ai jamais eu l'intention de lui faire une vraie coupe

de cheveux pendant son sommeil. C'était plus l'idée que si je les coupais, et n'importe comment, cela le pousserait peut-être à aller chez le coiffeur. Mon idée était plutôt d'ouvrir une toute petite fissure dans la carapace derrière laquelle il se sent protégé.

Certes, des cheveux sont tombés sur l'oreiller, mais si ça le grattait cela devrait lui donner envie de prendre un bain, je me suis dit, c'est pour ça que je suis ressortie en n'emportant que ma paire de ciseaux.

Je venais de commencer à préparer le dîner quand un rugissement de fauve a résonné dans toute la maison. Un rugissement tel qu'il m'a fallu quelques instants avant de comprendre que c'était la voix de Naoki. J'ai accouru à l'étage, j'ai prudemment entrouvert la porte quand soudain son ordinateur portable a volé en l'air. La chambre était dans un état effroyable, à ne pas croire qu'elle avait pu être si méticuleusement rangée quelques heures auparavant.

Il attrapait tout ce qui lui tombait sous la main et le jetait contre les murs de toutes ses forces en hurlant. Je dois dire que, quand je l'ai vu, il n'avait plus rien d'humain.

– Naoki ! Veux-tu bien cesser !

J'ai crié si fort moi aussi que j'en ai été surprise. Naoki s'est figé sur-le-champ, il s'est retourné vers moi, et sans aucune retenue il a hurlé :

– Sors d'ici !

Le regard qu'il avait à ce moment, je le dis sans la moindre hésitation, c'était un regard de fou. Sans doute aurais-je dû tout de même me jeter sur lui et le serrer dans mes bras, acceptant qu'il me tue, peut-être. Au contraire, quand j'ai vu pour la première fois l'horreur qui se trouvait tout au fond du cœur de mon enfant, j'ai pris la fuite, la seule chose que j'ai pu faire a été de quitter sa chambre.

Cette fois, j'ai compris que je n'y arriverais pas toute seule.

Je me suis décidée à enfin en parler à mon mari, ce soir même. Mais il a fallu que justement ce soir il m'envoie un texto pour dire qu'il avait trop de travail et qu'il passerait la nuit à son bureau.

Il ne me reste que mon journal. Écrire dans mon journal, c'est la seule chose que je peux faire.

S'est-il rendormi ? De sa chambre au-dessus de moi, en ce moment je n'entends pas un seul bruit.

Le 1... juillet

Je m'étais endormie dans le salon en rédigeant mon journal quand un bruit dans la salle d'eau m'a réveillée. J'ai d'abord cru que mon mari était rentré, quand j'ai vu que les vêtements sur le sol étaient ceux de Naoki.

Naoki était allé se laver de lui-même... Je n'aurais pu l'imaginer après son comportement de bête fauve d'hier, mais serait-il possible qu'une fois calmé, la nuit ayant passé, il ait réfléchi ?

Mon opération fissure dans la carapace a donc merveilleusement réussi !

Le bruit de la douche a continué ainsi pendant plus d'une heure. J'ai eu peur tout d'un coup qu'il fasse une bêtise, qu'il pense au suicide ou ce genre de chose, alors plusieurs fois je suis allée jusqu'à la porte, mais quand au-delà du bruit d'eau j'ai compris que c'était bien le bruit du petit tabouret pour s'asseoir et des frottements de la serviette exfoliante en nylon sur sa peau que j'entendais, alors je suis revenue dans le salon. Sa première douche depuis presque deux mois, il était normal que ça prenne un peu de temps.

Quand il est sorti de la salle d'eau, je suis restée bouche bée. Il s'était rasé la tête. J'ai été surprise, je ne le nierai pas, mais je reconnais que c'était effectivement la solution la plus hygiénique. Avec son crâne rasé, il m'est apparu comme un bonze, qui se lave ainsi de toutes les souillures de l'esprit comme du corps. Il s'était également coupé les ongles, et il avait mis des sous-vêtements et des vêtements propres que j'avais achetés.

Mais, avec mon Naoki ainsi devant moi, je ne pouvais pas être pleinement heureuse. S'il avait tout lavé de lui, son humanité, ses bons sentiments de petit garçon n'étaient-ils pas partis eux aussi ? Car son visage était maintenant dénué de la moindre expression.

Je me demandais comment m'adresser à lui, mais c'est Naoki qui a parlé le premier :

– Je m'excuse pour jusqu'à maintenant. Je vais à la supérette et je reviens.

Une voix qui sortait sans le moindre effort, sans aucune retenue.

Non seulement il s'était lavé, mais voilà qu'il allait dehors maintenant !

Je n'ai pu me retenir :

– Tu veux que maman vienne avec toi ?

– Pas la peine, a-t-il dit.

J'ai pensé le suivre de loin, mais s'il me repérait cela réduirait tous les efforts de la veille à zéro, aussi, j'ai pris mon mal en patience et j'ai décidé d'attendre à la maison.

Je l'ai accompagné jusqu'à la porte d'entrée et je me suis soudain aperçue que la saison avait changé. C'était l'été.

Le 1... juillet

Ce que je vais écrire maintenant s'est passé à peine une dizaine de minutes après que Naoki est sorti pour aller à la supérette, il y a plusieurs jours maintenant. C'est dire le choc que ça a été pour moi.

J'avais commencé à préparer des œufs brouillés au bacon qu'il aime tant, de façon qu'il trouve le petit déjeuner prêt dès qu'il reviendrait, quand soudain mon téléphone portable a sonné.

Cela n'arrive pour ainsi dire jamais, j'ai eu une mauvaise intuition. Et j'avais raison. C'était un appel du gérant de la supérette du quartier. Il gardait mon fils dans le local réservé au personnel et me demandait de venir le chercher.

J'ai immédiatement pensé qu'il avait essayé de prendre quelque chose sans payer. Je lui avais donné suffisamment d'argent, mais le fait de sortir devait avoir provoqué une sorte d'excitation alors que son esprit n'était pas encore totalement rétabli, voilà ce à quoi j'ai pensé sur le coup.

Mais c'était quelque chose de beaucoup plus anormal. D'après l'employé de la supérette, il avait commencé par faire le tour de la boutique. Puis il avait mis ses mains dans ses poches, les avait ressorties et avait recommencé à se promener dans le magasin et à toucher des articles, des sachets de boulettes de riz, des *bentō*, des boissons. Comme il évitait les endroits où il y avait d'autres personnes, au début l'employé s'est demandé si ce n'était pas un voleur à l'étalage.

Le fait de toucher à tout dans un magasin est déjà un comportement étrange en soi, mais ce n'était pas juste qu'il avait besoin d'une petite remontrance pour lui rappeler de bien se tenir. La main avec laquelle il touchait les produits était pleine de sang. Il mettait du sang partout. Quand je suis arrivée, la main de Naoki était bandée avec des pansements que le magasin vendait. Naoki se les était mis lui-même après que le gérant l'avait arrêté, paraît-il. Dans sa poche, Naoki avait gardé une lame de rasoir qu'il avait prise dans notre salle de bains.

C'était la première fois que le gérant avait affaire à un comportement pareil, il se demandait ce qu'il convenait de faire, alors il a appelé le premier numéro qui était enregistré sur le portable de Naoki, qui était celui de mon portable à moi. Naoki ne répondait à aucune de ses questions, mais puisque ce qu'il avait fait n'était pas exactement un crime il n'avait pas appelé la police, et si j'acceptais de rembourser toutes les marchandises souillées l'affaire en resterait là.

Naoki n'a pas ouvert la bouche de tout le retour non plus. Il m'a suivie à la cuisine où je comptais terminer de préparer son petit déjeuner et il s'est assis à la table. Je suppose qu'il n'avait pas envie de retourner dans sa chambre, qui devait toujours être sens dessus dessous. J'ai posé les lourds sacs de la supérette remplis des produits souillés sur la table et je me suis assise en face de lui.

– Nao, mais pourquoi as-tu fait ça, enfin ?

Je n'attendais pas vraiment de réponse. Je ne lui posais la question que parce que je ne pouvais pas me retenir. Mais il y a eu une réponse :

– Pour que la police m'arrête.

D'une voix détachée, sans aucune retenue.

– La police ? Mais pourquoi ? Tu penses encore à ce malheureux accident ? Mais tu n'as rien à te reprocher, ne t'inquiète pas pour ça, voyons !

Cette fois, il n'a rien répondu. Mais c'était la première fois que nous évoquions ensemble cet accident, et je me suis dit que c'était une occasion d'aider Naoki à guérir, alors j'ai dit, en me forçant à prendre un ton badin :

– Ah là là ! Tout ça m'a donné faim ! Tiens, cela me fait penser que je n'ai pas mangé de boulettes de riz depuis des lustres. C'est le moment d'en profiter !

J'en ai sorti une du sac de la supérette. Sur le petit sachet d'emballage marqué « Thon mayonnaise », le sang de Naoki était devenu marron et tout sec.

– Ne mange pas ça ! Tu vas attraper le sida sinon… a dit Naoki en me prenant la boulette de riz des mains.

Il a déchiré le sachet rapidement et il a mordu dedans.

Je n'ai rien compris, ni le pourquoi de ce geste ni ce que venait faire le sida là-dedans.

– Nao ? Maman ne comprend rien à ce que tu dis, tu sais. Qu'est-ce que ça veut dire ? Pourquoi parles-tu de sida ?

– Mme Moriguchi m'a fait boire du lait avec le virus du sida.

Il confessait son secret sur un ton banal, sans émotion apparente. Je me suis répété plusieurs fois dans ma tête les mots qu'il venait de dire, et en même temps je sentais la chair de poule me venir.

– Ce que tu viens de dire… c'est vrai ? Nao ?

– Oui oui. Elle l'a dit le dernier jour. Le père de sa fille, c'était le Prof Voyou Qui Veut Changer le Monde. Tu sais, tu l'aimais bien aussi, à la télé. On a dit qu'il était mort d'un cancer, mais en fait il est mort du sida. Et elle a mélangé son sang à notre lait, à moi et Watanabe.

Il disait ces choses horribles sur un ton inexpressif, presque heureux. Moi, je ne pouvais plus rester assise, j'ai vomi dans l'évier.

Le virus du sida… Mon petit garçon s'est fait infecter par le VIH… Et incapable d'avouer ce qu'on lui avait fait, même à moi, sa mère, il avait supporté tout ce temps cette angoisse, tout seul.

J'ai tout compris d'un seul coup. Sa manie de la propreté, sa saleté, ses larmes quand il mangeait quelque chose de bon, tout. Victime d'une chose complètement injuste et absurde, il avait néanmoins pris sur lui de protéger son père, sa mère et sa sœur. Et il rendait grâce à la vie pour tout ce qu'elle offre de magnifique.

– Nao, tu vas venir avec maman à l'hôpital. Tu verras, maman parlera à ta place pour expliquer.

Si possible, je voulais lui faire faire une transfusion sanguine générale, lui changer son sang entièrement. Moi, j'étais complètement affolée, mais lui, il restait calme.

Et pourtant, le cauchemar ne faisait que commencer. Ce qui a suivi m'a fait tomber en enfer. Ce n'est pas quelque chose que je peux écrire en résumant pour aller vite, alors je l'écris mot à mot, tel que ça s'est passé :

– Allons à la police plutôt.

– À la police ? Ah oui, tu as raison, il faut faire arrêter cette Moriguchi.

– Non, pour qu'ils m'arrêtent moi.

– Qu'est-ce que tu racontes ? Pourquoi la police t'arrêterait, toi ?

– Parce que je suis un assassin, évidemment.

– Mais enfin, tu n'as tué personne ! Maman n'en croit pas un mot, d'abord. Et puis tu n'as fait que pousser le corps dans la piscine, n'est-ce pas !

– Mme Moriguchi a dit qu'elle n'était qu'évanouie à ce moment-là. C'est parce que je l'ai fait tomber dans la piscine qu'elle s'est noyée.

– Mais enfin… c'est impossible… Mais bon, même si… En tout cas tu ne le savais pas. C'est juste un accident !

– Non.

Et à ce moment-là il a eu un grand sourire et il a ajouté :

– Quand je l'ai regardée, elle a ouvert les yeux. C'est seulement après que je l'ai jetée dans la piscine.

Je ne peux pas écrire plus pour aujourd'hui, c'est au-dessus de mes forces.

Le 1… juillet

Tout à l'heure, cet idiot de M. Terada est de nouveau passé, et il a fait une chose ignoble : devant la porte d'entrée, il a crié bien fort pour que tout le quartier entende que Naoki n'allait plus en classe.

Et par-dessus le marché il m'a mis dans les mains un carton avec des messages de tous les élèves. Parmi ceux-ci, il y en avait un écrit au feutre rouge, plus gros que les autres :

Courage ! Rien n'Est plus Vrai que l'Espoir. Acceptons la Sagesse Suprême de l'Amitié, le Sourire du Soleil Illumine la Nuit !

Je suppose que ça les amuse d'avoir inventé un tel code. Ce M. Terada ne s'en est peut-être pas rendu compte, mais moi, cela m'a sauté aux yeux. Il suffit de prendre les initiales écrites en majuscules, et ça donne : « CRÈVE ASSASSIN ! » Pour tout le monde, Naoki est un assassin. Il est la risée de tous, même de ces petits imbéciles sans la moindre culture ni la moindre éducation.

Mais, heureusement, ma décision est prise.

Naoki n'a rien fait d'autre que de pousser dans la piscine la fille de Moriguchi, que ce Watanabe a assassinée. C'est du moins ce que je croyais en écoutant le tissu de mensonges de Moriguchi. Mais la réalité est autre.

Naoki l'a poussée dans la piscine après qu'elle a repris connaissance. Il a tué un être humain, en pleine conscience.

Ce jour-là, en l'écoutant avouer à Moriguchi que c'était lui qui l'avait jetée dans la piscine, quelque chose m'avait paru faux, et j'avais cru que c'était parce que Moriguchi faisait pression sur Naoki pour inventer des mensonges. C'est la raison pour laquelle j'ai persisté à le croire innocent. Or, en fait, il y avait bien mensonge, mais c'était un mensonge délibéré de Naoki.

Maintenant, la cruelle vérité, que j'ai entendue de sa bouche, je n'ai toujours pas envie de la croire, mais je ne pense plus qu'il s'agit d'un mensonge.

Je suis sa mère et je suis quand même capable de reconnaître quand Naoki ment ou pas.

– Mais tu l'as poussée dans la piscine parce que ses yeux ouverts t'ont fait peur, n'est-ce pas ?

Je lui ai posé et reposé la même question après qu'il m'a fait ses aveux. Je sais que je suis une mère bien stupide. Mais quand j'ai dû admettre que mon fils avait tué un être humain j'ai voulu, à toute force, que ce geste n'ait été commandé que par une réaction de peur. Je priais pour que ce soit ça.

– Oui, a finalement répondu Naoki. Si c'est ça que tu veux que je réponde, alors oui, c'est ça.

Finalement il ne m'a pas dit exactement pourquoi il avait tué la fille de Moriguchi. M'a-t-il avoué tout ce qu'il avait sur la conscience, ou lui reste-il encore quelque chose à dire ? Il a répété plusieurs fois sur un ton de petit garçon capricieux : « Alleeez, on va à la police, dis… »

Je crois qu'en plus de sa carapace de saleté Naoki s'est aussi lavé de toute son extraordinaire gentillesse et de son exceptionnel esprit de prévenance. Mon adorable Naoki n'existe plus. Et en tant que mère de ce garçon qui a perdu tout cœur humain, qui se révèle à lui-même comme un assassin, il ne me reste qu'une seule chose à faire.

Yoshihiko, je te remercie pour tout ce que tu as fait pour nous jusqu'à ce jour. Que tu restes en bonne santé.

Mariko, je regrette de ne pas avoir eu le temps de devenir grand-mère. Que ton enfant soit un beau bébé en bonne santé.

Kiyoko, que ta vie soit solide, et que tes rêves se réalisent.

Je pars avec Naoki, ce n'est prendre que quelques pas d'avance sur le destin. Je retourne auprès de mon père et de ma mère adorés.

*

J'avais cru qu'au cœur des ténèbres la vérité m'éclairerait suffisamment pour me montrer la voie de la délivrance. Mais après avoir achevé la lecture du journal de maman, loin d'apercevoir un chemin, je ne vois même plus où je suis.

Ainsi, maman a voulu tuer Naoki et se suicider ensuite. À vrai dire, cette éventualité m'a traversé l'esprit dès le moment où j'ai lu le mot *hikikomori*. Connaissant maman, qui a toujours poursuivi intensément son idéal, selon lequel le bonheur consiste à vivre une vie droite, et qu'il n'y a pas de vie digne d'être vécue hors de cette voie, ce choix n'avait rien d'extraordinaire.

Je dirais même que maman s'est révélée beaucoup plus pondérée que je ne l'aurais cru. Par exemple, je ne l'aurais jamais crue capable de se convaincre que le refus de mon frère d'aller à l'école était une façon de « récupérer de la fatigue de la vie ». Quand je pense qu'avant c'était toujours le branle-bas de combat dès qu'il s'agissait de son fils... Alors qu'elle ne pouvait s'empêcher de tout dramatiser, faut-il qu'elle ait pris sur elle-même pour veiller sur lui en silence pendant quatre mois...

Quoi qu'il en soit, à mon avis ce n'est pas le jour où elle lui a coupé les cheveux pendant son sommeil que mon frère a perdu la tête. Il devait déjà être au bord de l'implosion, et cela n'a été que le prétexte, j'imagine. Ce n'était qu'une question de temps avant qu'il avoue son crime.

Et pourtant... S'il avait tenu deux semaines de plus, j'aurais été à la maison pour les vacances. Je ne sais pas ce qu'il aurait fallu faire dans l'état où il se trouvait, si j'en crois le journal de ma mère, mais à deux nous aurions peut-être pu quelque chose.

Quand je dis « à deux »... Et papa ? Ne se doutait-il vraiment de rien ? Ne fait-il pas plutôt semblant de ne pas savoir ce qui se passait dans sa propre maison ?

Maman aurait été très fâchée d'apprendre que je pense des choses pareilles, mais je crois qu'il feint la dépression pour fuir le scandale. Enfin, je ne dis pas qu'il feint complètement, c'est peut-être à moitié vrai... N'empêche que la faiblesse de caractère de Naoki, c'est quand même bien de papa qu'il la tient.

L'idéal de maman en ce qui concerne notre famille n'a jamais existé ailleurs que dans ses rêves. En réalité, notre famille était le territoire de l'ennui total. Sauf que maintenant je peux dire que c'était ça, justement, le bonheur de la famille « normale ».

Ma sœur a failli faire une fausse couche sous le choc. Elle est actuellement à l'hôpital. Les journalistes en font déjà le siège. Combien de temps leur faudra-t-il pour s'apercevoir que le point de départ de toute l'affaire se situe au collège de mon frère ? Ils s'en doutent déjà, si ça se trouve.

Il n'y a pas beaucoup de temps.

Il paraît que Naoki s'est enfermé dans le mutisme et ne répond à aucune question.

La dernière page du journal de ma mère pourrait peut-être servir. Il suffirait de montrer que c'est elle qui a d'abord essayé de tuer Naoki, et le geste de Naoki deviendrait de la légitime défense, il me semble. À la lumière du fait que maman l'avait emmené consulter pour une maladie mentale, ce dont on peut facilement trouver les preuves… N'y a-t-il pas là des éléments suffisants pour plaider une relaxe ?

Enfin… encore faudrait-il que mon frère le veuille.

IV

La recherche de la Voie

Devant moi se trouve un mur. Derrière, un autre mur. À droite et à gauche, des murs. En haut et en bas, des murs.

Depuis quand suis-je ici, seul à l'étroit dans cette pièce entièrement blanche ? Où que je regarde, les mêmes images se projettent en boucle sur les murs.

Combien de fois les ai-je vues ? Ah, ça recommence…

Premier jour. Un garçon, le nez rougi, marche d'un pas chancelant.

Je marche dans le froid, le dos courbé pour résister au vent. Ceux du club tennis qui font leur jogging me dépassent, en tee-shirt et short de sport. Ceux qui piquent un sprint jusqu'à la gare pour aller au cours du soir aussi. Je ne fais rien de mal, je rentre seulement chez moi, mais justement, cela me donne mauvaise conscience. Alors mon dos s'arrondit encore plus, je regarde le bout de mes chaussures pour éviter de croiser le moindre regard, et je presse le pas. Pourtant, rien de particulier ne m'attend à la maison non plus…

Je n'ai pas de chance. Décidément, depuis que je suis au collège, je n'ai pas de chance. Et encore moins depuis le début de l'année. Pour tout. En ce qui concerne mes relations avec les autres, spécialement avec les profs. Le responsable du club, le prof du cours du soir, mon prof principal, je ne sais pas pourquoi ils s'en prennent tous à moi. Et maintenant, à cause d'eux, tous les autres de la classe me prennent pour un nul, j'ai l'impression. Les seuls qui veulent bien manger leur *bentō* avec moi à midi, ce sont les deux *otaku* de la classe, des fans de trains et de jeux vidéo porno. Ce sont pour ainsi dire les deux seuls qui me parlent encore depuis que j'ai été le premier de la classe à recevoir des heures de colle, alors qu'est-ce que j'y peux, hein ? Ça ne veut pas dire qu'ils sont particulièrement gentils avec moi, d'ailleurs. De toute façon, ils ne s'intéressent à rien d'autre qu'à leurs manies d'*otaku*. Si je leur parle, ils répondent, c'est tout. C'est mieux que de rester tout seul. Sauf que c'est la honte quand une fille de la classe me voit avec ces types.

J'en ai marre d'aller à l'école. Mais je ne me vois pas dire à maman que je veux rester à la maison sous un prétexte pareil. Elle serait trop déçue. Déjà que je trahis l'un après l'autre tous les espoirs qu'elle met en moi. Ce qu'elle voudrait, c'est que je devienne quelqu'un au-dessus des autres. Quelqu'un comme mon oncle Kōji.

Maman est si fière de vanter mes capacités supérieures devant les voisins ou les cousins. Le problème, c'est que comme « capacités supérieures », elle ne trouve rien de mieux que ma « gentillesse ». Et qu'est-ce que ça veut dire, « je suis *gentil* » ? Si encore je participais à des actions humanitaires, je comprendrais, mais, franchement, je ne vois pas ce que je fais de gentil. En réalité, comme elle ne trouve rien de particulièrement remarquable pour se montrer fière de moi, elle noie le poisson en disant que je suis « gentil ». Moi, je préférerais qu'elle ne dise rien du tout. Je préférerais qu'elle ne se sente pas obligée d'être fière de moi en public, d'ailleurs. Parce que je n'aimerais pas être le dernier de la classe, évidemment, mais je ne fais pas un complexe parce que je ne suis pas le premier, quand même.

Depuis que je suis tout petit, j'ai été nourri aux compliments. Cela m'a fait croire que j'étais intelligent. Que j'étais doué en sport aussi. Mais en fait, dès la troisième année de l'école primaire je me suis aperçu que tout ça c'était juste les rêves de maman. En réalité, même en me donnant à fond, j'arrivais à peine dans la bonne moyenne de l'école – et encore, parce que ici c'est la province.

Mais ça ne fait rien, maman a quand même fait encadrer le seul prix que j'ai réussi à avoir en six ans d'école primaire, pour se la jouer trop fière des capacités de son fils dès que quelqu'un passait à la maison : troisième prix de calligraphie de la ville, en troisième année. J'avais écrit « élections » en caractères *hiragana*. Et le maître m'avait félicité en disant que mes caractères étaient d'une grande pureté, je m'en souviens.

Depuis que je suis au collège, elle a arrêté de me féliciter pour des choses pareilles. Encore heureux. Elle vante ma « gentillesse », maintenant. Mais ce que je déteste par-dessus tout, c'est qu'elle écrit des lettres au proviseur pour un oui ou pour un non. La première fois que je m'en suis rendu compte, c'était après les tests de milieu du premier trimestre.

Mme Moriguchi, notre prof principal, a nommé les trois qui avaient eu les meilleures notes devant tout le monde. Les trois têtes de classe, c'est normal. J'ai applaudi avec les autres, bien sûr, j'étais impressionné. Mais pas vexé. Je savais bien que ce n'était pas mon niveau. Mizuki a eu la deuxième place, alors je l'ai dit à maman. Elle a juste dit : « Ah bon… », comme si cela ne l'intéressait pas.

N'empêche que quelques jours plus tard, complètement par hasard, dans la corbeille à papier du salon, j'ai remarqué un brouillon de lettre. « Je tiens, Monsieur le Proviseur, à exprimer ma surprise, et, dois-je le dire, mon inquiétude, qu'une enseignante aille à contre-courant de l'évolution de notre société en ne mettant en avant que les élèves qui ont eu les meilleures notes, alors que nous vivons aujourd'hui dans une société qui met l'accent sur l'originalité de la personnalité de chacun… » Dès le premier coup d'œil, j'ai compris qu'il s'agissait d'une lettre de critiques concernant Mme Moriguchi. J'ai récupéré la lettre et je suis allé me plaindre à maman dans la cuisine.

– Maman ! Pourquoi tu écris des lettres comme ça au collège ? Ça donne l'impression que je me plains de mon prof à ma mère parce que je n'ai pas de bonnes notes, comme si j'avais un complexe d'infériorité…

Et maman m'a répondu, très gentiment :

– Mais qu'est-ce que tu racontes, mon chéri ! Qui parle de complexe d'infériorité ? Maman n'a pas du tout dit qu'il était mauvais de faire un classement en fonction des notes. Mais je critique le fait que le classement ait été la seule chose qui ait été annoncée devant la classe. Ceux qui ont les meilleures notes ont-ils quelque chose de particulier ? Avoir les meilleures notes donne-t-il droit à un privilège ? Sont-ils de meilleurs individus simplement parce qu'ils ont eu les meilleures notes ? Non, n'est-ce pas ? Alors pourquoi ton professeur ne classe-t-il pas les élèves selon leur degré de gentillesse ? A-t-il fait l'annonce devant toute la classe de ceux qui se donnent le plus de mal pour nettoyer la classe après les cours, par exemple ? Voilà ce que maman veut dire, mon chéri.

La honte… Pas tant pour ce qu'elle venait de dire, c'était de très belles idées et tout, mais parce que je suis sûr qu'elle n'aurait pas écrit sa lettre si j'avais fait partie des trois élèves nommés. Elle était juste déçue, en fait.

Depuis, je me sens un raté chaque fois que maman se vante que je sois si « gentil ». Raté ! Raté ! Raté…

Il y a eu un bruit de sonnette derrière mon dos, et un instant plus tard une fille de ma classe m'a dépassé en vélo. Une fille qui, il y a encore quelque temps, me disait toujours « Bye bye, à demain, Nao ! » à la fin des cours en rentrant. Alors j'ai fait semblant que mon portable sonnait, je l'ai sorti de ma poche et j'ai fait comme si je vérifiais mes textos. Puis j'ai reniflé très fort comme si j'avais un rhume, puis j'ai marché à nouveau.

Ensuite, quelqu'un m'a tapé sur l'épaule. Ça m'a fait sursauter.

– Dis donc, Shimomura, tu as du temps aujourd'hui ? J'ai rippé une super vidéo, ça te dit pas ?

Watanabe, un garçon de ma classe. Je suis assis à côté de lui en cours depuis le dernier changement de places en février, mais en réalité je ne lui ai presque pas encore parlé. D'abord nous n'étions pas dans la même école en primaire, et puis nous ne nous sommes encore jamais trouvés ensemble de balayage ou réquisitionnés pour une corvée.

Et puis, à vrai dire, il n'était pas vraiment mon genre. Trop différent. D'abord il a toujours des super notes dans toutes les matières sans même aller aux cours du soir, et l'été dernier il a obtenu un prix au niveau national pour le concours des travaux scientifiques d'élèves. Enfin, ce n'est pas seulement pour ça que j'avais du mal à engager la conversation avec lui. C'est surtout parce que en général il reste seul. Le matin avant la première heure et aux interclasses, il est toujours en train de lire des livres super difficiles, et le soir après les cours il s'en va tout de suite, il ne participe à aucun club. On peut dire qu'en apparence il est dans la même situation que moi, sauf que ça n'a rien à voir. Parce que lui, même s'il n'a pas d'amis, ça ne lui donne pas l'air d'un raté.

Lui, ce n'est pas qu'il n'a pas d'amis, c'est qu'il fait exprès de ne pas en avoir. Comme s'il n'avait pas envie de se lier avec des nuls. Il me fait penser à mon oncle Kōji, de ce point de vue.

Même si tous les garçons de la classe ne peuvent s'empêcher de lui tourner autour, en fait. Ils le traitent de prétentieux derrière son dos, mais ils rêvent quand même de devenir amis avec lui. Et pas simplement pour se faire aider pour les devoirs. Ce n'est pas pour ça qu'ils le respectent. C'est plutôt parce qu'il a trouvé un moyen de supprimer quatre-vingt-dix pour cent du floutage des vidéos porno. Je ne sais pas comment c'est possible, mais il paraît qu'on voit super bien. Quand j'ai entendu dire ça, moi aussi j'ai eu envie de voir. Je ne lui ai pas demandé de but en blanc de m'en montrer une, évidemment j'allais pas lui dire : « Ah ben tiens, tu me passes une de tes cassettes porno ? »

Eh bien là, c'est lui qui m'en a proposé une. Qu'est-ce que ça veut dire ?

– Hein ? Pourquoi moi ?

C'était peut-être pour se foutre de ma gueule. Peut-être que d'autres de la classe étaient planqués quelque part pour guetter ma réaction… J'ai regardé un peu dans toutes les directions pour voir s'il n'y avait pas quelqu'un, mais je n'ai remarqué personne.

– Ça faisait longtemps que j'avais envie de parler avec toi, Shimomura. Mais je ne trouvais pas de prétexte. Parce que tu as toujours l'air tellement cool, à l'aise… Je t'envie trop pour ça…

Quand Watanabe a dit ça, je suis sûr que j'ai rougi. Je devais être assez ridicule, mais en tout cas c'était la première fois que je le voyais sourire.

Surtout pour dire qu'il m'enviait ! Moi, je pourrais dire que je l'envie, éventuellement. Mais lui, m'envier ?! Ça semble incroyable.

– Hein ? Pourquoi ?

– Bah, moi, tous les autres croient que je ne pense qu'à avoir des bonnes notes à l'école. La grosse bête qui n'est bonne qu'à bosser, tu vois… Le raté intégral, quoi !

– Ah bon, tu crois ? Je n'ai pas l'impression, pourtant…

– Oh si ! J'ai vraiment pas la cote. Comparé à toi… Pendant le premier trimestre, tu n'as pas forcé, histoire de voir à qui tu avais affaire dans la classe, et puis au deuxième trimestre tu commences à faire monter tes notes… Super cool, quoi !

– Bof, c'est rien du tout, ça. Je t'arrive pas à la cheville…

– Mais tu n'as pas encore donné ton maximum, ça se sent. Tu as la grande classe, je trouve.

Moi, la classe ? C'était la première fois de ma vie que j'entendais dire ça, d'un garçon ou d'une fille. Même maman ne m'a jamais fait un compliment pareil. Mon cœur battait plus fort et je sentais mes joues devenir chaudes.

C'est vrai, mes notes avaient monté depuis que j'allais aux cours du soir, mais cela faisait déjà un moment que j'étais au maximum de mes capacités. Le prof de la classe du soir m'a engueulé pour ça, d'ailleurs, et j'ai été puni. J'ai bien compris que même si j'apprends tout par cœur comme un malade, j'arrive à peine dans la bonne moyenne, c'est tout. Alors depuis le mois dernier j'ai arrêté de me mettre la pression.

Sauf que si Watanabe dit que je n'ai pas encore tout donné, c'est peut-être que j'ai encore de la marge. Il n'est pas impossible que je ne m'en sois pas encore rendu compte, que lui seul sache voir réellement ma vraie valeur.

J'ai eu envie de devenir son ami. Pour de vrai.

C'est la deuxième fois que je vais au « Labo » de Watanabe, une vieille maison de plain-pied au bord de la rivière. Cette fois, j'ai apporté des biscuits à la carotte que maman a faits spécialement.

Sur l'écran télé géant, les zombies se répandent dans la ville.

Watanabe supprime le floutage des films porno, mais apparemment ce n'est pas parce qu'il s'intéresse au contenu. Il paraît que ça le dégoûte. Moi aussi, la première fois j'ai voulu voir, je m'attendais à un film normal juste un peu olé olé, en fait ça se passait sur un ring et on voyait des femmes occidentales blondes faire du catch à poil. C'était tellement grotesque que j'ai arrêté au bout de cinq minutes.

À la place on a regardé des vidéos normales, des films d'action et d'horreur américains que j'avais loués au vidéo-club devant la gare. À la maison, maman m'interdit de regarder des films de violence ou avec des coups de feu. Mais en fait j'adore ! Dans celui-là, j'aime trop la scène où la super nana fait face à l'armée des zombies avec sa mitrailleuse et arrose ! Ça, c'est du vrai plaisir !

– Super ! Moi aussi je voudrais faire ça, une fois… j'ai dit à voix basse.

Watanabe a dû m'entendre, car quand je me suis tourné vers lui nos regards se sont rencontrés.

– Ah ouais ? Tu as quelqu'un que tu voudrais châtier ? il m'a demandé.

– Châtier ?

– Attends… Quand le film sera fini, a dit Watanabe.

Que voulait-il dire ? Est-ce que j'étais un héros de film ? Je me suis retourné vers l'écran. Les zombies qui s'étaient fait exploser à la mitrailleuse ont commencé à se relever en flageolant. Ça, si c'était réel, ça foutrait vraiment la trouille. Finalement, ça s'est terminé avant que les zombies soient exterminés, par « La suite dans la 2e Partie ».

– Si les zombies envahissaient la ville, toi tu ferais quoi ? j'ai demandé à Watanabe en grignotant les biscuits à la carotte de maman.

Alors Watanabe s'est levé brusquement et est allé prendre quelque chose dans le tiroir de son bureau. Un porte-monnaie noir.

– C'est quoi ? Ton Porte-monnaie Antivol ?

– Exactement. Enfin, j'ai un peu boosté la puissance, à vrai dire. Mais je ne l'ai pas encore testé. Shimomura, tu veux essayer ?

J'ai secoué la main pour faire « Non, merci ! ».

– Bah, je plaisante ! a dit Watanabe. En fait, je l'ai

inventé pour châtier les mauvais. Pour le premier test aussi, il faut l'essayer sur un mauvais.

Il a posé le porte-monnaie devant moi. À première vue en tout cas, c'était un porte-monnaie à glissière tout à fait normal.

– Et tu veux châtier qui avec ça ?

– J'ai installé un système à l'intérieur qui fait que, dès que tu touches la glissière, tu te prends une décharge électrique assez forte pour te faire sursauter et te laisser le cul par terre, au sens propre ! Et ça te fait pas envie, ça ? Voir un mauvais le cul par terre ?

– Ah ouais, génial ! Alors qui tu vas châtier ?

– C'est ça le hic. Moi, je suis trop coincé, pas assez cool. Pour moi, c'est tous des mauvais. Shimomura, choisis quelqu'un, toi !

– Hein ? Moi !? je me suis écrié spontanément.

Je trouvais ça super excitant. Grâce à la machine qu'il avait inventée, on allait châtier les mauvais. Et c'est moi qui allais épingler les cibles. Un peu comme un héros de film. Watanabe était l'inventeur et moi son assistant.

J'ai réfléchi à mort. Un mauvais, c'est un ennemi, mais il fallait quelqu'un qui ne soit pas seulement un ennemi à moi, un ennemi à nous. Facile. Un prof. Un prof qui se la pète trop…

– Pourquoi pas Tokura ?

– Hum, pas mal… Mais en fait, j'ai même pas envie de lui parler, à lui.

Mauvais choix. Notre prof principal, alors. Elle fait toujours passer sa fille avant ses élèves.

– Alors… Moriguchi !

– Hum… ouais, mais elle, je l'ai déjà utilisée pour tester la première version, elle ne se laissera pas prendre deux fois au même truc…

Mauvais choix, encore une fois. J'ai remarqué que Watanabe

commençait à soupirer et à tripoter les trucs posés sur son bureau comme s'il s'ennuyait.

Il devait commencer à regretter de m'avoir choisi comme pote. Si je faisais encore un mauvais choix, il allait peut-être annuler le projet. Ou pire, choisir quelqu'un d'autre à ma place pour le faire avec lui. Et évidemment, ils en profiteraient pour se foutre de ma gueule. « Shimomura, qu'est-ce qu'il est lourd alors ! Il sert vraiment à rien… »

Et je ne voulais plus me faire traiter de raté par les autres. Comme quand j'avais été collé et qu'il avait fallu que je nettoie les abords de la piscine, en plein hiver. Tout seul, ça fait trop *raté*… J'avais rien fait de mal pourtant. Ce n'est pas que je déteste les corvées de ménage. C'est plutôt que je déteste qu'on me voie pendant une punition. C'est pour ça que quand j'avais entendu arriver quelqu'un je m'étais caché. Et finalement, ce quelqu'un, c'était…

Mais oui, pourquoi pas elle ?

– Dis, et la fille de Moriguchi ? Pour châtier Moriguchi de faire passer sa gosse avant ses élèves, c'est le bon coup, non ?

Watanabe a lâché l'objet qu'il était en train de tripoter.

– Ah ouais, bonne idée ! Je ne l'ai jamais vue, mais je crois qu'elle l'amène parfois au collège, pas vrai ?

Cette fois, mon idée lui plaisait, c'était clair. Dans ma tête, j'ai pris la pose héros comme si j'avais marqué un but au foot. J'avais franchi le premier rempart, et pour montrer que j'étais le mec qui a toujours des tuyaux super utiles je lui ai raconté la fois où j'avais rencontré Moriguchi et sa fille à Happy Town, le centre commercial, et que Moriguchi n'avait même pas acheté la pochette lapin que sa fille voulait, la scène que ça avait fait.

– Ah ouais… Si c'est une pochette, je peux sans doute mettre un système encore plus puissant dedans… Super, Shimomura ! J'en étais sûr, je savais qu'avec toi ça allait devenir encore plus marrant !

– Alors il faut vite aller l'acheter ! S'il n'y en a plus, on est mal !

Nous avons pris nos vélos et nous avons foncé à Happy Town, en bordure de la nationale, un peu en dehors de la ville.

L'espace de ventes événementielles du week-end était plein de monde. Il ne restait que quatre jours avant la Saint-Valentin. J'ai joué des coudes au milieu des dames et des lycéennes, pour arriver au coin où j'avais vu la pochette l'autre fois.

– Celle-là ! Ouf, c'est la dernière !

Tout en me recoiffant avec les doigts, je lui ai montré la pochette en fourrure en forme de tête de lapin comme si c'était un butin de guerre.

– La dernière ! La chance est avec nous ! s'est écrié Watanabe.

C'est vrai. Si tout avait été vendu, le projet serait tombé à l'eau. La chance a tourné en ma faveur, enfin !

Nous avons acheté la pochette avec notre argent de poche, en payant la moitié chacun. Puis nous sommes allés prendre quelque chose à Domino Burger au premier étage du centre commercial, pour tenir notre conseil stratégique.

– C'est quoi le principe du Porte-monnaie Antivol ? j'ai demandé en mordant dans mon hamburger.

– C'est hyper simple. D'abord, tu vois la tirette de la fermeture ? Eh bien, elle joue le rôle de l'interrupteur.

Watanabe m'a expliqué en sortant les frites de leur pochette en papier et en les posant directement sur le plateau, mais je n'ai rien compris.

– Tu as pigé ?

– Ouais, en gros… j'ai répondu en acquiesçant pour ne pas le décevoir.

En fait, c'est surtout que j'étais super heureux d'être là. C'était la première fois que je venais à Domino Burger avec un copain. Jusqu'à présent, j'étais venu seulement avec l'une de mes sœurs. Quand j'étais en primaire, j'enviais les groupes de grands, du collège ou du lycée, que je voyais ici. Un rêve se réalisait enfin. Surtout que notre conversation était d'une densité vachement supérieure, comparée aux papotages stupides des groupes autour de nous. Parce que nous, on était en réunion stratégique secrète, d'abord !

– À propos, la gamine, qu'est-ce qu'elle vient faire à la piscine ? a demandé Watanabe en piochant une frite.

C'était à moi de montrer ce que je savais.

– C'est pour le chien. Dans la maison de l'autre côté du grillage, il y a un chien noir – tu l'as jamais vu ?

– Ah ouais ! Avec plein de poils partout ?

– Ouais, c'est ça. Eh bien, elle vient le nourrir. Je l'ai vue sortir des bouts de pain de ses poches et les lui donner.

– Ah bon ? Mais pourquoi ? Et les habitants de la maison ?

– En fait, de toute la semaine je n'ai vu personne. Ils sont peut-être en voyage. Il vaudrait mieux vérifier, quand même.

– Comment tu vas faire ?

– J'ai une idée ! On n'a qu'à jeter une balle de base-ball, puis on essaie d'entrer dans le jardin et si on nous demande on dit qu'on est venus chercher notre balle.

Les idées me venaient les unes après les autres. C'était la première fois que ça m'arrivait. Watanabe était l'inventeur, moi j'étais le stratège. Je n'étais plus son assistant, j'étais son partenaire ! Alors je lui ai dit :

– Regarde, voilà le plan que je te propose : 1) Je fais le guet pour être sûr qu'il n'y a personne à la piscine. 2) Tu me rejoins, et on se planque dans les vestiaires en attendant que la gamine arrive. 3) Quand elle arrive, je lui parle le premier (parce que ta façon de sourire à toi n'est pas très naturelle, ça pourrait lui faire peur). 4) Toi, tu lui passes la pochette autour du cou (on dira que c'est sa mère qui nous l'a demandé). Et 5) moi, je lui dis de l'ouvrir…

– Ah ouais, c'est pas mal !

Il avait l'air content. J'ai imaginé la gamine qui sursaute de surprise et tombe sur le cul. J'ai trouvé ça à mourir de rire.

– Tu crois qu'elle va chialer ? Dis ? Qu'est-ce que tu en penses, Watanabe ?

Je riais tellement que je n'arrivais plus à m'arrêter. Watanabe a eu un sourire.

– Non, elle ne pleurera pas.

– Moi, je pense qu'elle va chialer. On parie ? Le perdant paie le prochain hamburger chez Domino Burger. Tu topes ?

– Je tope !

Nous avons trinqué avec nos verres de Coca pour sceller notre pari.

Une semaine plus tard.
Le garçon s'introduit dans la piscine
en s'assurant que personne ne le voit.

Ce matin... non, depuis plusieurs jours en fait, je marche sur un petit nuage. Je crois bien que c'est la première fois depuis mon entrée au collège que je trouve du plaisir à aller à l'école.

À la fin de la deuxième heure, j'ai demandé à voix basse à Watanabe :

– Alors, tout est prêt ?

– Au poil, il a répondu.

Pour ne pas attirer l'attention, nous avons fait exprès de rester séparés entre les cours, comme avant.

De toute la journée j'ai encore moins écouté les profs que d'habitude. En cinquième heure, on avait physique, j'étais obligé de me retenir de rire chaque fois que Moriguchi me regardait. Mais le temps a passé très vite.

Puis, quand ça a été la fin des cours, je suis allé tout seul vers la piscine. J'ai regardé les alentours : déserts. C'était un peu tard pour y penser, mais on avait vachement de chance qu'il n'y ait personne de collé au nettoyage des abords de la piscine.

Le chien noir m'a regardé en passant le museau à travers le grillage. La maison avait l'air encore vide. Pour en être sûr, j'ai sorti de mon sac la balle que j'avais trouvée derrière la salle du club base-ball et je l'ai lancée dans le jardin. Puis j'ai grimpé par-dessus la grille, comme pour aller la chercher. J'ai fait le tour complet de la maison, j'ai même sonné à la porte d'entrée, j'ai attendu. Il n'y avait aucun bruit ni rien.

Génial !

Je suis repassé par-dessus le grillage pour revenir à la piscine. Le chien m'a suivi des yeux pendant tout ce temps, mais il n'a pas aboyé une seule fois. Il est peut-être vieux. Ou idiot.

J'ai envoyé un texto à Watanabe : « Phase 1 : OK. » Même pas cinq minutes après il est arrivé.

– Comme sur des roulettes, dis donc ! il a dit en levant le pouce.

Nous sommes entrés dans les vestiaires, qui ne sont jamais fermés. On s'est cachés derrière la porte. Phase 2 : Start. Dans l'obscurité, la poussière, ça m'a rappelé quand, enfant, je jouais à la base secrète. Je croyais encore que je pouvais faire ce que je voulais, à cette époque. Mais en fait, maintenant aussi, je peux tout faire, si je veux. Avec Watanabe.

Je l'ai regardé. Il a procédé aux dernières vérifications sur la pochette lapin. On aurait dit une pochette absolument normale, mais quand j'ai pensé qu'on pouvait se prendre le jus rien qu'en touchant la fermeture j'ai trouvé ça génial.

– Dis, Watanabe, la prochaine fois, tu viendras jouer chez moi ? Ma mère a dit que tu pouvais venir. Elle a même dit qu'elle ferait des gâteaux. Elle est super contente que j'aie un ami intelligent comme toi. Un jour, elle a écrit au proviseur pour protester contre le classement en fonction des résultats à l'école, mais quand je lui ai dit qu'on s'entendait bien, toi et moi, elle m'a dit : « Ah, celui qui est toujours premier ? » En fait, elle se rappelait ton nom, c'était trop ! Bah, c'est sûr, par rapport à ton bureau, chez nous c'est pas si super, mais tu verras, les gâteaux de ma mère, ils sont encore meilleurs que ceux du magasin ! Aujourd'hui, par exemple, pour fêter ça ! Ouais ! Si ça marche, je lui dirai de nous en faire des super bons ! Qu'est-ce que tu préfères, toi ? Le chocolat ou la crème pâtissière ?

Watanabe a fait « Chut ! » en posant un doigt devant ses lèvres. J'ai regardé, et j'ai vu la fille de Moriguchi qui passait sous le portillon de la piscine.

– C'est elle, Watanabe !

Nous nous sommes penchés sans faire de bruit pour l'observer.

Elle n'avait pas l'air de nous avoir remarqués. Elle marchait le long de la piscine, droit vers le chien noir qui passait encore son museau à travers le grillage.

– Je t'ai apporté à manger, Muku !

Elle parlait au chien, puis elle s'est accroupie devant lui, elle a sorti du pain des poches de son jogging et elle a commencé à le déchiqueter en petits morceaux pour les lui donner. Le chien a dévoré le pain en remuant la queue, il avait l'air content. Il a tout avalé en un rien de temps.

– Je viendrai encore !

Elle s'est levée et a épousseté les miettes sur son jogging.

J'ai regardé Watanabe. Il a fait un signe du menton et on a marché lentement vers la gamine. Phase 3 : Start. C'était à moi de lui parler le premier.

– Bonjour, Manami ! C'est bien Manami, c'est ça ?

Elle s'est retournée en sursautant. J'ai continué avec un grand sourire :

– Nous, on est des élèves de la classe de ta maman. Tu te rappelles, on s'est rencontrés l'autre jour à Happy Town ?

Exactement ce qui était prévu, pourtant la gamine restait sur ses gardes et nous regardait comme si on lui faisait peur.

– Tu aimes le chien ? Nous aussi, on l'aime bien. Souvent, on vient lui donner à manger.

C'est Watanabe qui a dit ça. Ce n'était pas prévu dans notre plan, mais elle a eu l'air contente. Alors Watanabe a sorti la pochette qu'il tenait cachée derrière son dos et la lui a tendue. Phase 4.

– Oh ! La pochette lapin ! elle s'est écriée.

Watanabe a fait son sourire un peu exagéré, et s'est accroupi à moitié pour être à la même hauteur qu'elle.

– Ta maman n'a pas voulu te l'acheter, pas vrai ? À moins que… Elle te l'a achetée ?

C'est moi qui devais prononcer cette phrase. La petite a secoué la tête.

– C'est bien ça. C'est pour ça que ta maman nous a demandé de l'acheter pour toi. Regarde, c'est un peu en avance, mais c'est ton cadeau de Saint-Valentin de la part de ta maman.

– De ma maman ?

Elle a fait un grand sourire, elle avait l'air trop heureuse. Avant, je trouvais qu'elle ne ressemblait pas à Moriguchi, mais en fait, quand elle riait, c'était son portrait craché.

– Oui. Il y a un chocolat à l'intérieur, ouvre-la vite !

Oui, mais ça, c'était ma réplique de la mort qui tue. Zut, quoi ! Watanabe changeait ce qui était prévu à sa guise et je l'avais un peu mauvaise ! Mais bon, ce n'était pas le moment de se fâcher. Parce que c'était l'instant suprême, maintenant… La fille de Moriguchi a caressé plusieurs fois la tête du lapin en fourrure, puis a attrapé la tirette.

Dadaaan ! Sursaut de surprise et elle tombe sur le cul !

Mais en fait non, pas du tout.

Ça a fait un petit bruit de rien du tout, et en même temps la petite a eu un gros frisson et elle s'est effondrée en arrière comme au ralenti. Les yeux fermés, elle ne bougeait plus.

Qu'est-ce qui s'est passé ?... C'est pas vrai ? Elle est morte ?

C'est la première chose que j'ai pensée. D'un seul coup je me suis mis à trembler et je me suis accroché à Watanabe.

– Qu'est-ce que c'est ? Regarde, elle ne bouge plus !

Il n'a rien dit. J'ai levé les yeux, il souriait. Un sourire de bonheur total. Cette fois, ce n'était pas du tout artificiel. Et il me regardait.

– Ne te gêne surtout pas pour le raconter à tout le monde.

Hein ? Pardon ?

Il m'a repoussé comme une poussière qui s'accroche, puis il m'a tourné le dos.

– Bon, moi, je rentre.

Attends, quoi ! Qu'est-ce que ça veut dire ?

Dans ma tête, j'avais crié de toutes mes forces, mais en fait ma voix n'était même pas sortie.

Au bout de deux pas, Watanabe s'est retourné comme s'il avait oublié quelque chose :

– Ah oui, à propos... N'aie pas peur, je ne t'accuserai pas de complicité. D'ailleurs, je n'ai jamais pensé qu'on était ensemble. Les types qui servent à rien mais qui se prennent pour des êtres supérieurs, je ne peux pas les blairer. Pour un inventeur comme moi, toi, tu es juste un essai raté.

Un raté ? Un raté. Un raté... Attends, Watanabe. Tu ne vas pas me laisser là tout seul...

J'aurais voulu fuir, mais mes jambes étaient comme paralysées, je ne pouvais plus bouger. Les mots de Watanabe résonnaient dans ma tête. Tout est devenu noir.

Ah oui, c'était la nuit qui tombait.

La sonnerie du collège m'a fait sursauter. Il m'a semblé que j'étais resté là pendant des heures, dans l'obscurité, mais en fait il ne s'était pas passé cinq minutes depuis que Watanabe était parti. Ce qu'il avait dit en s'éloignant tournait encore dans ma tête.

Je comprenais maintenant, depuis le début c'était son plan de la tuer, c'est sûr. Il s'était juste servi de moi. Mais pour quoi faire ?

« J'espère que tu le raconteras à tout le monde. »

Pour ça ? Pour que je le raconte ? Mais si j'allais dire exactement tout ce qui s'était passé, Watanabe serait certainement arrêté. C'est ça qu'il voulait ? Il veut qu'on le considère comme un tueur ? Enfin, de la part de Watanabe, ce n'était pas impossible. Mais moi ? Je serai relâché ? Et si Watanabe ment à la police au contraire ? S'il dit qu'il n'est au courant de rien ? Ou peut-être même s'il dit que c'est moi qui l'ai attiré dans cette histoire, je suis foutu !

Je me suis accroupi, les yeux de la pochette lapin m'ont regardé. J'avais bien vu la fille de Moriguchi caresser la fourrure. La petite était par terre, sur le dos. J'ai retiré la pochette qui était autour de son cou et je l'ai jetée de toutes mes forces, le plus loin possible.

Est-ce que ça suffisait ? Est-ce que je ne serais plus soupçonné ? Si je m'enfuis maintenant sans rien dire à personne, la police ne m'arrêtera pas ? Non, ça ne va pas. Dès qu'ils verront qu'elle est morte électrocutée, ils vont chercher un coupable, c'est évident. C'est juste une question de temps avant qu'ils arrêtent Watanabe. Et si Watanabe me balance…

Ah… Mais oui, je n'ai qu'à la jeter dans la piscine. Elle est tombée toute seule dans la piscine. Mais oui, c'est ça ! Voilà ! Elle est tombée toute seule.

Ce n'est pas le moment d'hésiter. En détournant les yeux pour ne pas la regarder, je l'ai soulevée dans mes bras. Elle était plus lourde que je n'aurais cru. Je l'ai traînée le plus près possible du bord de la piscine, mais si je ne faisais pas gaffe, je risquais de tomber dedans, moi aussi. Il ne fallait surtout pas que je me laisse avoir par la surface de l'eau sale pleine de feuilles mortes. J'ai tendu les bras en avant.

Non ! Ça va faire du bruit. Il ne faut pas que ça fasse de bruit.

J'ai plié les genoux, je me suis accroupi en essayant de garder mon équilibre autant que possible. En même temps, j'ai senti le corps de la gamine bouger. Puis, lentement, elle a ouvert les yeux. J'ai poussé un cri et j'ai failli la lâcher dans l'eau.

Elle est vivante ! Elle est vivante ! Elle est vivante !

Pffou ! J'étais au bord des larmes, mais je ne savais pas si c'était pour pleurer ou pour rire.

« T'es qu'un raté ! »

Au moment où toute la pression s'est relâchée, ce qu'avait dit Watanabe a recommencé à tourner dans ma tête. Sa façon de me traiter par le mépris… C'est bien ça, il voulait qu'on le prenne pour un tueur. C'est pour ça qu'il s'était servi de moi. Mais elle n'était pas morte, elle était vivante, finalement ! Son plan a foiré.

C'est lui le raté ! C'est lui le raté ! Il a complètement foiré ! Et surtout, il ne s'en est même pas rendu compte. Quel raté alors ! Qu'est-ce qui s'est passé en premier ensuite ? La fille de Moriguchi est revenue à elle ? Ou alors nos regards se sont croisés ? Ou alors c'est moi qui l'ai lâchée avant ? Je suis parti de la piscine sans me retourner. Mes jambes ne tremblaient plus.

Je ne suis pas un raté. Puisque j'ai réussi à faire échouer le plan de Watanabe.

Le lendemain. Le garçon se réveille, radieux.

Quand je suis descendu à la cuisine, maman, qui était en train de me préparer des œufs au bacon, s'est retournée en s'écriant : « Nao ! C'est terrible ! » Puis elle a ouvert le journal du matin devant moi. À la page locale. Un peu plus bas que le milieu de la page, il y avait un petit titre :

Une fillette de 4 ans se noie accidentellement dans la piscine en allant donner à manger à un chien

« Accidentellement ». C'est déjà dans le journal. J'ai lu l'article. Ils disaient que c'était un accident. C'était tout à fait clair. Ça avait marché !

– La pauvre Mme Moriguchi. Mais quand même, amener sa fille au collège, ce n'était pas très… Comment ça va se passer pour les cours ? Bientôt la période des tests de ce trimestre, non ? Ah, à propos, Nao…

Maman a sorti du fond du placard à vaisselle une boîte emballée dans un papier rouge et un ruban argenté et l'a posée sur le journal. Elle cachait entièrement l'article sur la fille de Mme Moriguchi.

– Tiens, des chocolats. Bonne Saint-Valentin !

Maman m'a donné la boîte avec un grand sourire. Je lui ai rendu le même grand sourire.

Cette année, ma sœur n'est pas là, alors je n'aurai qu'une seule boîte, je me suis dit en chemin vers le collège, mais devant les casiers à chaussures j'ai reçu d'autres chocolats de la part de Mizuki. Enfin, c'est juste par politesse. « Parce que ta sœur m'a rendu service », elle a dit. Mais c'était très gentil de sa part quand même.

Puis, sans transition, Mizuki m'a demandé :

– Tu as vu le journal ce matin ?

J'ai manqué laisser tomber ma boîte de chocolats.

– C'est terrible, hein… j'ai répondu vaguement.

Quand je suis entré dans notre salle de classe, il y avait une sacrée agitation. Tout le monde parlait de l'accident. Ceux qui étaient restés tard la veille pour leur activité de club avaient aidé Mme Moriguchi à chercher sa fille. Et c'était un garçon de la classe, Hoshino, qui l'avait trouvée. Plusieurs autres aussi avaient vu le cadavre. Ils en parlaient avec excitation. Certaines filles pleuraient, mais la plupart étaient plutôt excitées. Tout le monde voulait se montrer supérieur aux autres dans cette première foire aux potins.

J'étais en train de regarder ce cirque à la porte quand quelqu'un m'a attrapé par le bras et m'a tiré dans le couloir. C'était Watanabe.

– Mais qu'est-ce que tu as foutu, bordel ! il a fait avec une grimace en me plaquant contre le mur.

Sauf qu'il ne me faisait plus peur. Au contraire, j'avais envie de lui rire à la figure. Je me suis retenu, j'ai écarté son bras et je lui ai dit :

– Ne m'adresse pas la parole, on n'est pas amis ! À propos, je n'ai l'intention de parler à personne de ce qui s'est passé hier. Mais si ça te dit, ne te gêne pas pour le faire toi-même.

Puis je suis revenu dans la classe sans me retourner. Mais, même une fois assis à ma place, je n'ai pas participé aux conversations complètement ridicules autour de moi. En attendant la première heure, j'ai ouvert un livre de poche. Celui que mon oncle Kōji m'avait offert quelque temps avant, un vieux roman policier. Je n'étais plus celui que j'avais été.

L'échec de Watanabe était ma réussite. Mais, à la différence de Watanabe, moi je n'avais pas l'intention de le crier sur les toits. La fille de Moriguchi est morte d'un accident. Et même si on découvre que c'était un meurtre, c'est Watanabe le coupable. Décidément, ce qu'il vient de me dire le confirme, il voulait vraiment devenir un tueur. En fait, si la police vient au collège, il se dénoncera.

Quel nul ! En fait il a tout raté. Et chaque fois que je me dis ça, je me sens transformé en un nouveau moi.

Moriguchi a repris la classe au bout d'une semaine seulement. En revenant en début de journée elle a juste déclaré qu'elle s'excusait d'avoir été absente si longtemps, rien sur l'accident. Comme si elle avait manqué à cause d'un rhume, rien de plus.

Si moi je mourais, maman tomberait malade, ou deviendrait folle au moins. Peut-être même qu'elle se suiciderait pour ne pas me survivre. La prof, par contre, elle a l'air tellement normale qu'on n'a même pas envie de la plaindre pour ce qui lui arrive. Je suis déçu, à vrai dire.

Watanabe doit penser pareil. Si elle était désespérée, en la regardant il aurait un sourire en coin, et moi en le voyant je rirais intérieurement. C'était ça le projet, en fait.

Mais pendant le cours, c'était trop génial.

En général, les profs essaient de faire croire qu'ils interrogent tous les élèves de façon égalitaire, mais en fait pas du tout. Peut-être pour éviter la honte aux médiocres, ou peut-être pour que le cours se passe sans accrocs (plutôt ça je dirais, d'ailleurs), en fait ils posent toujours les questions compliquées aux bons élèves.

Watanabe, lui, il répond toujours froidement, sans montrer d'émotion. Même quand la prof le félicite on dirait que pour lui ce n'est rien. Il est toujours à l'aise quand il est interrogé, et maintenant encore plus qu'avant.

À voir la tête qu'il fait, on dirait qu'il dit : « C'est normal que je sache répondre à ce problème. Moi, je fais des trucs encore plus compliqués que ça. Je ne connais pas l'erreur. »

Sauf qu'avec moi il a finalement appris ce que c'était.

Maintenant j'ai l'impression que même les questions que les profs posent à Watanabe sont faciles. C'est vrai, la semaine dernière, au mini-test de japonais en lecture de *kanji* difficiles, j'ai trouvé toutes les réponses, et le prof m'a félicité.

Je crois que je vais devenir bon. Peut-être pas pour les tests de ce trimestre, mais j'ai comme le pressentiment que bientôt je vais réussir à avoir de meilleures notes que Watanabe. J'y crois, et tous les autres de la classe m'ont l'air d'un tas de nuls.

J'avais vachement du mal à me retenir de rigoler.

Un mois après l'affaire. Le garçon parle avec un tremblement dans la voix.

Mme Moriguchi est venue à la maison.

Mon portable a sonné un peu après midi, les tests du dernier trimestre venaient de se terminer, j'étais déjà rentré. Elle m'a dit :

– Je voudrais vous parler à la piscine du collège.

Elle sait, pour l'accident, c'est sûr. Mon cœur s'est mis à battre, mon portable tremblait dans ma main. Du calme… Du calme… Le coupable, c'est Watanabe. Mais si je vais la voir à la piscine, je risque de paniquer. Alors je lui ai demandé de passer plutôt à la maison.

– Et Watanabe, vous lui avez… ? j'ai demandé au moment de raccrocher.

– Je viens de lui parler, elle a dit, très calmement.

J'ai poussé un soupir de soulagement. Tout va bien… Tout va bien… C'est Watanabe le coupable, moi, il m'a entraîné dans cette affaire, c'est tout.

Maman a été surprise de cette visite impromptue. Je lui ai demandé de rester avec moi pour lui parler. De toute façon, elle aurait écouté, telle que je la connais, alors il vaut mieux qu'elle soit présente pour de bon. Elle croira ce que je dirai et elle me soutiendra.

La première question a été :

– Depuis que vous êtes au collège, à quoi pensez-vous, habituellement ?

Cela n'avait rien à voir avec l'accident de la piscine, alors j'ai répondu honnêtement. J'ai raconté l'histoire du club tennis, les cours du soir, l'affaire qui m'est arrivée au *game center* avec des grands du lycée, qu'elle n'était pas venue malgré ce que j'avais espéré, et que tout ça faisait que je ne me sentais jamais à l'aise au collège.

Elle m'a laissé parler.

Puis quand j'ai eu fini, au moment exact où j'allais

boire une gorgée de thé, elle a posé une autre question, calmement, froidement, en évitant la moindre émotion :

– Qu'avez-vous fait à Manami ?

Sa voix très très calme a résonné dans le salon. J'ai reposé la tasse sans bruit. C'est maman qui s'est mise à hurler. Elle ne sait pas en quoi je suis concerné, mais elle a commencé à exploser de colère. Il faut absolument que je montre que je suis une victime, que Watanabe m'a utilisé.

J'ai tout avoué à Mme Moriguchi. Depuis le jour où Watanabe m'a adressé la parole pour la première fois en sortant de classe jusqu'au moment où j'ai soulevé sa fille dans mes bras sur le bord de la piscine. J'ai tout raconté, très honnêtement. J'avais les larmes aux yeux en repensant à la trahison de Watanabe. J'ai menti sur un détail seulement, à la fin.

Je pense que c'était cohérent avec ce que Watanabe lui avait dit. Pendant tout mon récit, elle n'a pas dit un seul mot. Et même quand j'ai fini elle est restée sans prononcer un mot. Ses yeux étaient fixés sur un point de la table, ses deux mains serrées sur ses genoux. Elle était super fâchée. La pauvre.

Maman non plus ne disait rien.

– Madame, a enfin dit Mme Moriguchi au bout de cinq minutes en se tournant vers maman, en tant que mère, je voudrais les tuer tous les deux. Mais je suis aussi une enseignante. Il est du devoir de tout citoyen adulte de dire la vérité à la police, mais il est du devoir d'un enseignant de protéger les enfants. Puisque la police a conclu à un accident, je n'ai pas l'intention de tout chambouler.

Là, j'ai été surpris. Elle ne va pas aller à la police ? Maman est restée un moment immobile, puis a dit en s'inclinant profondément :

– Je vous en remercie.

Moi aussi, je me suis incliné comme elle. Bon, ça c'est fait.

Nous l'avons accompagnée tous les deux jusqu'à la porte d'entrée. Je ne l'ai pas regardée dans les yeux une seule fois, mais c'est normal puisqu'elle était en colère. Je n'ai rien remarqué de spécial à part ça.

Une semaine après la visite de son professeur.
Le garçon assis sur sa chaise, livide, tête basse.

Demain commencent les vacances de printemps. Après le lait quotidien, Mme Moriguchi a déclaré qu'elle démissionnait de l'enseignement. Pour parler franchement, ça m'a soulagé. Même si le véritable coupable est Watanabe, si elle pense que je suis complice je ne serai pas tranquille de la voir tous les jours en classe.

– C'est à cause de… ? a demandé Mizuki.

À cause de l'accident, elle voulait dire, bien sûr. Qu'est-ce qui lui a pris de poser cette question ? Voilà que Moriguchi commence à raconter une histoire, et je sens que ça va prendre du temps. Ou peut-être qu'elle avait l'intention de parler de toute façon, qui sait…

Pourquoi elle avait choisi de devenir prof…

On a droit à la vie du professeur Sakuranomiya, maintenant… Mais on n'en a rien à faire, pfff…

Et qu'est-ce que la confiance… Et les mauvaises blagues que certains font en envoyant des textos aux profs. Si un élève de la classe B appelle son prof principal à l'aide, c'est le prof des A qui y va ? C'est un peu tard pour nous le dire, ça !

Les mères célibataires… Le sida… Et sa fille qui est morte dans la piscine. Ça commence à me gratter dans le cou, son histoire.

– … Shimomura, que j'ai rencontré par hasard avec sa famille en faisant des achats…

Voilà qu'elle prononce mon nom. Ça me donne mal au

cœur. Le lait qu'on vient de boire m'est remonté dans la gorge, dis donc. Il a fallu que je le ravale.

– … Manami n'est pas morte par accident. Quelqu'un de cette classe l'a tuée.

Là, j'ai senti comme si quelqu'un me poussait dans le dos. Comme si je tombais dans l'eau sale et froide de la piscine. Je ne peux plus respirer. Je ne vois plus rien. Je n'ai plus pied. Je pédale désespérément mais je ne trouve aucune prise pour m'accrocher…

Tout était noir devant mes yeux pendant que j'étais pris par cette vision délirante. Mais ce n'est pas le moment de tomber dans les pommes. Jusqu'où a-t-elle l'intention de parler ? J'ai pris une grande respiration pour retrouver mon calme.

J'ai pu enfin regarder autour de moi. J'en ai eu le frisson. Tout le monde était pendu aux lèvres de Mme Moriguchi. Même ceux qui semblaient s'ennuyer avaient les yeux qui brillaient.

Mais voilà maintenant qu'elle parle de la loi sur l'âge de la responsabilité pénale des mineurs, et de l'affaire Lunacy… Mais qu'est-ce qu'elle veut dire avec ça ? Je n'y comprends rien. J'ai de plus en plus de mal à respirer. J'ai prié pour qu'elle en termine vite, mais tu parles, voilà qu'elle raconte les obsèques de sa fille maintenant. Son fiancé qui a annulé leur mariage parce qu'il avait le sida. Ah, le père de sa fille, c'était M. Sakuranomiya ? Je ne savais pas…

M. Sakuranomiya a le sida ? C'est pour ça qu'il n'a plus longtemps à vivre ? En fait, je suis encore capable de penser à ce genre de choses. Inconsciemment, je frotte mes mains contre la table, comme pour effacer la sensation qui me restait encore du corps de la gamine dans mes bras. Si elle avait le sida, elle m'a peut-être contaminé.

Dans la classe à côté, on entend des bruits de chaises, ils doivent avoir fini. Ah, même Mme Moriguchi s'en est rendu compte. Bon, allez, c'est le moment de terminer pour nous aussi, quoi !

– Ceux qui ont envie de partir peuvent partir, dit-elle en balayant la classe du regard.

Elle m'a entendu penser ou quoi ? Zut, s'il y en avait eu au moins un qui était sorti, je me serais levé aussi, mais tout le monde reste…

Alors, évidemment, Moriguchi reprend son histoire :

– J'appellerai les deux coupables A et B.

Et elle commence par parler du « jeune A ». C'est malin, à sa façon de parler n'importe qui peut deviner que le « jeune A » c'est Watanabe. La preuve, tout le monde zyeute discrètement vers lui maintenant. Elle l'a fait exprès, j'en suis sûr. Pour attiser l'attention des autres.

Et voilà, maintenant elle parle du « jeune B ». Elle raconte presque exactement tout ce que je lui ai raconté le jour où elle est venue à la maison. Ce jour-là, elle avait écouté sans dire un mot, mais elle ne se gêne pas pour ajouter des petits commentaires aujourd'hui, exprès pour que les autres me prennent pour un imbécile.

– … il pourrait s'il voulait, en fait ça veut dire : il ne peut pas.

Hein ? Et je ne peux même pas dire que ma mère n'a jamais dit ça, ce n'est pas le moment de me faire remarquer. Cette fois, je suis foutu.

Tout le monde regarde vers moi maintenant. Certains rigolent pour se foutre de ma gueule, d'autres portent à tour de rôle leurs regards sur moi et sur Watanabe, juste à côté. Certains avec mépris, d'autres avec haine.

Ils vont me tuer !

Déjà, quand j'avais été collé pour être allé dans un *game center*, ils m'avaient ignoré, alors pour complicité d'assassinat ils vont me tuer, c'est sûr. Mais c'est Watanabe le coupable, d'abord. Moi, je suis victime. Watanabe est le criminel, moi je suis la victime. Ces mots tournent dans ma tête comme une formule magique.

– Et si le « jeune A » tue d'autres personnes ? a demandé tout à coup Ogawa.

– Votre hypothèse selon laquelle A pourrait tuer d'autres personnes est fausse dans les termes.

Je me suis senti tiré par les pieds au fond de l'eau. Mme Moriguchi a dit clairement :

– C'est le jeune B (autrement dit c'est moi) qui l'a tuée. La décharge n'était pas suffisante pour tuer un enfant. Manami n'était qu'évanouie.

Elle sait tout alors. La fois où elle est venue à la maison, elle savait déjà que c'était moi qui avais tué sa petite fille. Elle ignore que je l'ai fait volontairement, mais en fait ça n'a aucune importance, ça ne change rien au fait que c'est moi qui l'ai tuée.

Tout le monde me regarde. Je me demande la tête que fait Watanabe. Ah, il ne rit pas. La police va m'arrêter ? Non, peut-être pas. Mais pourquoi ?

Je vois de moins en moins autour de moi. Je ne suis pas tombé dans la piscine, dans un marécage boueux sans fond plutôt. J'entends le bruit de mes pieds qui clapotent dans la boue. Seule la voix de la prof se détache très clairement :

– J'ai mélangé le lait de A et B avec du sang. Pas mon sang à moi, non. J'ai prélevé à son insu un peu de son sang malade à Sakuranomiya Masayoshi, afin d'aider ces deux-là à devenir de bons enfants bien sages…

Elle a… Elle a mis du sang de M. Sakuranomiya, du sang contaminé au VIH, dans le lait ? Et j'ai tout bu… Ça veut dire que… Même un imbécile comme moi comprend ce que ça veut dire, ça !

Je vais mourir… Je vais mourir… Je vais mourir… Je vais mourir…

Je vais mourir… Je vais mourir… Je vais mourir… Je vais mourir…

Je vais mourir… Je vais mourir… Je vais mourir… Je vais mourir…

Je… vais… mourir…

J'ai senti le froid jusqu'au fond de moi, et je me suis enfoncé loin… loin… tout au fond de la boue sale et glaciale.

Après la vengeance. Le garçon regarde dans le vague par la fenêtre de sa chambre.

Ce sont les vacances de printemps. Je ne sors pas de ma chambre, je regarde le ciel par la fenêtre, c'est tout. Je voudrais sortir de ce marécage sans fond, et partir loin, fuir. Quelque part où personne ne me connaîtrait. Là, je pourrais tout recommencer de zéro.

Dans le ciel bleu, des nuages d'avions filent à perte de vue. Jusqu'où vont-ils ? Pendant que je rêvasse comme ça, des mots me viennent à l'esprit.

« Les gens à faible personnalité agressent ceux qui sont encore plus faibles qu'eux. Et ceux qui se trouvent agressés et blessés par ces agressions n'ont d'autre choix que de supporter, ou de choisir la mort. Quand la vie devient pénible là où on est, je pense que le mieux est de changer de lieu. Je ne vois pas ce qu'il y a de honteux à fuir pour se mettre en sécurité. Le monde est vaste, et il existe certainement un endroit où vous serez accepté, soyez-en sûr. »

C'est de M. Sakuranomiya. Il y a à peine quelques mois, à la télé. Et c'est maintenant, dans la situation qui est la mienne aujourd'hui, que ces paroles me reviennent, c'est tout de même ironique, non ? En admettant que je m'enfuie d'ici, comment un collégien peut-il vivre tout seul ? Où je dormirais ? Qu'est-ce que je mangerais ? Personne ne donnerait à manger à un collégien qui a fait une fugue, d'abord. Dans le monde d'aujourd'hui, on ne peut survivre nulle part si on est sans un sou. De toute façon, les adultes sont incapables d'évaluer l'univers des jeunes autrement que selon leurs propres règles.

« Quand j'avais votre âge, j'ai fugué. Et j'en ai fait, des conneries, avec ma bande. Mais pas une seule fois je n'ai eu envie de mourir… Parce que, justement, j'avais mes potes. »

Oui, mais ça, c'était à ton époque. De nos jours, c'est différent. Des potes, plus personne n'en veut, et d'abord, ça n'existe plus. En fait, le seul endroit où je suis capable de vivre, c'est dans cette maison. Papa travaille, maman prend soin de moi et me protège. C'est le seul endroit où j'ai ma place.

Mais si j'infecte papa et maman avec le sida ? Et s'ils développent la maladie avant moi et qu'ils meurent ? Là, je ne pourrai plus vivre du tout.

Il ne faut surtout pas que je les infecte.

C'est ça le dernier objectif de ma vie, même si moi je dois vivre au fond du marécage.

Au fond du marécage, je passe mon temps à pleurer. Mais ce ne sont pas des larmes de douleur.

Le matin, quand j'ouvre les yeux, d'abord je pleure de joie d'être encore vivant. J'ouvre les rideaux, je reçois les rayons du soleil, je n'ai rien à faire mais je pleure quand même de voir un nouveau jour commencer.

Puis après je pleure parce que ce que maman me cuisine est bon. Combien de fois encore pourrai-je manger ainsi toutes les choses que j'aime et que maman prépare pour moi et dispose sur la table ? Il suffit que je me pose cette question et mes larmes coulent. Même les *monaka*, que je n'aimais pas avant, il a suffi que j'en mange une bouchée comme pour garder un souvenir de ce monde, j'ai trouvé ça si bon que je me suis mis à pleurer. Pourquoi pensais-je que je n'aimais pas ça, avant ?

Quand j'ai entendu la nouvelle que ma sœur aînée attendait un bébé, cette annonce d'une nouvelle vie m'a tellement ému que j'ai pleuré. Elle a toujours été si gentille avec moi, j'aurais voulu la féliciter directement, mais en réalité, à part « J'espère qu'il sera en bonne santé », qu'est-ce que je peux dire ? Et même si ça me fait pleurer, je suis quand même tout seul.

Mais finalement je ne me déteste pas comme ça. Je pensais que vivre une vie si courte devait être quelque chose d'affreusement angoissant, mais en fait j'ai plutôt l'impression que mes journées sont mieux remplies et plus denses qu'avant.

J'aimerais que ça dure éternellement comme ça.

Les vacances de printemps sont terminées.

Je suis en quatrième maintenant. Enfin, je suis censé aller à l'école, puisque j'ai encore l'âge de l'école obligatoire. Je le sais, mais je ne peux pas. Je suis un assassin. Si je vais au collège, les autres vont organiser des brimades contre moi, c'est sûr. Ils me feront souffrir sans pitié. Et, un jour ou l'autre, ils me tueront. Non, je ne veux pas aller là-bas !

Évidemment, il y a autre chose qui m'inquiète. Maman va-t-elle accepter que je sèche l'école comme ça ? Depuis le jour de la rentrée je dis que je suis malade, mais ça ne va pas pouvoir durer tout le temps. La limite approche. Soit elle va se mettre en colère, soit elle va pleurer, soit elle va être déçue. Et je déteste quand elle réagit d'une de ces trois façons. Mais en tout cas je ne peux pas lui dire pourquoi je ne peux pas aller à l'école, ça c'est sûr.

Parce que si maman savait toute la vérité de l'affaire…

J'ai jeté dans la piscine le cadavre de la fille de Mme Moriguchi qu'a tuée Watanabe. Elle était déjà assez choquée comme ça, alors si elle apprend que c'est moi qui l'ai tuée, et que je le savais en plus… Et si elle apprend que j'ai été contaminé par le virus VIH, que c'est la vengeance…

Ça la rendrait folle, c'est sûr. Elle en serait malade, à tous les coups. Si elle me rejetait comme son fils… Ce qui serait le plus horrible, c'est si elle me chassait de la maison. Ça, pour moi, ce serait vraiment la mort.

Finalement, maman est entrée dans ma chambre.

Mais je ne sais pas, j'ai eu l'impression qu'elle n'avait pas vraiment insisté pour que j'aille à l'école. En revanche elle a insisté pour que j'aille à l'hôpital, au moins une fois. Parce que si je me faisais délivrer un certificat médical comme quoi j'avais une maladie mentale, après je pourrais me reposer tranquillement.

Je suis un malade mental ?

Mais si à l'hôpital ils voient que j'ai le virus et qu'ils le disent à maman ? Ça, ça me fait trop peur. Mais bon, si ça devient dangereux, je n'aurai qu'à m'enfuir. Ça vaut mieux que d'être forcé d'aller à l'école et de me faire tuer.

En fait, ce n'était pas la peine de m'inquiéter. Le médecin a écrit le certificat médical sans problème. « Dystonie neurovégétative », je me demande bien quel genre de maladie c'est. Mais en tout cas il paraît que dans le pays beaucoup de jeunes ne vont pas à l'école à cause de cette maladie. Ce qui m'a étonné, c'est la façon bizarre qu'a eue maman de sembler convaincue en écoutant le docteur, quelque part on aurait dit qu'elle était contente. En tout cas, l'essentiel est que maintenant, avec ça, je peux manquer l'école sans problème. Je suis soulagé.

En sortant de l'hôpital, j'ai regardé autour de moi. Ce matin, j'étais tellement tendu que je n'ai pas fait attention, mais c'était quand même la première fois depuis le fameux jour que je sortais de la maison. J'ai été surpris de pouvoir respirer normalement. Même si je ne vais plus à l'école, peut-être que je pourrai aller dehors.

Mais à peine j'avais sorti la tête hors du marécage, pour prendre une bouffée d'air, j'ai aperçu l'enseigne de Domino Burger devant la gare. L'endroit maudit où j'ai cru comme un imbécile que j'étais pote avec Watanabe, même si ça n'a duré qu'un instant.

– Et si on mangeait quelque chose de bon avant de rentrer ? m'a dit maman.

Et moi j'ai répondu que je voulais bien un hamburger. C'est plus sûr pour ne pas répandre mon virus, c'est vrai, mais surtout, c'était une sorte de pari : si je pouvais entrer à Domino Burger sans craquer – ce n'était pas celui de Happy Town, mais bon –, ce serait la preuve que j'étais capable de ramper hors du marécage.

Jusqu'à ce moment où le panneau de Domino Burger est apparu dans mon champ visuel, j'étais tellement effrayé par la peur de mourir que j'avais complètement oublié Watanabe. D'ailleurs, que fait-il maintenant ? À tous les coups il doit rester enfermé tout seul dans cette vieille maison qu'il appelle son « Labo », complètement affolé par la peur de crever. Ce n'était pas du tout désagréable de l'imaginer comme ça. Bien fait pour sa gueule, j'ai pensé en mordant dans le hamburger.

C'est à ce moment-là que quelque chose est tombé à mes pieds.

Du lait ! Du lait, merde… Du lait… La bonne femme avec sa fille à la table à côté… C'est Mme Moriguchi et sa fille ! Elles s'approchent de moi. Et de toutes leurs forces elles me replongent la tête au fond du marécage. Non ! Pas ça ! Arrêtez ! Arrêtez… Arrêtez… J'ai replongé au fond de la boue. Elles me surveillent tout le temps. Pour m'empêcher de m'extirper du marécage. La boue me rentre par la bouche.

J'ai couru aux toilettes et j'ai mis les doigts dans ma gorge pour vomir toute la boue. J'ai vomi l'image de Watanabe aussi.

Deux mois après la vengeance.
Le garçon regarde par les interstices
du rideau de sa chambre.

Je ne suis plus sorti depuis le jour de l'hôpital, mais j'ai passé le temps assez confortablement dans ma chambre.

Ce qui me tranquillisait bien, c'est que, puisque c'est ma chambre, je ne risquais de passer le virus à personne.

Tous les jours, je lisais des mangas sur internet, j'imaginais la suite dans ma tête, ou alors je m'amusais à écrire dans le cahier-journal que maman m'a acheté. Toujours faire le ménage, c'était fatigant, mais d'un autre côté c'était plus facile que de trouver quelque chose à faire.

C'est à ce moment qu'ils sont arrivés.

Terada, le nouveau professeur principal de la classe, et Mizuki. Ils m'apportaient les copies des cours. Maman les a fait entrer dans le salon, c'est-à-dire juste en dessous de ma chambre. Leur conversation a été un vrai dialogue de sourds. Maman a passé son temps à dire du mal de Mme Moriguchi. « Madame, faites-moi confiance pour Naoki », a dit ce Terada, très sûr de lui. J'ai dû me retenir pour ne pas hurler.

Foutez-moi la paix !

J'ai ravalé les mots, mais j'ai senti monter une angoisse terrifiante.

Les profs, je ne leur fais pas confiance. Celui-là fait le gentil pour m'attirer à l'école, mais c'est juste pour que je me fasse tuer par les autres. D'ailleurs, qu'est-ce qui me prouve que ce Terada n'est pas un ancien élève de Mme Moriguchi ou je ne sais quoi, ou peut-être une sorte de gourou ? Il fait semblant de s'inquiéter pour moi, mais en réalité il est venu à la maison juste pour vérifier, et après il va tout raconter aux autres. Même Mizuki, il vaut mieux pas lui faire confiance. Déjà, je me rappelle, le bruit courait que c'était une lèche-cul qui espionnait pour les profs. La vengeance de Mme Moriguchi ne leur suffit pas, j'imagine, ce n'est pas assez, alors ils sont en train de monter un plan pour me tuer pour de vrai le plus vite possible. Ils sont venus en reconnaissance ! J'ai l'impression que Terada plaît bien à maman. Pourvu qu'il n'aille pas jusqu'à lui demander la permission de monter dans ma chambre. Il va me tuer !

C'est vrai, maman a dit plein de mal de Mme Moriguchi, pourvu qu'après il n'aille pas tout lui rapporter !

Quand maman est montée à ma chambre, toute guillerette après leur départ, je l'ai reçue avec des cris et un dictionnaire que je lui ai jeté dessus.

– Qu'est-ce qui t'a pris de raconter n'importe quoi, vieille pie !

Elle en est restée bouche bée. Dès que j'ai refermé la porte, je me suis mis à pleurer. Mais que pouvais-je faire d'autre pour me protéger ? C'était la seule façon qui m'était passée par la tête.

Depuis, Terada et Mizuki viennent à la maison une fois par semaine. Chaque fois, je suis mort de peur. Maman a arrêté de les recevoir dans le salon, c'est déjà ça, mais elle ne leur dit pas de ne plus revenir. Jusqu'à quand ça va durer ?

Maintenant j'ai peur de sortir de ma chambre. J'ai l'impression que Mme Moriguchi ou Terada et Mizuki, ou même le responsable du club tennis, M. Tokura, m'attendent de l'autre côté de la porte. J'ai tellement peur que je ne peux rien faire.

Ils veulent tous me tuer.

S'ils comprennent que je lis des mangas sur internet, ils voudront me tuer à cause de ça. Si Mme Moriguchi sait quel site je visite, elle est capable de me couper mon accès internet. Terada a peut-être posé un micro-espion dans le salon. Parce que Mme Moriguchi ne va pas supporter que je mange en disant « c'est bon », j'imagine.

En tout cas je suis surveillé.

Je suis complètement bloqué. Quand je regarde le mur dans ma chambre, je vois les images de ce qui s'est passé au bord de la piscine. Je voudrais regarder ailleurs pour ne plus les voir, mais ça non plus, je n'ai pas le droit.

C'est la haine de Mme Moriguchi qui me poursuit, j'en suis sûr.

Je passe toute la journée à regarder le mur. Je ne sais

pas quelle heure il est, ni quel jour. Je ne sais pas quel goût a ce que je mange. J'ai peur de mourir, mais je n'ai pas l'impression de vivre.

D'ailleurs, est-ce que je suis encore vivant ?

Je me suis regardé dans le miroir pour la première fois depuis longtemps. J'étais sale et très négligé. Mais il y avait encore de la vie. Mes cheveux avaient poussé, mes ongles étaient longs. Il y a même des boutons sur mon visage. C'est la preuve que je vis. Je suis vivant !

Mes cheveux qui poussent, mes ongles aussi, mon corps qui devient de plus en plus crasseux sont la preuve que je suis vivant. Mes cheveux qui me recouvrent les yeux et les oreilles me cachent à la vue des autres, ils me protègent. Et en plus ils me disent que je suis vivant.

L'organe de la vie, ce n'est pas le cœur, c'est les cheveux.

Environ quatre mois depuis la vengeance. Le garçon aperçoit quelque chose de noir sur son oreiller.

Quand j'ai ouvert les yeux en sortant d'un sommeil où j'avais l'impression de me noyer dans les profondeurs, j'ai remarqué une sorte de masse noire répandue sur mon oreiller.

Qu'est-ce que c'est… ?

J'ai secoué ma tête lourde, j'ai essayé de la prendre avec mes mains. Cela se délitait entre les doigts, comme des fils qui retombaient. J'ai porté ma main sur ma tête en tremblant, j'ai senti le contact de mes doigts directement sur mon oreille.

Je n'ai plus de cheveux… C'étaient mes cheveux. Mes cheveux ! Ma vie ! Ma vie !

Le fond du marécage a commencé à devenir mou, et mon corps a recommencé à couler dans la vase en faisant des bruits dégoûtants. La boue me rentre partout, par les yeux, par la bouche, par le nez, par les oreilles. J'étouffe, j'étouffe… je ne peux plus respirer.

La mort… la mort… la mort… la mort… la mort…

Je ne veux pas mouriiiiiiiiiiiir…

Nooooooooooooooooooooooooooooooooooooon…

Quelqu'un… Au secours…

Je ne me suis pas réveillé au paradis. L'endroit était bien un chaos total, mais ce n'était que ma chambre, évidemment. Autrement dit je suis encore vivant. Je respire. Je peux bouger mes bras et mes jambes. Enfin, est-ce vrai ? Suis-je vraiment vivant ?

Je suis sorti de ma chambre, je suis descendu au salon. Maman dormait la tête dans les bras, sur la table. Finalement, si, c'est bien chez moi. Je suis allé à la salle de bains, je me suis regardé dans le miroir.

Ah, je comprends. Je ne suis pas complètement mort parce qu'il me reste encore des signes de vie sur la tête.

Du tiroir du meuble de la salle de bains j'ai sorti la tondeuse électrique avec laquelle je me rasais les cheveux quand j'étais à l'école primaire. Jusqu'à ce que j'entre au collège, c'est maman qui me les coupait. J'ai appuyé sur le bouton, ça a fait un faible bruit de moteur. J'ai posé la tondeuse sur mon front, à la limite de mes cheveux. La lame a effleuré mes cheveux, une petite touffe est tombée à mes pieds. En même temps, j'ai senti que quelque chose me quittait, une toute petite chose. J'ai compris. La preuve de la vie, c'était aussi la peur de la mort. Et aussi, qu'il n'y a qu'un moyen de sortir du marécage…

J'ai poussé la tondeuse, franchement cette fois. Le faible bruit qu'elle faisait, c'était aussi le bruit de ma vie que j'arrachais.

Après avoir rasé mes cheveux, je me suis coupé les ongles. Puis, pour enlever toute ma crasse, j'ai pris une douche. J'ai savonné la serviette en nylon pour me frotter partout, encore et encore. La crasse se décolle en petites boulettes comme des chiures de gomme à crayon. Les preuves de ma vie se sont écoulées dans le trou.

Pourquoi je ne meurs pas ?

J'ai arraché toutes les preuves de vie de mon corps, et pourtant je respire encore. J'ai sursauté. Je me suis souvenu d'une vidéo que j'avais vue quelques mois plus tôt.

Ah oui, c'est ça… Je suis devenu un zombie. On peut me tuer et me tuer autant de fois qu'on veut, je ne meurs jamais, parce que je suis un zombie. Et en plus, mon sang est une arme bactériologique. Alors je vais sortir et je vais contaminer tout le monde, pour que les zombies se multiplient.

Je suis allé à la supérette et j'ai touché tous les produits un par un. Dès que je touche quelque chose, ça devient rouge sang.

L'arme bactériologique totale.

J'appose ma marque comme un tampon sur tout ce que je touche, les boulettes de riz, les *bentō*, les capuchons des bouteilles d'eau.

Comme ça ils connaîtront tous la même peur que moi.

Quelqu'un m'a tapé sur l'épaule. Un employé de la supérette aux cheveux décolorés, pas un vrai employé, un type en emploi précaire sans doute. Il regardait ma main d'un air dégoûté. Alors moi aussi j'ai regardé ma main. Du sang très rouge coulait de la paume, que j'avais entaillée avec la lame de rasoir dans ma poche.

Du sang… du sang… du sang rouge qui coule…

Je n'avais rien senti jusqu'à maintenant, mais en regardant la plaie j'ai commencé à percevoir le picotement à chaque pulsation. J'ai ouvert un sachet contenant une bande stérile et j'ai entouré ma main avec.

Maman est venue me chercher. Elle s'est excusée en s'inclinant sans arrêt devant le patron du magasin et l'employé. Et elle a acheté tous les produits que j'avais touchés avec mon sang.

Sur le chemin du retour, bien que le soleil ne soit pas encore haut, j'ai senti que les rayons étaient forts. Et comme ils m'aveuglaient, j'ai plissé les yeux, et pendant que je marchais en essuyant la transpiration qui me venait sur la figure, la peur de mourir ou les preuves que j'étais vivant ont commencé à m'être totalement indifférentes. Ma main bandée me piquait, et j'avais faim.

J'étais épuisé…

Maman marchait à côté de moi. Je l'ai regardée. Elle n'était pas maquillée. Et elle était habillée comme la veille. Quand elle attendait une visite ou qu'elle devait sortir, maman disait toujours qu'elle vieillissait, mais moi je ne l'ai jamais remarqué. Parce qu'elle était toujours la mieux habillée, la mieux coiffée et la mieux maquillée. En fait c'était la première fois que je la voyais dehors sans maquillage. Et comme elle portait deux sacs de la supérette dans chaque main, elle ne pouvait même pas essuyer la transpiration qui lui perlait au bout du nez. Je me suis retenu à mort pour ne pas verser de larmes.

Je m'étais trompé sur maman. Je croyais qu'elle n'accepterait jamais que son enfant ne corresponde pas à son idéal. Mais elle m'acceptait, même si j'étais devenu un zombie maintenant.

Il faut que je lui dise la vérité. Et qu'elle m'amène comme il se doit à la police. Si maman m'attend, j'arriverai à supporter une peine même un peu dure, j'en suis sûr. Même si j'ai tué quelqu'un, si maman reste à mes côtés, je pourrai recommencer comme il faut.

Comment le lui faire comprendre ? Je suppose qu'il suffit que je parle sincèrement, mais que dire si elle me repousse ? Il me reste encore quelques points de peur.

Non, c'est une blague ! C'est juste pour avoir un prétexte auquel me raccrocher, au cas où, c'est tout. En tout cas, je vais quand même continuer à faire comme si j'étais toujours un zombie pour lui avouer la vérité.

Au moment où je lui ai parlé de la vengeance de Mme Moriguchi, je me suis aperçu d'une chose importante. En fait, je ne sais même pas si je suis réellement contaminé. Et même si c'est vrai, ce n'est pas sûr et certain que la maladie va se déclarer. Je me demande bien de quoi j'ai eu peur, tout ce temps !

L'eau du marécage devient de plus en plus claire.

Quand j'ai dit à maman que j'avais tué la fille de Mme Moriguchi volontairement, j'ai ressenti un sentiment de libération. Le sentiment d'assurance de ce jour-là au bord de la piscine m'est revenu.

Maman a eu l'air très choquée de ce que je venais de lui avouer. Elle n'a pas dit tout de suite « Allons à la police ». Mais elle ne m'a pas repoussé non plus. Ça m'a rendu tellement heureux que mes quelques points de peur ont disparu.

« Tu l'as poussée dans la piscine parce que ses yeux ouverts t'ont fait peur, n'est-ce pas ? » m'a demandé maman plusieurs fois. Dans ma tête, je disais : « Non, ce n'est pas ça… » Mais que j'avais voulu faire échouer ce type qui correspondait presque exactement à son idéal à elle, non, je n'ai pas réussi à le dire.

À la place, pour ne pas l'inquiéter, pour être gentil avec elle, je lui ai fait comprendre que j'étais prêt à aller à la police.

Ils sont encore là. Terada et Mizuki. Mais je n'avais plus peur. Je m'en foutais.

– Naoki, si tu es là, écoute bien ce que je vais te dire !

Terada, encore plus remonté que les autres fois, s'est mis à crier devant la porte d'entrée. Je me suis dis que pour une fois je pouvais l'écouter, alors je me suis assis à côté de la fenêtre.

– En fait, tu n'es pas le seul à avoir souffert pendant le

premier trimestre. Pour Shūya aussi ça a été très dur, tu sais. Shūya était harcelé par d'autres de la classe. Il subissait des brimades vraiment dégueulasses...

Quoi ? Qu'est-ce qu'il a dit ? Watanabe continuait à aller à l'école ? Tout le temps ? Il n'a pas été tué par les autres ?

– ... et ils ont compris, tu sais.

C'est-à-dire qu'il a été harcelé par les autres mais que c'est fini maintenant, c'est ça ?

Je n'ai pas entendu ce qu'il a ajouté ensuite. Parce que j'entendais ce que Watanabe avait dit au bord de la piscine : « Je n'ai jamais pensé qu'on était ensemble. Les types qui servent à rien mais qui se prennent pour des êtres supérieurs, je ne peux pas les blairer. Pour un inventeur comme moi, toi, tu es juste un truc raté. »

Il doit me mépriser à mort, maintenant que je suis un *hikikomori*, il doit bien se moquer de moi maintenant.

Dans la chambre obscure, je me suis enfoncé sous la couette, je grinçais des dents. Mais sur quoi fracasser ma rage ? Finalement, j'avais été le seul à rester enfermé dans ma chambre, avec la peur de mourir. Alors que c'était à cause de Watanabe que j'en étais là. Et lui, tranquillement, il allait à l'école. Un sentiment de défaite totale s'est emparé de moi.

Demain, j'irai à la police, que maman vienne avec moi ou pas. Et j'avouerai tout. Entièrement tout. Peut-être que Watanabe sera condamné moins lourdement que moi, mais au moins, quand il apprendra que j'ai tué la gamine volontairement, il sera jaloux, ça c'est sûr. Et je veux voir sa gueule à ce moment-là. Je le regarderai, et je rigolerai.

J'entends des pas dans l'escalier. C'est maman. Elle vient sans doute pour me dire qu'on ira à la police demain. Je suis sorti de ma chambre et je me suis caché pour lui faire une surprise. Je suis tellement heureux !

Mais dans sa main maman tenait le grand couteau de cuisine.

Pourquoi ?

– Pourquoi tu tiens ça ? On ne va pas à la police ?

– Non, Nao, ce n'est pas comme ça qu'on peut repartir de zéro. Tu n'es plus mon gentil Nao.

Elle pleurait en parlant.

– Tu… tu veux me tuer ?

– Maman va retourner avec toi auprès de grand-papa et grand-maman.

– Tu vas me tuer moi seul, oui !

– Comment peux-tu croire cela ?

Elle m'a pris dans ses bras. Pour la première fois, je me suis aperçu que j'étais plus grand qu'elle. Je me suis senti étrangement calme. J'ai même pensé que si c'était avec maman, cela ne me dérangeait pas de mourir.

Maman ! Maman… La seule personne au monde qui me comprenne…

– Nao, tu as toujours été le trésor de ta maman. Pardon, Nao. C'est ma faute si tu es devenu comme ça. Pardon de ne pas t'avoir éduqué comme il faut, Nao. J'ai tout raté, pardon.

Raté… J'ai tout raté… Tu es un raté ! Un raté ! Un raté ! Un raté ! Un raté…

Je me suis écarté d'elle, maman a touché ma tête avec sa main, elle l'a caressée gentiment, pendant que son visage exprimait une terrible pitié.

– Tout a raté, pardon…

Non, arrête ! Arrête ! Arrête ! Je ne suis pas un raté ! Je ne suis pas un raté !

J'ai senti quelque chose de chaud sur ma figure.

Du sang ! Du sang ! Le… Le sang de maman. C'est moi qui l'ai frappée ?

Le corps frêle de maman s'est effondré dans l'escalier.

Attends ! Maman ! Ne me laisse pas comme ça ! Maman ! Maman ! Maman ! Maman !…

… emmène-moi avec toi.

*

Les images sur le mur s'arrêtent toujours à ce moment-là. Qui est cet imbécile qui apparaît tout le temps sur ces images ? Et comment se fait-il que je comprenne si bien ses sentiments, comme si je les tenais dans ma main ?

À propos, l'autre jour, une femme a dit qu'elle était ma sœur. J'ai entendu sa voix de l'extérieur de la pièce :

– Tu n'as rien fait, Nao, tout ça n'est qu'un mauvais rêve, tu sais…

Elle m'a appelé Nao. Ça ne me plaît pas. Je n'aime pas qu'elle m'appelle du même nom que l'imbécile sur le mur. À moins que Nao ne soit mon vrai nom. Mais dans ce cas, j'ai l'impression que le mauvais rêve dont elle parle, ce sont les images que je vois tout le temps sur le mur.

C'est un rêve ?

Il faut que je me réveille vite alors, que je mange les œufs au bacon que maman a préparés pour moi. Et après j'irai à l'école.

V

Le croyant

Testament.

Le bonheur n'est qu'une frêle et éphémère bulle de savon.

Et alors ? Vous trouvez ça puant, comme phrase, en exergue du testament d'un élève de quatrième ?

Le soir même du jour où l'unique être que j'aimais m'a quitté, en prenant mon bain j'ai trouvé le flacon de shampooing vide. La vie, c'est toujours comme ça. Que pouvais-je faire d'autre ? J'ai ajouté un peu d'eau, j'ai bien secoué, et la bouteille translucide s'est remplie de mousse.

Alors j'ai pensé : Voilà, c'est comme moi, un vague fond de bonheur crevé que je dilue pour faire durer et remplir le vide de petites bulles. Des illusions pleines de vide, je le sais, mais tout de même mieux que du vide sans rien.

31 août.

J'ai posé une bombe au collège.

La mise à feu sera déclenchée par le vibreur de mon deuxième portable. Autrement dit, il suffira que quelqu'un m'appelle sur ce numéro (j'ai pris un nouveau contrat rien que pour ça), et cinq secondes plus tard : boum ! Même par erreur ! C'est toute la beauté du truc : concrètement, c'est en appuyant sur le bouton « appel » de son téléphone portable que quelqu'un fera exploser le collège.

La bombe est placée sous le pupitre au milieu de l'estrade du gymnase.

Demain, pour la cérémonie de début du deuxième trimestre, tout le collège sera réuni là-bas. C'est Terada, notre prof principal, qui m'a téléphoné spécialement hier pour me dire comment ça allait se dérouler.

Le proviseur prononcera d'abord son discours, puis il annoncera que j'ai eu le prix du meilleur élève des quatrièmes pour le premier trimestre et m'appellera au micro. Je prendrai sa place au pupitre et je suis censé lire un truc préparé. Sauf que ce n'est pas une stupidité de circonstance que je vais lire. À la place, je dirai simplement « Adieu ». Puis j'appuierai sur le bouton d'appel de mon autre portable...

La bombe va me déchiqueter. Et avec moi un bon paquet de ces débiles dont l'existence n'a aucun sens. Le pire criminel mineur de tous les temps. Ah, vous allez les voir rappliquer, les télés ! Vous allez les entendre crier avec les loups, les médias ! Et comment parleront-ils de moi ? À tous les coups ils trouveront de quoi disserter sur la « noirceur abyssale de l'âme humaine » et autres poncifs bien éculés. J'espère qu'ils laisseront mon site en ligne. Je ne regrette qu'une chose : sous prétexte que je suis mineur, ils ne citeront pas mon vrai nom. Qu'est-ce que les gens veulent savoir d'un criminel, en fin de compte ? Son enfance, la folie qu'il cachait et qui le rongeait de l'intérieur ? Ou le mobile de son acte, plutôt ? Eh bien, si c'est ça que vous voulez, je vais vous en donner.

Je comprends parfaitement que tuer des gens soit un crime. Ce que je ne comprends pas, c'est que ce soit mal. Un être humain n'est que l'une des créatures qui grouillent en nombre infini sur la terre, quoi d'autre ? S'il faut en éliminer quelques-uns pour obtenir quelque chose, tant pis !

Oh, mais ça ne m'empêcherait pas d'avoir la meilleure note de la classe en rédaction si on nous demandait d'écrire sur la Vie ! Que dis-je, de toute la classe ?... De tout le département, oui ! Je commencerais par citer Dostoïevski, le passage de *Crime et Châtiment* qui dit « l'Élu, l'Homme supérieur, a le droit de fouler au pied l'ordre public s'il agit pour que croisse un monde nouveau », dans une seconde partie je l'opposerais à l'expression « respect de la vie », pour terminer en affirmant de façon très bon garçon qu'« il n'existe aucun crime au monde qui puisse être considéré comme positif ». Je peux en remplir cinq pages en moins d'une demi-heure.

Où veux-je en venir ? Au fait que savoir disserter sur l'éthique n'est que le produit de l'apprentissage scolaire et rien de plus, voilà.

Existe-t-il des gens qui perçoivent instinctivement l'assassinat comme un mal ? Dans un pays très peu concerné par la religion comme le nôtre, des millions de gens le pensent, parce qu'on le leur fait rentrer dans le crâne à l'école depuis qu'ils ont l'âge d'avoir la conscience des choses. C'est précisément pour cela qu'ils trouvent par ailleurs tout naturel que la personne reconnue coupable de crime cruel soit condamnée à mort. Et la contradiction ne leur saute pas aux yeux !

Malgré tout, il arrive très exceptionnellement que l'enseignement scolaire amène un individu à affirmer que la valeur de la vie est égale pour tous, y compris celle d'un criminel, sans considération de position ou d'honneur. Je voudrais bien savoir quel enseignement permet de développer une telle perception. Serait-ce parce que des contes traditionnels lui ont été répétés à l'oreille tous les soirs depuis sa naissance ? Là, je m'avouerais convaincu. Car effectivement en ce qui me concerne ce sentiment ne m'a jamais été inculqué.

Ma mère ne me racontait pas d'histoires le soir. Elle dormait avec moi, pourtant. Mais tous les soirs, ce qu'elle me racontait, c'étaient des histoires d'électromécanique. Elle me parlait de courant, de différence de potentiel, de loi d'Ohm, de loi de Kirchhoff, de théorème de Thévenin, de théorème de Norton… « Je rêvais de créer de nouvelles machines. Je voulais inventer une machine qui aurait éliminé n'importe quelle cellule cancéreuse. » Tous les soirs, c'est par ces mots qu'elle terminait ses histoires.

La vision du monde et les valeurs d'un individu dépendent de l'environnement dans lequel il a grandi. Et je pense que les indicateurs selon lesquels on juge de la valeur des gens sont fixés par la personne avec qui on est en rapport direct en tout premier lieu, c'est-à-dire dans la quasi-totalité des cas par sa mère. Par exemple, une personne A sera considérée comme douce par quelqu'un qui aura été élevé par une mère sévère, et comme sévère par quelqu'un qui aura été élevé par une mère douce.

À tout le moins, en ce qui me concerne, c'est ma mère qui a fixé mes critères d'appréciation d'autrui. Sauf que je n'ai encore jamais rencontré qui que ce soit de plus intelligent qu'elle. Autrement dit, il n'y a absolument personne de mon entourage que je regretterais si cette personne venait à mourir. Même pas mon père, malheureusement. Lui, c'est un amusant électricien de province, un bon vivant, mais rien de plus. Je ne le déteste pas, mais je ne lui trouve pas une valeur suffisante pour mériter de vivre.

L'homme le plus sage du monde a lui aussi ses périodes de creux. Sans même déchoir en quoi que ce soit, il suffit qu'il se trouve gêné par d'autres, par manque de chance. C'est exactement au beau milieu d'une de ces périodes que ma mère a rencontré mon père.

Ma mère avait passé sa petite enfance à l'étranger. Depuis son retour au Japon, elle suivait des cours de doctorat en électromécanique dans une des meilleures universités du pays, quand elle rencontra une difficulté dans les toutes dernières étapes de la recherche qui l'occupait. Et c'est précisément à ce moment-là qu'elle fut victime d'un accident de la route.

L'accident survint au retour d'une visite que son association de chercheurs avait effectuée dans une université de province. Elle avait pris un autocar de nuit pour rentrer à Tokyo. Le chauffeur s'endormit et percuta une falaise. Il y eut plus de dix morts et blessés graves. Une véritable tragédie. Ma mère, qui avait perdu connaissance suite au choc frontal, fut extraite de la carcasse du bus et mise à bord de la première ambulance qui arriva sur les lieux par mon père, passager du même bus pour se rendre aux noces d'un ancien camarade de faculté.

C'est ainsi que mon père et ma mère se marièrent et que je naquis. Ou l'inverse, peut-être. Ma mère laissa en plan son doctorat et emménagea dans cette ville de province, sans mettre en valeur le talent pour l'électromécanique qu'elle avait cultivé pendant tant d'années.

On pourrait aussi bien dire qu'elle choisit cette région pour sa période de rééducation.

Dans un recoin d'une boutique d'électroménager située dans une galerie commerciale qui tombait en décrépitude, ma mère m'enseigna avec des mots simples une petite partie de ses connaissances. Un jour en démontant le boîtier d'un réveil, un autre jour en désossant un récepteur de télévision, me répétant sans cesse que le monde des inventions n'avait pas de limites. « Shūya, tu es intelligent. Tu es le seul à qui je puisse confier le soin de réaliser les rêves que je n'ai pas pu accomplir », disait-elle en répétant ses explications pour que l'écolier du primaire que j'étais alors comprenne jusqu'aux recherches qu'elle avait été contrainte d'interrompre.

Peut-être une intuition lui donna-t-elle alors la solution du problème qui l'avait arrêtée des années plus tôt. Elle se mit à récrire sa thèse, en cachette de mon père, et l'envoya à une société savante aux États-Unis. J'avais 9 ans.

Au bout de quelque temps, un homme, son ancien directeur de thèse, essaya de la convaincre de revenir à la recherche. Dans la pièce voisine, j'écoutai leur conversation, et je compris que ma mère risquait de partir. Plus que de la peur, j'éprouvai surtout de la joie que quelqu'un fasse si grand cas de sa valeur. Mais ma mère refusa la proposition. « Si j'étais célibataire, je retournerais immédiatement à l'université, mais je ne peux pas partir en laissant mon enfant », dit-elle.

Découvrir que j'étais la raison de son renoncement fut un choc pour moi. J'étais celui qui la retenait. Non seulement j'étais un être sans valeur, mais mon existence elle-même était un obstacle. C'est avec au cœur le sentiment du sacrifice, comme on dit, qu'elle avait refusé cette opportunité.

Puis, étouffant les sentiments qui l'étreignaient, elle vint me trouver et me dit :

– Ah, si tu n'existais pas…

C'est ce qu'elle répéta en levant la main sur moi à tout bout de champ à compter de ce jour. Si je ne terminais pas mes légumes, si je commettais la plus petite erreur à un test, si je fermais la porte en faisant le moindre bruit… sous le prétexte le plus futile – cela avait peu d'importance en définitive. Ce qui est certain, c'est qu'elle ne pouvait plus me supporter.

Chaque fois qu'elle me frappait, je sentais irrésistiblement le vide se creuser un peu plus en moi.

Mais je ne me suis jamais abaissé à en parler à mon père. Je ne le détestais pas, pourtant, mais je le voyais satisfait de la décision de ma mère, et plus je le voyais continuer à vivre ainsi, comme si de rien n'était, plus je le méprisais.

Il va sans dire que même si mes joues étaient tuméfiées, mes bras et mes jambes couverts de bleus, je n'ai jamais éprouvé de haine pour ma mère. Les jours où elle s'était déchaînée sur moi, elle venait ensuite le soir dans ma chambre et me caressait tendrement la tête alors que je faisais semblant de dormir, et laissait couler ses larmes en répétant : « Pardon… Pardon… » Comment aurais-je pu la haïr ? Ensuite, quand elle sortait de ma chambre, j'enfonçais ma tête dans l'oreiller pour étouffer mes pleurs. Que mon existence soit source de douleur pour la seule personne que j'aimais m'était insupportable.

C'est à cette époque que je commençai à penser à la mort.

Si je mourais, ma mère pourrait profiter entièrement de son génie, et réaliser enfin son vieux rêve. J'envisageai un tas de méthodes de suicide : traverser la nationale au passage d'un poids lourd, me jeter de la terrasse de l'école primaire, me planter le couteau de cuisine dans le cœur. Mais toutes étaient trop moches. Je repensai à ma grand-mère morte pendant son sommeil sur son lit à l'hôpital l'année précédente et j'espérai mourir de maladie.

C'est pendant que je réfléchissais de toutes mes forces à une façon de libérer ma mère que mes parents divorcèrent. J'avais 10 ans. Mon père s'était rendu compte des mauvais traitements qu'elle m'infligeait. Il semble que ce soit un voisin de la galerie commerçante qui lui en ait parlé. Ma mère ne chercha aucunement à se justifier, et prit la décision de quitter la maison aussitôt les formalités terminées. Même si je savais depuis le début que cela se passerait ainsi, le fait qu'elle ne m'emmène pas avec elle me déchira le cœur. Je versai tant de larmes que mon corps se trouva pour de bon vide et creux.

Du jour où la décision de leur divorce fut prise, ma mère ne leva plus jamais la main sur moi. Au contraire, de temps en temps, à l'improviste, elle me caressait tendrement le front ou les joues, elle me préparait à manger tout ce que j'aimais, du chou farci, des gratins, de l'*ome-rice*… Elle était très habile cuisinière, et ce qu'elle préparait était toujours plus délicieux que dans n'importe quel restaurant.

La veille de notre séparation, nous sortîmes pour la dernière fois tous les deux. Elle me demanda où je voulais aller, mais je ne sus que répondre. Car si j'avais desserré les lèvres, aussitôt les larmes se seraient mises à couler. Alors, finalement, nous allâmes au nouveau centre commercial qui venait d'ouvrir au bord de la nationale, Happy Town.

Là-bas, ma mère m'acheta des dizaines de livres et le dernier modèle de console de jeux vidéo. Les jeux vidéo, ce devait être pour dissiper mon chagrin, en tout cas elle me laissa choisir tous les logiciels que je voulais. Mais pour les livres, c'est elle qui les choisit.

– C'est peut-être encore un peu difficile pour toi, me dit-elle, mais tu les liras quand tu seras au collège, d'accord ? Tous ces livres ont eu une énorme influence sur ma vie. Alors, toi aussi, puisque tu es le fils de mes entrailles, je suis sûre que tu les aimeras.

Dostoïevski, Tourgueniev, Camus… Ils n'avaient pas l'air très amusants, mais cela m'importait peu. J'étais le fils de ses entrailles, et cela me suffisait. Pour notre dernière Cène, nous mangeâmes un hamburger. Ma mère avait suggéré quelque chose de mieux, mais il me fallait un endroit animé pour ne pas éclater en pleurs.

Nous déposâmes les achats au service de livraison à domicile et, bien que la distance soit assez importante, nous rentrâmes à pied à la maison, main dans la main. Ses mains qui maniaient avec habileté le tournevis, ses mains qui pétrissaient de succulentes croquettes de viande, ses mains qui me giflaient à la volée de toutes leurs forces, puis ses mains qui me caressaient tendrement les cheveux. Les mains sont propres à fabriquer quantité de souvenirs… Jusqu'à ce jour de la veille de notre séparation, je n'y avais jamais pensé. Et là, j'avais atteint ma limite. À chaque pas, mes larmes débordaient et coulaient. De ma main libre, je les essuyais furieusement quand ma mère prononça ces mots :

– Shūya, on m'a fait promettre de ne plus jamais venir te voir, ni te téléphoner, ni t'écrire, tout ça m'est interdit. Mais sache que je serai toujours en train de penser à toi.

Même si nous sommes séparés, tu seras toujours mon seul et unique enfant. Et s'il t'arrive quelque chose, même s'il faut que je rompe ma promesse, j'accourrai pour te retrouver. Toi non plus, Shūya, ne m'oublie pas…

Ma mère pleurait.

– C'est vrai, tu viendrais ?

En guise de réponse, elle s'arrêta de marcher et me serra très fort dans ses bras. Et pour moi qui n'étais plus qu'une bouteille vide, ce fut le dernier instant de bonheur…

Mon père se remaria l'année suivante. J'avais 11 ans.

Sa nouvelle épouse, une ancienne camarade de collège, n'était pas vilaine, elle était juste d'une bêtise crasse. Comment peut-on épouser un commerçant en produits électroménagers quand on ne sait pas faire la différence entre des piles AA et des AAA ?

Je ne la détestais pas, néanmoins. Car elle avait parfaitement conscience d'être bête. Si elle ne savait pas quelque chose, elle l'avouait franchement. Quand un client lui posait une question trop difficile pour elle, au lieu de noyer le poisson, elle prenait la demande en note, puis s'informait auprès de mon père et rappelait le client par téléphone pour lui transmettre la réponse. Bête, mais assez admirable dans son genre. Ce qui me permettait de l'appeler comme il faut Miyuki, très respectueusement. Jamais je ne me suis laissé aller à des manœuvres du type harcèlement sur belle-mère, qui sont le fonds habituel des séries télévisées bas de gamme, évidemment. Je lui faisais des cadeaux, par exemple des sacs à main de grandes marques que je réussissais à acheter à bas prix sur internet, je lui portais ses paquets, j'allais avec elle faire les courses le soir, je crois même pouvoir dire que je me suis donné assez de mal.

Je ne détestais pas non plus quand elle venait à l'école pour les journées portes ouvertes. Je n'en avais informé personne, et pourtant – est-ce une voisine de la galerie marchande qui l'avait prévenue ? –, un jour, en me retournant j'eus la surprise de voir, au fond de la classe, Miyuki sur son trente et un, au premier rang des parents. Elle me prit en photo avec son portable quand je passai au tableau pour résoudre un problème que les autres élèves étaient incapables de traiter et montra la photo à mon père le soir. L'avouerai-je ? Cela me fit plaisir.

Il nous arrivait d'aller tous les trois, mon père, Miyuki et moi, au karaoké ou au bowling. J'avais certes l'impression de m'abêtir, mais en définitive ce n'était pas du tout désagréable de faire la bête, j'envisageais même de devenir un membre à part entière de cette famille bien lourdingue.

Six mois environ après leur mariage, Miyuki tomba enceinte. Produit de deux imbéciles, il ne pouvait en sortir qu'un imbécile à cent pour cent, mais puisque cinquante pour cent de son patrimoine génétique serait identique au mien, j'étais assez curieux de voir quel rejeton cela pouvait donner.

À cette époque, j'étais moi-même persuadé d'avoir totalement achevé mon intégration dans cette famille d'idiots. Mais je dus admettre que j'étais le seul à le croire. Un mois avant l'accouchement, le jour où elle commanda un lit de bébé, Miyuki me déclara :

– On en a discuté avec ton papa, et on pense qu'on va t'aménager l'ancienne maison de ta grand-mère comme bureau de travail. Le bébé qui va pleurer, cela te dérangerait pour faire tes devoirs, c'est sûr. Mais ne t'inquiète pas, tu auras aussi une télé et la clim.

Je n'eus pas mon mot à dire. La semaine suivante, avec la camionnette du magasin, presque tout ce qui était dans ma chambre fut transféré dans l'ancienne maison de ma grand-mère, en bordure de la rivière, et un lit de bébé flambant neuf trônait dans ma chambre bien éclairée, à côté de la fenêtre.

Ce fut comme si j'avais entendu le tintement d'une bulle de savon qui explosait.

Je ne pouvais espérer trouver dans cette cambrousse aucun collège ni lycée d'élite, et j'étais résolu à me contenter du collège public le plus proche de la maison. Autrement dit, les révisions, les concours à préparer, cela ne me concernait pas. À l'école, dans n'importe quelle matière, il me suffisait de lire une fois le manuel pour comprendre ce qu'ils voulaient nous inculquer. Bref, je n'avais nullement besoin d'une chambre pour étudier. Mais puisqu'on m'en donnait une, autant tirer le meilleur parti du temps et de l'espace que l'on m'octroyait.

Je pris un peu d'avance en lisant les livres que ma mère m'avait achetés, que j'étais supposé lire seulement quand je serais au collège. J'ignore dans quelle mesure *Crime et Châtiment* ou *La Guerre et la Paix* avaient eu de l'influence sur elle, mais je suppose que, puisque j'étais le fils de ses entrailles, elle avait ressenti les mêmes choses que moi à leur lecture. Effectivement, elle ne s'était pas trompée dans ses choix. Je les lus et relus. Ce faisant, j'avais la sensation de partager ce temps avec elle, malgré la distance. Pour un solitaire comme moi, ces moments étaient des moments de doux bonheur.

Tout en plongeant avec délectation dans les souvenirs maternels, ma première exploration de la vieille maison qui servait d'entrepôt au magasin me permit de découvrir qu'elle recelait une véritable montagne de trésors. Outre un outillage complet, toutes sortes d'appareils électroménagers inutiles jonchaient le sol. Parmi eux, je trouvai en premier lieu un vieux réveil. Celui qu'avec ma mère nous avions démonté et dont elle m'avait enseigné les secrets.

Il ne fonctionnait plus, même avec des piles neuves. J'entrepris donc de le réparer. Il me suffit d'ouvrir le boîtier pour me rendre compte qu'il s'agissait bêtement d'un mauvais contact. En procédant à la réparation, j'eus une idée. Ce fut mon invention n° 1 : le Réveil Qui Tourne À L'Envers. Les trois aiguilles, la petite, la grande et la trotteuse, tournaient en sens inverse. Le réveil à donner l'impression de retrouver le temps passé. J'alignai les aiguilles sur minuit et décidai qu'en cet instant, finie ma chambre d'étude, j'inaugurais mon « Laboratoire ».

Ma clientèle ne fut pas très réceptive à mon Réveil Qui Tourne À L'Envers. Quand je parle de ma « clientèle », il s'agit de la bande d'imbéciles de ma classe qui m'apportaient des vidéos porno en me demandant d'en éliminer les floutages. D'abord, ils regardèrent le cadran avec des yeux ronds, sans même s'apercevoir que les aiguilles tournaient à l'envers. Et quand je me résolus à leur révéler le truc ils firent « Ah ouais, c'est vrai... », et c'est tout. Tout en reconnaissant que c'était tout de même une prouesse, pas un n'eut l'idée de me demander comment j'avais procédé. Les imbéciles c'est comme ça, on peut leur mettre n'importe quelle invention grandiose devant les yeux, ils ne voient rien d'autre que leurs propres centres d'intérêt, la façon dont ça marche est le cadet de leurs soucis. C'est pour ça que ce sont des imbéciles, d'ailleurs. Mais c'est lassant.

Je le montrai aussi à mon père. Sa seule réaction fut : « Il est cassé ? » Il était trop en extase devant son fils nouveau-né, qui avait l'air aussi bête que son père.

Pauvre invention méconnue de tous. Et ma mère, elle en dirait quoi ? J'étais sûr qu'elle seule saurait reconnaître la valeur de l'objet. Et une fois que je me fus mis dans l'idée de le lui montrer, je n'eus de cesse d'y parvenir.

Comment faire pour qu'elle en prenne connaissance ? Je ne savais ni son adresse ni son numéro de téléphone. La seule chose que j'avais, c'était le nom de l'université dans laquelle je supposais qu'elle enseignait. C'est pourquoi je décidai à ce moment-là de créer mon site web. « Le Labo de Docteur Génial ». Si je présentais mes inventions sur mon site, un jour ou l'autre peut-être ma mère réagirait-elle. Rien de plus qu'un vague espoir, mais je postai tout de même un commentaire sur le site de l'université avec un lien vers mon site :

> Un petit génie en électromécanique présente ses inventions sur son site. Venez voir !

Mais j'eus beau attendre et attendre, aucun message de quelqu'un dont je pusse croire qu'il s'agissait de ma mère ne vint. Les seuls posts auxquels j'eus droit provenaient de la bande de débiles de ma classe. Et comme ils ne purent se retenir d'écrire que j'étais capable de supprimer les floutages des vidéos porno, cela m'attira un nouveau troupeau de tarés. Ah, c'est ça, vous venez en espérant pouvoir vous rincer l'œil, hein... Eh bien vous allez être déçus. Je mis alors sur mon site la photo d'un chien crevé que j'avais trouvé au bord de la rivière, ce qui leur plut encore plus et m'attira de nouveaux visiteurs. Des pas tranquilles de la tête cette fois. Si je ne clôturai pas mon site, ce fut uniquement pour ne pas couper le maigre espoir que j'avais encore.

Après mon entrée au collège, je poursuivis mes inventions. Mon prof principal était une prof de physique. J'appréciai assez qu'elle ne se forçât pas à faire ami-ami avec les élèves. En ce qui me concerne, c'était très exceptionnel. Je veux dire, d'en arriver au point d'avoir envie de lui présenter mes inventions.

C'est ainsi que je lui montrai ma dernière œuvre, le Porte-monnaie Surprise. Ah ah... quelle serait sa réaction ? J'étais tout excité, mais la seule chose que je reçus en retour, c'est de l'hystérie de bonne femme : « C'est dangereux ! À quoi comptez-vous l'utiliser ? À électrocuter des animaux ? » Un débile avait dû lui parler de mon site. Mais puisqu'elle l'avait pris pour argent comptant, c'était elle la plus débile. Déçu. C'est tout ce qu'il y a à dire, vraiment.

Par chance, une occasion se présenta tout de suite après.

L'Exposition nationale des travaux manuels scientifiques des élèves du secondaire. Sur le panneau au fond de la classe apparut en effet une affichette annonçant le concours, avec le nom et les titres des membres du jury. Parmi les six jurés, un écrivain de science-fiction et un célèbre présentateur de la télé. Mais c'est un autre nom qui attira mon attention. Seguchi Yoshikazu. Le nom n'avait aucune importance, c'était son titre surtout : professeur d'électromécanique à la faculté des sciences de l'université K, c'est-à-dire l'université à laquelle je supposais que ma mère appartenait maintenant.

Si mon invention était primée et que je parvenais à me faire remarquer de ce professeur, l'information pourrait parvenir jusqu'aux oreilles de ma mère. Quelle surprise d'entendre prononcer mon nom ! Ne serait-elle pas heureuse d'apprendre que son fils avait obtenu un prix grâce aux connaissances qu'elle-même lui avait transmises ? Et surtout, n'aurait-elle pas envie de lui écrire un petit mot de félicitations ?

Je me lançai à corps perdu dans ce projet. Je possède déjà une bonne capacité de concentration, mais jamais de ma vie je ne m'étais consacré à un travail avec autant d'ardeur. Pour commencer, afin d'améliorer mon porte-monnaie je lui adjoignis une fonction ouverture du circuit. Bien sûr, je me doutais que dans un concours pour élèves du secondaire, plus que la perfection du montage, c'était la qualité du dossier de présentation qui importait. Je réfléchis donc minutieusement à cet aspect. « Porte-monnaie Surprise », cela n'allait pas au-delà de la mauvaise blague de potache. Donc non, pas ça. Mais un appareil anti-crime, ah oui, c'était bon, ça ! Le schéma électrique et l'analyse du concept devaient être corrects, mais sur les motivations et les points à améliorer il ne fallait pas oublier de rester très « jeune collégien ». Dans le même ordre d'idées, un dossier écrit à la main aurait sans doute plus d'impact que s'il était tapé à l'ordinateur.

Je crois que mon dossier était absolument parfait, l'idéal de ce que l'on attend d'un collégien. Il y avait un souci, néanmoins. Pour participer au concours, la signature du professeur principal était requise, et celle-ci fit des difficultés. Ça m'énervait qu'elle soit encore en pétard à cause de mon site. Il fallut que je la mette au défi de soumettre son jugement à celui du jury national pour qu'elle accepte enfin d'apposer son sceau.

Tout se passa exactement comme je l'avais prévu. Mon Porte-monnaie Antivol fut présenté à l'Exposition nationale des travaux manuels scientifiques des élèves du secondaire qui eut lieu au Muséum des sciences de Nagoya et reçut le troisième Grand Prix. Sur le coup je fus un peu vexé de ne pas obtenir le premier, mais il se trouva que je n'aurais pu souhaiter mieux que ce troisième prix. Car chaque travail primé était gratifié d'un commentaire individuel de l'un des membres du jury, or c'est le professeur Seguchi qui commenta le mien. À ce moment-là, je reconnus en lui l'homme qui, quelques années auparavant, était venu convaincre ma mère de rejoindre son université.

– Watanabe Shūya, jeune homme, tu es extraordinaire. Moi je ne pourrais pas fabriquer un appareil comme celui-là. J'ai lu ton rapport, et c'est incroyable : tu appliques des connaissances qui ne sont pas du tout au programme d'un élève du collège. C'est ton professeur qui t'a enseigné tout ça ?

– Non… Ma mère.

– Oh, vraiment ? Ta mère… Tu as de la chance de grandir dans un environnement aussi favorable. Eh bien, continue à étudier et à fabriquer d'autres inventions passionnantes.

Il connaissait ma mère, il m'avait appelé par mon nom complet, je mis tous mes espoirs en lui. Je vous en supplie, ce qui s'est passé aujourd'hui, tout ça, parlez-en à ma mère, elle travaille avec vous ! Inutile même de lui en parler : que ses yeux tombent par hasard sur la brochure annonçant le nom des élèves primés…

Ensuite, je fus interviewé par un envoyé du journal local. Il y avait peu de chance que ma mère lise ce journal, mais si elle apprenait que j'avais été primé elle chercherait peut-être sur leur site internet, ou se ferait envoyer le numéro de ce jour-là. Oui, j'espérai.

Le jour même de cette interview, dans une ville dont j'ignorais tout, un crime eut lieu. Perpétré par un mineur. La fameuse « affaire Lunacy ». Une fille de cinquième qui avait fait avaler du poison à toute sa famille et tout raconté dans son blog. Il y a des gens amusants, je m'étais dit en apprenant la nouvelle…

J'attendis tout le reste des vacances d'été un signe de ma mère, qui ne vint pas. Elle ne connaissait pas mon numéro de portable. Alors, pour être en mesure de décrocher le fixe au moindre appel, je délaissai mon Labo et restai toute la journée à la maison, ignorant Miyuki qui me battait froid. Toutes les cinq minutes j'ouvrais l'ordinateur du magasin pour vérifier les mails, et au moindre bruit à l'extérieur j'allais regarder dans la boîte aux lettres.

Pendant des jours et des jours, sur la télé dans la vitrine du magasin, on ne parla que de l'affaire Lunacy. Son environnement familial, son comportement à l'école, ses notes, ses activités, ses loisirs, les livres qu'elle aimait, ses films préférés… Il suffisait d'allumer le poste pour être sûr de tomber sur elle, c'était à en avoir par-dessus la tête.

Ma mère avait-elle su que j'avais reçu un prix à l'Exposition nationale des travaux manuels scientifiques des élèves du secondaire, oui ou non ? J'imaginais le professeur Seguchi et elle faisant une pause à la cafète de la fac : « L'autre jour, à l'Exposition des travaux d'élèves, il y avait un garçon qui a inventé un truc étonnant. Watanabe Shūya, il s'appelle… » C'était idiot. D'où sortais-je qu'une telle conversation avait la moindre chance de se produire dans la réalité ? S'ils bavardaient pendant leur pause, ce ne pouvait être que de Lunacy !

Plus l'affaire Lunacy se prolongeait, plus j'avais la sensation que des milliers de petites bulles dans mon corps explosaient l'une après l'autre. J'avais réussi à avoir mon nom dans le journal, tout de même ! Et tout ça pour quoi ? Ma mère ne s'en était même pas aperçue. Et si c'était moi qui assassinais quelqu'un, accourrait-elle vers moi, ma mère ?...

Voilà, vous connaissez mon passé, ma folie intérieure, et le mobile. Enfin, plus exactement, le mobile de mon premier crime.

Il y a crime et crime. Le vol à l'étalage, le vol qualifié, les coups et blessures... ceux-là me vaudraient à peine une remontrance de la police et des profs. Et à ce niveau, c'est surtout mon père et Miyuki qui seraient montrés du doigt. Avouons que cela n'aurait aucun sens.

Il n'y a rien que je déteste plus que les actes inutiles. Tant qu'à commettre un crime, que ce soit au moins le genre qui déplace les chaînes de télé et les médias, qui provoque du remous. À savoir un assassinat, à tout le moins. Alors, fallait-il que je me mette à courir en hurlant dans la galerie marchande et en faisant des moulinets avec le couteau de la cuisine, puis que je le plante dans la première bonne femme qui passerait à ma portée ? Je ne dis pas qu'on n'en parlerait pas à la télé, mais là encore on irait surtout chercher la responsabilité du côté de mon père et de Miyuki. Si c'était pour que les médias creusent l'influence que ces deux-là pouvaient avoir eue sur ma personnalité, ça ne valait vraiment pas le coup. « Nous aurions dû lui faire comprendre qu'il avait sa place comme membre de la famille à part entière, plutôt que de lui préparer une chambre d'étude à l'écart… » Rien que d'imaginer mon père faire ce genre de déclaration devant les caméras de tout le pays, quelle honte !

Il n'en était pas question, cela ne serait point ! Il fallait que la responsabilité de mon acte soit recherchée du côté de ma mère, de façon qu'elle accoure à coup sûr. Il fallait que, une fois l'affaire lancée, tous les regards se tournent vers elle. Quel point commun possédions-nous, ma mère et moi ? Le génie, bien sûr. En d'autres termes, il fallait que le crime que j'allais commettre porte la marque du génie que ma mère m'avait transmis. Et pour cela… eh bien, il suffisait d'utiliser l'une de mes inventions !

Même pas besoin d'en inventer une. N'avais-je pas déjà l'outil idéal pour ce genre d'entreprise ? Mon Porte-monnaie Antivol ! D'autant plus que j'en avais déjà parlé au professeur Seguchi. « C'est ton professeur qui t'a enseigné tout ça ? – Non… Ma mère. »

Car évidemment, si crime il y avait, on s'intéresserait à l'arme du crime. Un poignard ou une batte de base-ball en métal, c'était d'un vulgaire… Du cyanure de potassium ou un autre poison comme dans l'affaire Lunacy ? Peuh ! C'était juste des trucs qu'elle s'était procurés sur internet ou qu'elle avait volés à l'école. Bref, c'était un crime qui reposait uniquement sur l'efficacité d'un outil extérieur, sans intervention aucune d'un talent personnel particulier.

Dès l'instant où il apparaîtrait que l'arme du crime était une invention du jeune mineur criminel, que penseraient les gens ? Et surtout, quand ils découvriraient que le criminel était un lauréat de l'Exposition nationale des travaux manuels scientifiques des élèves du secondaire, concours supposé couronner l'élite de la jeunesse nationale dans ce qu'elle a de plus vertueux et de plus sain, on pouvait s'attendre à une belle agitation du côté des médias. Les membres du jury qui lui avaient décerné ce prix seraient sans doute mis sur la sellette. Dans ces conditions, le professeur Seguchi ne rappellerait-il pas que le mineur en question avait acquis ses connaissances technologiques de sa mère ?

La possibilité était mince, certes, mais il y avait autre chose. Il était plus que probable que mon père, commerçant en appareils électroménagers, se défausserait sur la mère du jeune criminel, qui avait fui ses responsabilités en quittant le foyer conjugal !

Et puis, qu'est-ce que je me cassais la tête à imaginer des combinaisons ? Je le dirais bien moi-même : « Dès qu'il a eu l'âge de raison, ce jeune a acquis de sa mère les connaissances de base en électromécanique, mais jamais elle ne lui a raconté *Momotarō*, ni *La Grue reconnaissante*... » Si je présentais les choses de cette façon, ça allait faire du bruit. Que répondrait ma mère ? À part retrouver les mots du passé pour me dire « Pardon, Shūya, pardonne-moi... » en me serrant dans ses bras de toutes ses forces, franchement, je ne voyais pas...

C'était donc décidé pour l'arme du crime. Maintenant, le lieu. Pour un collégien de province comme moi, seuls trois endroits étaient envisageables : la maison, mon Labo, et le collège et ses abords. Comme je l'ai déjà dit, provoquer un crime dans la maison ou n'importe où dans la galerie marchande, quand bien même l'arme en serait une machine de mon invention, ferait porter la responsabilité du trouble public sur mon père et non sur ma mère. Personne n'habite autour de mon Labo et j'ai envisagé un temps de cibler un enfant venant jouer sur les berges de la rivière. Mais l'endroit est mal aménagé, dangereux, et aucun enfant ne vient jouer là de façon régulière, ce qui rendait difficile la planification d'un assassinat. Ne restait donc que l'école. Et effectivement, un crime dans une école, il n'y a rien de mieux pour attirer les médias.

Bien. Et maintenant, la victime. Qui assassiner ? Sur cette question, en ce qui me concernait, n'importe qui ferait l'affaire. Ces débiles de province m'intéressaient tellement peu que je n'avais toujours pas mémorisé les noms de toute la classe. Et puis, que la victime soit un prof ou un élève, dans tous les cas les médias seraient contents.

Un collégien assassine son professeur !

Un collégien assassine son camarade !

Pour peu que l'on trouve ce genre de titres alléchant, à vrai dire ils étaient aussi juteux l'un que l'autre. Ou pas moins bidon l'un que l'autre, selon le point de vue.

De façon générale, comment en vient-on à avoir envie de tuer quelqu'un ? À longueur de cours je voyais le type à côté de moi remplir son cahier de « Va crever ! Va crever ! Va crever ! » sans fin. J'avais envie de lui dire : « Et toi, pourquoi tu vis, bouffon ? », mais j'étais curieux de savoir de qui il souhaitait la mort. D'ailleurs, pourquoi ne pas lui demander de choisir la victime ? Ça pouvait être intéressant.

Néanmoins, telle n'est pas la seule raison qui me fit l'aborder. J'avais également besoin d'un témoin. À quoi bon tuer si les soupçons ne se portaient pas sur moi ? Et aller me dénoncer à la police n'était pas optimal non plus. Il fallait donc que quelqu'un assiste à toute l'affaire et balance ensuite tout à la police ainsi qu'aux médias.

Un tel rôle n'était pas à la portée du premier venu. Un type avec une forte personnalité, un de ces gars imprégnés du sens de la justice et de bon sens, ne pouvait pas faire l'affaire. Pour en trouver qui soit capable d'assister à tous les préparatifs, il fallait en premier lieu éliminer ceux qui risquaient d'aller tout raconter aux adultes. Je ne parle même pas de ceux qui viendraient me dire : « Ah, mais tu sais, tuer, c'est pas bien… »

Ça ne pouvait pas non plus être un type trop conscient de son bonheur. Ceux-là, dès qu'ils trouvent un malheureux, ils ne peuvent s'empêcher de le prendre en pitié. « Pourquoi tuer quelqu'un ? Il t'est arrivé un malheur ? Tu sais, tu peux tout me dire. Parle, ça te fera du bien… » Mais à quoi cela peut-il bien leur servir, franchement ? Ça les fait jouir d'écouter les malheurs des autres, c'est tout !

Mais ceux-là, je n'ai aucune difficulté à les repérer. Il ne m'a pas fallu une semaine pour me faire une idée de la personnalité de chacun de mes camarades de classe.

C'est un peu plus difficile avec les débiles. Les imbéciles qui aiment bien profiter des autres. Par exemple, ceux pour qui tu élimines les floutages de leurs films porno et qui ensuite répètent partout qu'*ils* savent éliminer les floutages des films porno. Ceux qui viennent juste sur mon site pour pouvoir zyeuter ma vidéo de chien crevé, mais qui se vantent ensuite d'être super potes avec un garçon vraiment pervers. Il fallait que je fasse attention à ne pas m'encombrer d'un de ces types, qui trouverait l'occasion trop bonne de se faire passer pour mon complice.

L'idéal, c'était un débile, bien sûr, mais un débile frustré. Shimomura Naoki réunissait toutes les conditions requises.

Début février, je parvins à augmenter la puissance de mon Porte-monnaie Antivol. Le temps était venu de mettre mon projet à exécution.

Je n'avais pour ainsi dire jamais adressé la parole à Shimomura, mais je l'abordai sur un ton amical, et après quelques flatteries je lui dévoilai le projet. Il suffit que je le fasse un peu mousser, ce fut un vrai jeu d'enfant, et les vidéos porno servent aussi à ça.

Sauf que, dans l'instant, je regrettai d'avoir choisi Shimomura pour ce rôle.

En premier lieu, contrairement à ce que j'avais cru, il ne souhaitait la mort de personne en particulier. S'il remplissait des pages de cahier de « Va crever ! Va crever !

Va crever ! », c'était que, par manque de vocabulaire, il ne savait exprimer autrement sa frustration générale.

Et puis, surtout, il était d'un pénible… En classe, il se tenait sage, mais dès qu'on lui lâchait la bride il parlait, et il parlait… « Tu ne veux pas des biscuits à la carotte de ma maman ?… Ah bon ? Alors tu es comme moi, toi non plus tu n'aimes pas les carottes. On se ressemble vachement, dis donc. Moi c'est pareil, il n'y a que comme ça que je peux les supporter. Voyant que je n'aimais pas les carottes, maman a essayé toutes sortes de façons de les cuisiner, même en gâteau, mais c'était toujours vraiment… beurk. Il n'y a qu'en biscuits, finalement, que c'est mangeable… enfin je veux dire que j'arrive à les manger pour lui faire plaisir, quoi. » Non mais pour qui se prenait-il ? Il m'irritait à un point tel que je n'y touchai pas, à ses biscuits aux carottes ! Déjà, une mère qui confectionne des biscuits pour que son fils les apporte chez un camarade c'est pénible, mais que Shimomura n'en ait même pas honte, c'était franchement insupportable.

Sans blague, j'eus envie de le tuer, lui. Pour la première fois, je compris que l'envie de tuer vient quand un individu s'affranchit de la distance normale qui doit toujours être maintenue entre les gens.

Or, au moment où je me posais sérieusement la question de savoir si je n'allais pas demander à un autre de me servir de témoin, Shimomura mentionna une cible à laquelle je n'aurais jamais pensé : la fille de la prof principale.

Un collégien assassine la fille de son prof principal !

Je n'avais pas le sentiment qu'on l'avait déjà vu, celui-là. Les médias allaient se délecter ! Et puis celle qui m'avait insulté, humilié, quand je lui avais montré mon Porte-monnaie Antivol, celle qui avait renâclé à apposer son sceau sur mon dossier… Pour une fois, Shimomura avait bien joué. Par-dessus le marché, il me raconta cette histoire de pochette lapin que la fille de la prof convoitait mais que cette dernière avait refusé de lui acheter au centre commercial. Je le maintins comme témoin.

S'étant mis dans la tête que le projet consistait uniquement à faire une mauvaise blague, Shimomura était en super forme.

– Faut sécuriser les abords !

Il en était même à se poser de son propre chef comme force de proposition. Enfin, des balivernes, évidemment, mais bon, il n'y avait qu'à le laisser délirer.

– Tu crois qu'elle va chialer ? Dis ? Qu'est-ce que tu en penses, Watanabe ?

– Non, elle ne pleurera pas.

Ça ne risquait pas, elle serait morte. Et ça le faisait éclater de rire, le bon Shimomura qui ne se doutait de rien ! Ris tant que tu peux, quand tu verras un crime se commettre devant tes yeux ça te passera. Et là, mort de trouille, tu rentreras chez toi. D'abord tout raconter à maman. D'ailleurs, il me revint alors que la mère de Shimomura avait une sérieuse réputation de corbeau à l'école. Du genre à écrire au proviseur pour la moindre broutille. Bonne affaire. Plus ça gonfle, plus ça m'arrange, surtout ne te gêne pas.

Tout était en ordre. En principe.

Le jour dit, je me rendis à la piscine après avoir reçu le mail de Shimomura me confirmant que les abords étaient libres. Nous nous cachâmes dans les vestiaires et attendîmes que la cible se présente. Il n'arrêtait pas de débiter des platitudes, que sa mère allait nous faire un gâteau, qu'on allait fêter l'événement le jour même… Je le laissai bavasser, sachant que quand ce serait fait je ne l'entendrais plus jamais, et pourtant j'avais envie de le vexer méchamment, ce débile. Et ce n'était pas compliqué, il suffisait de lui dire la vérité.

J'étais en train d'y réfléchir quand la cible se présenta. C'était une petite fille de 4 ans au visage intelligent, tout le portrait de la prof. Si jeune déjà elle marchait et se tenait bien droite. Avec un coup d'œil sur les côtés pour vérifier si personne ne la voyait, elle avança jusqu'au chien, puis de sous son jogging sortit un long morceau de pain dont elle commença à déchiqueter des morceaux pour les lui donner.

Sachant qu'elle n'avait pas de père, je m'attendais à ce qu'elle ait l'air plus malheureux que ça. En réalité, pas du tout. Haut de jogging rose imprimé avec un motif de lapin manga. Deux couettes de chaque côté de la tête, retenues par des élastiques à boules fantaisie. Joues blanches et souples. Sourire au chienchien. J'avais vraiment l'impression d'avoir un petit lapin de dessin animé devant moi. Un enfant qui recevait manifestement beaucoup d'amour. Telle est l'image que j'eus d'elle.

Je sais que je devrais avoir honte, mais en cet instant j'avoue avoir ressenti de la jalousie. Elle était la cible idéale, le composant de circuit qui correspondait aussi parfaitement que possible à mon projet.

Secouant mon humiliation, je me levai et me dirigeai droit sur elle. Un pas derrière moi, Shimomura suivit. C'est lui qui parla le premier :

– Bonjour, Manami ! C'est bien Manami, c'est ça ? Nous, on est des élèves de la classe de ta maman. Tu te rappelles ? On s'est rencontrés l'autre jour à Happy Town.

Je crus que j'allais me faire une hémorragie nasale. Sans blague, je n'avais pas imaginé que ce type pouvait être nul à ce point. Je lui avais écrit son texte, je lui avais attribué le rôle du gentil, me disant bien que c'était la seule chose qu'il pouvait rendre à peu près correctement : c'était un désastre.

Il avait exactement la même intonation que ces animateurs de troisième zone que l'on engage une fois par an pour une animation de la galerie marchande. Au lieu de parler naturellement, il surjouait le jeune premier séducteur… Même la cible commençait à le regarder d'un air suspicieux. Parti comme c'était, le projet allait se vautrer lamentablement.

J'intervins au débotté pour sauver les meubles. Je prononçai quelques mots sur le chien, la cible sourit. Ce que l'être humain peut être basique, tout de même… En calculant le bon timing, je sortis la pochette.

– Regarde, c'est un peu en avance, mais c'est ton cadeau de Saint-Valentin de la part de ta maman, dis-je en lui passant la pochette autour du cou.

– De ma maman ?

La cible eut un sourire. Un sourire que seuls ceux qui sont aimés savent faire. Ce dont moi j'ai été privé.

Mais crève, bordel ! criai-je dans ma tête. Mon attitude engageante se métamorphosa en désir de mort. Comme une plus-value ajoutée au simple moyen qu'était à l'origine ce meurtre pour moi. Ce fut l'instant où le projet dans sa globalité atteignit l'état de perfection totale.

– Oui. Il y a un chocolat à l'intérieur, ouvre-la vite.

La cible, sans faire état du moindre doute, saisit la tirette.

Il y eut un crépitement. Au même instant, la cible fut prise d'un violent spasme et s'effondra de tout son long sur le dos. Les yeux fermés, elle était complètement immobile. Tout cela en moins de temps qu'il n'en faut à une bulle d'eau pour éclater.

Morte ! Elle est morte ! Succès total ! Ma mère va revenir ! Elle me serrera très fort dans ses bras en me disant : « Je te demande pardon pour tout… » Et nous resterons ensemble pour toujours.

Je sentis les larmes me monter aux yeux.

Ce fut Shimomura qui me ramena à la réalité. Il tremblait de tout son corps, les bras serrés. Il me donnait mal au cœur.

Je réussis toutefois à prononcer ces mots :

– Ne te gêne surtout pas pour le raconter à tout le monde.

Puis j'écartai sa main importune et m'éloignai.

C'est la dernière fois que je te parle. Mais à partir de maintenant, c'est à toi de jouer. C'est la seule raison qui m'a fait adresser la parole à un nul de ton espèce, qui m'a même fait inviter dans mon Labo un type qui a fait tomber des miettes de biscuits sur mon tapis chauffant.

Je cessai de marcher. Je me retournai. Shimomura était toujours là, la bouche ouverte comme un idiot.

– Ah oui, à propos : n'aie pas peur, je ne t'accuserai pas de complicité. D'ailleurs, je n'ai jamais pensé qu'on était ensemble. Les types qui servent à rien mais qui se prennent pour des êtres supérieurs, je ne peux pas les blairer. Pour un inventeur comme moi, toi, tu es juste un essai raté.

C'était parfait. Et ça faisait un bien fou à dire. « Un essai raté »... J'étais assez fier de la trouvaille. Je lui tournai de nouveau le dos, cette fois définitivement. Je quittai la piscine et rentrai directement à mon Labo.

Tout s'était déroulé comme prévu. En principe.

Je passai la nuit à mon Labo. Lequel sonnerait le premier ? Mon portable ou la porte d'entrée ? J'attendais la police.

En fin de compte, le matin arriva sans aucun autre événement. Shimomura n'était pas encore allé pleurnicher chez sa mère ? Mais qu'est-ce qu'il fabriquait, cet empoté ? Le cadavre devait avoir été découvert, tout de même ! Je ne trouvai aucune information ni à la télé ni sur internet.

Pour regarder dans le journal du matin, avant d'aller au collège je fis un crochet par la maison. J'avais totalement perdu l'habitude de prendre un petit déjeuner, mais Miyuki me proposa de boire un verre de lait avant de partir. Je le vidai d'un trait, puis dans le salon j'ouvris le journal du matin, que personne n'avait encore lu. En principe je commençais toujours par la première page, mais pas cette fois. J'allai directement à la page locale :

Une fillette de 4 ans tombe dans la piscine et se noie en voulant donner à manger à un chien.

« Tombe dans la piscine et se noie » ?
Il devait y avoir erreur…

Hier vers 18 h 35, dans la piscine du collège municipal de S., la petite Manami, 4 ans, fille de Moriguchi Yūko, enseignante de l'établissement, a été trouvée sans vie. Le décès est dû à une chute dans la piscine qui était en eau. Le commissariat de S procède à des auditions pour établir les circonstances exactes du drame.

Aussi bien dans le titre que dans le corps de la dépêche elle-même, l'affaire était traitée comme un accident, sans laisser la moindre place au doute. Et on ne parlait nullement d'une électrocution, mais d'une noyade.

Qu'est-ce que cela signifiait ? Alors que j'essayais de mettre de l'ordre dans ma tête, à mes côtés Miyuki s'écria :

– Hein ? Mais c'est ton collège, ça ! Moriguchi Yūko, c'est pas la Mme Moriguchi de ta classe ? C'est bien ça, non ? Mais si ! Waouh ! Sa gosse est morte, dis donc !

À l'écrire aujourd'hui, je me dis que ma belle-mère a de ces façons de s'exprimer, tout de même… Mais, sur le coup, je pensai que c'était bien le moment de s'extasier. Shimomura avait foutu la merde, c'était tout ce que je voyais.

Pour mettre les choses au clair, je me dépêchai d'aller au collège.

Jusque-là, je croyais que le mot « échec » ne faisait pas partie de ma vie. Je pensais connaître le moyen d'éviter l'échec : ne pas fréquenter les débiles. Et voilà que, pris par le besoin de m'assurer un témoin, j'avais oublié cette règle d'or.

Au collège, tout le monde ne parlait que de l'affaire. C'était Hoshino, un garçon de la classe, qui avait découvert la gamine, et il était affirmatif : son corps flottait dans la piscine. « Mais non, enfin, pas dans la piscine… » murmurai-je en moi-même. Pourquoi personne ne disait la vérité : Watanabe Shūya a tué la fille de la prof avec son invention, celle qui a été primée au concours national ?

C'était bien simple : parce que personne ne supposait qu'il ait pu y avoir crime. C'était un accident, un point c'est tout. Mon projet avait lamentablement échoué. Par peur d'apparaître comme mon complice, Shimomura le timide avait camouflé le crime en accident en jetant le corps dans la piscine.

J'étais fou de rage. Et quand je le vis se présenter à l'école comme si de rien n'était, même pas apeuré à la perspective que la vérité éclate, ce fut pire. Je le pris à partie dans le couloir :

– Mais qu'est-ce que tu as foutu, bordel !

Et voilà qu'il trouva une prestance toute nouvelle pour me répondre :

– Ne m'adresse pas la parole, on n'est pas amis ! À propos, je n'ai l'intention de parler à personne de ce qui s'est passé hier. Mais si ça te dit, ne te gêne pas pour le faire toi-même.

Là, je compris. Il n'avait pas jeté le cadavre dans la piscine par peur, mais pour foutre en l'air mon projet. Délibérément.

Et pour quelle raison ? Tout simplement pour se venger de ce que je lui avais jeté à la figure en le quittant au bord de la piscine. Je ne m'étais pas méfié. C'était la souris qui avait mordu le chat. J'aurais pourtant dû m'en douter : dans ce pays, n'est-ce pas souvent les plus nuls des nuls qui créent la surprise quand ils sont acculés ? Je me retrouvais balayé, pour un bref éclair de révolte qui l'avait traversé, et je m'en voulais à mort d'avoir été aussi stupide.

Néanmoins, tout n'était pas perdu. Non non non, rien n'était joué. Je n'avais qu'à laisser passer un peu de temps, et mettre au point un nouveau projet.

L'épisode était clos. En principe.

En fait, on en était loin. La mère de la victime, autrement dit la prof, avait entrevu la vérité.

Environ un mois après l'affaire, elle me convoqua en salle de chimie et me mit devant les yeux la pochette lapin toute crasseuse. Ma précieuse machine de mort, mon invention chérie… Je faillis pousser un cri de joie.

Gagné ! C'est gagné ! J'ai gagné !

Je lui racontai tout. Que j'avais voulu tuer quelqu'un avec une machine de mon invention. Que je voulais que les médias parlent de moi encore plus fort que de Lunacy. Mais que Shimomura, que j'avais compté utiliser comme témoin, avait paniqué et jeté le corps dans la piscine. Et que je regrettais vraiment que ça ait tourné de cette façon.

Mon attitude était tellement provocante que je me demande presque comment elle a fait pour ne pas me tuer sur place à ce moment-là. Elle m'offrait une chance tellement inespérée de transformer un échec en succès. Or elle m'annonça qu'elle n'avait pas l'intention d'en parler à la police. Je voulais attirer l'attention avec mon crime ? Elle ne me donnerait pas ce plaisir.

Pourquoi ? Mais pourquoi faut-il que tous, les uns autant que les autres, me mettent toujours des bâtons dans les roues ? Les composants d'un circuit qui décident de ne pas fonctionner comme je le veux, ça m'énerve.

Le dernier jour de classe, la prof annonça qu'elle démissionnait de l'enseignement. Sous prétexte de petit discours d'adieu, elle commença à raconter ce qu'elle avait découvert sur la mort de sa fille. Nonobstant le fait que je ne m'étais pas douté que, refusant d'en parler à la police, elle ferait néanmoins sa confession devant les débiles, je dois avouer que son récit ne fut pas inintéressant. Elle raconta même sa vie mouvementée avec un talent certain pour la mise en scène.

Au fur et à mesure qu'on approchait du cœur de la vérité, les regards commencèrent à converger vers moi. En sentant ces piques acérées, je me fis la réflexion suivante : commencer par me faire une réputation d'assassin au sein de la classe n'était finalement pas une si mauvaise chose. J'étais même assez content.

– Oui, mais si A commet d'autres crimes ? intervint un débile pris par le feu du récit.

C'est là qu'apparut un fait assez déconcertant :

– Votre hypothèse selon laquelle A pourrait tuer d'autres personnes est erronée dans les termes.

Je croyais pourtant être assez bien placé pour connaître les tenants et les aboutissants de l'affaire, mais je dois dire que, là, je ne compris pas ce qu'elle voulait dire.

– Sauf problème d'insuffisance cardiaque, la tension était de toute façon trop faible pour provoquer l'arrêt cardiaque d'une enfant de 4 ans.

Alors comme ça, mon invention était ratée, ce n'était même pas moi qui avais assassiné sa fille, c'était Shimomura. Moi, je lui avais à peine fait perdre connaissance. Ensuite, Shimomura, se méprenant sur la situation et la croyant morte, l'avait jetée dans la piscine où elle s'était noyée. En un clin d'œil tous les regards se tournèrent vers le véritable assassin, Shimomura.

La honte. Jamais de ma vie je n'avais éprouvé une telle honte. J'eus presque envie de me couper sur-le-champ la langue avec les dents pour me suicider. Mais la prof termina son récit par un détail fort intéressant : elle avait mélangé du sang contaminé par le VIH au lait de Shimomura et au mien.

Si j'avais été un débile de la catégorie Shimomura, j'aurais dansé de joie en hurlant : « Bravo ! » Combien de fois n'avais-je pas pensé au suicide, quand j'avais appris que je gênais ma mère ? Malheureusement, en mon jeune âge, je n'avais pas réussi à mettre mon idée à exécution. Mais attraper une maladie mortelle, j'en avais tellement rêvé ! Et voilà que mon rêve se réalisait sous une forme inouïe. Un coup de théâtre au-delà de mon imagination. Que dis-je ?... Au-delà de mes espérances ! Quel succès ! Car ma mère s'inquiéterait encore plus pour son fils malade que pour son fils assassin, c'était évident, et il lui serait encore plus facile d'accourir vers moi.

L'expression peut paraître osée, mais en cet instant je sentis tout à coup monter en moi une terrible envie de vivre.

Si j'avais pu, j'aurais couru me faire faire un certificat médical pour confirmer que j'étais bien atteint du sida, et l'aurais immédiatement envoyé à l'université où je supposais que ma mère travaillait. Malheureusement, il me faudrait encore patienter trois mois.

C'était si loin, j'étais si impatient... Depuis que ma mère était partie, avais-je déjà vécu aussi intensément ? Mon père ne verrait certainement pas d'un bon œil mes retrouvailles avec ma mère, mais la situation pouvait changer s'il apprenait que la maladie était en moi. Peut-être même déciderait-il d'habiter de nouveau avec ma mère pendant les quelques années qui me restaient à vivre...

La période d'incubation de la maladie étant habituellement de cinq à dix ans, je m'inscrirai dans l'université de ma mère et nous poursuivrons des recherches en commun. À nous deux, nous ferons des découvertes extraordinaires. Puis je mourrai. Jusqu'à la fin, ma mère me soignera. Je voyais déjà la scène.

Puis ce fut la rentrée. Shimomura ne venait plus en classe, et les débiles se tenaient à l'écart, par peur d'être contaminés, sans doute. Que pouvais-je rêver de mieux ?

Cependant, peu à peu ils s'enhardirent. Ils se mirent à utiliser mon bureau ou mon casier à chaussures comme poubelles pour y jeter leurs cartons individuels de lait, à cacher mes affaires de sport, à écrire des menaces de mort sur mes manuels. Je me demandais vraiment où ils allaient chercher tout ça. Quand ils en arrivèrent à verser du lait périmé dans mon bureau, je sentis que cela pouvait devenir sérieux, certes, mais il suffisait que je visualise ma future vie avec ma mère pour leur pardonner. Enfin, je veux dire pour que leurs agissements m'indiffèrent.

Enfin, après trois mois de patience, j'allai faire une analyse de sang à l'hôpital de la ville voisine. Très exactement une semaine plus tard, après le dernier cours, je me sentis agressé par-derrière, plaqué au sol, les pieds et les mains liés avec du ruban adhésif pour cartons de déménagement. Mes assaillants avaient pensé à tout : ils portaient des masques médicaux et des gants de caoutchouc.

Peut-être voulaient-ils me tuer. À celui que j'étais avant, cela aurait été égal. Mais je ne voulais pas mourir *maintenant* ! Pas au moment où mon rêve allait se réaliser !

Suffirait-il que je pleure devant ces imbéciles, que je leur demande pardon pour qu'ils me relâchent ? Que je me prosterne à genoux pour qu'ils daignent me laisser tranquille ? J'avais tellement envie de vivre que je l'envisageai, mais il apparut que, ce jour-là, je n'étais pas leur cible principale. Ils avaient décidé de jouer à un de leurs jeux de débiles, le « procès » contre la déléguée de classe, qu'ils soupçonnaient d'avoir cafardé au prof.

Pour prouver son innocence, elle jeta sur moi un carton de lait. Le carton m'explosa au visage. Le souvenir des coups de ma mère me transperça le cerveau. Quelle tête fis-je à cet instant ? Mon regard croisa celui de la déléguée. « Pardon », murmura-t-elle, ce qui scella le verdict : coupable et condamnée au châtiment du « baiser ». C'était uniquement pour cela qu'ils m'avaient ligoté.

Pourquoi dois-je côtoyer des crétins pareils ? pensai-je en rentrant à la maison.

Dans la boîte aux lettres, je trouvai un courrier de l'hôpital. Enfin, la voilà ! Quand je l'eus ouverte d'une main fébrile, je tombai d'un seul coup au fond du désespoir. Résultat négatif. Je n'étais pas contaminé. Ce qui n'était pas invraisemblable, après tout. Pourquoi n'en avais-je jamais douté, pourtant ? Assurément la force de persuasion de la prof le fameux jour.

En fin de compte, j'aurais préféré qu'ils me tuent. Tel était mon état d'esprit.

Vers minuit, j'appelai la déléguée sur son portable. Pour la simple raison que je n'arrivais pas à jeter ce bout de papier complètement inutile. Car s'il n'avait aucune valeur pour moi, pour elle qui pensait sans doute avoir embrassé un sidatique, ce papier en avait peut-être autant que sa vie.

Non, c'est faux, ça c'est une explication après coup. En fait, c'est juste que je ne voulais pas rester seul. Et puis, même avant, je trouvais cette fille un peu intéressante. Voilà, ça c'est vrai. Et si elle m'intéressait, c'est parce que je l'avais vue en ville alors qu'on lui refusait un produit chimique qu'elle essayait de commander à la droguerie. « Mais c'est pour faire de la teinture… » essayait-elle d'expliquer à l'employé de la droguerie. Sauf que moi je savais qu'avec ce produit on pouvait fabriquer un explosif, ce qui m'avait mis la puce à l'oreille : et si c'était précisément ce qu'elle comptait en faire ? Avait-elle envie de supprimer quelqu'un ? J'avais même espéré que l'on puisse se comprendre.

Aucun artifice ne fut nécessaire pour la faire sortir. Or, quand elle vit le résultat de mes analyses, sa réaction fut inattendue :

– Je le savais.

Comment pouvait-elle connaître les résultats de mon bilan sanguin avant moi ? Avait-elle un « truc » ? Ou peut-être en savait-elle plus que la prof sur le sida, par exemple que le moyen qu'elle avait choisi pour nous infecter n'avait que très peu de chance de réussir.

L'histoire qu'elle me raconta dans l'entrée de mon Labo fut tout autre. La prof n'avait tout simplement jamais mis de sang dans notre lait. La déléguée était restée la dernière dans la classe, elle avait subtilisé les cartons vides de Shimomura et le mien et avait analysé les traces de lait à l'intérieur des conditionnements à l'aide d'un produit chimique qu'elle possédait.

Je m'étais donc complètement fait mener en bateau par le récit de la prof.

Mais pourquoi était-elle allée raconter un mensonge pareil ? Finalement, elle n'avait engagé aucune vengeance, elle n'avait rien fait du tout… Voulait-elle juste nous mettre la pression ? Pour Shimomura, on peut dire que ça a marché. Parce que, tout de même, il a fini par tuer sa mère d'un coup de couteau, maintenant il est sérieusement dérangé et la police est sur lui pour de bon. Mais la prof était-elle capable de prévoir jusque-là ?

Personnellement, ce que je trouve franchement étonnant, c'est que tout ce temps ce petit garçon à sa maman de Shimomura avait caché à sa mère qu'on lui avait refilé le VIH. Dire que je l'avais imaginé allant pleurnicher dans ses jupes à peine rentré à la maison et se rendant à l'hôpital tous les jours pour commencer un traitement avant même de vérifier s'il était séropositif ou pas !

Si la prof avait conçu cela comme un pari, on peut dire que dans le cas de Shimomura sa vengeance a fort bien marché. Mais en ce qui me concerne… Bon, d'accord, en fait c'est Shimomura qui a tué sa fille. Mais si je n'avais pas monté le plan pour l'assassiner, elle ne serait pas morte. Je ne peux pas croire qu'elle n'ait aucune haine envers moi. Mais si elle pensait me pousser au désespoir avec une contamination factice, elle se faisait des illusions.

Je ne sais pas ce que la prof avait en tête, mais ce qui est sûr c'est que mon projet avait raté. La cata. Vivre, en soi, était une cata. Mais choisir la mort aussi était nul. J'avais besoin de me changer les idées. Tiens, pourquoi pas me venger de tous ces crétins ? En leur faisant croire que je pouvais leur filer le virus !

Le lendemain, je leur jouai le retournement de situation de leur vie en moins de cinq minutes. Et je peux remercier la prof pour m'avoir offert cette excellente occasion de passer un bon moment. Quel pied !

Arrivé à ce point, vous devez vous demander si je n'ai pas oublié ce qui m'a fait placer une bombe au collège. Mon mobile. Alors là, je vous en prie, n'imaginez pas que ma « copine », la déléguée, aurait pu me faire oublier ma mère et la profonde tendresse qui me liait à elle.

Je me suis posé la question de savoir s'il était bien indiqué de parler plus que nécessaire à la déléguée. Néanmoins, plutôt que de laisser se répandre des hypothèses oiseuses, mieux valait mettre les choses au clair.

Elle n'était pas bête et savait faire la différence entre les choses. Et je ne détestais pas son visage banal. N'allez tout de même pas croire que j'étais amoureux d'elle. Alors que tout le monde avait, à notre grande honte à tous – y compris la mienne –, pris l'histoire de la prof pour argent comptant, elle avait été la seule à émettre un doute et à prendre la peine de vérifier les faits de sa propre initiative. En outre, elle n'était pas allée crier sa découverte sur les toits pour se vanter devant tout le monde. Au contraire elle l'avait gardée pour elle. En cela, elle avait droit à tout mon respect.

Pour me faire aimer d'elle, il fallut que j'aille jusqu'à employer l'artillerie lourde de l'appel à la compassion en lui disant que « j'avais juste besoin que quelqu'un m'encourage ». Évidemment, ce n'était pas « quelqu'un », c'était ma mère, mais ça marcha au poil.

N'empêche que c'était une vraie conne. Bon, « conne » est peut-être un peu fort, disons un boulet sans la moindre subtilité.

Pendant toutes les vacances d'été elle resta à côté de moi, tandis que je fabriquais le prototype de ma nouvelle invention, à taper sur le clavier de son ordinateur portable qu'elle avait apporté de chez elle. Elle ne voulut pas me dire ce que c'était, mais je me retins de la brusquer. Parce que, même si c'était ma copine, j'avais entendu dire par d'autres qu'elle était assez pénible. Ce n'est qu'après l'avoir envoyé par la poste qu'elle m'expliqua que c'était un manuscrit qu'elle avait écrit en espérant gagner un prix littéraire.

– Comme tu détiens des produits chimiques assez particuliers, je me disais que tu devais aimer les sciences, mais finalement tu es aussi une littéraire, alors ? lui dis-je avant de lui raconter comment je l'avais aperçue un jour dans une droguerie.

Mais ce n'était pas pour fabriquer une bombe. Ni bien sûr pour faire de la teinture. Ce n'était pas non plus qu'elle désirait tuer quelqu'un. Ni pour se suicider. C'était juste pour copier Lunacy.

La première fois qu'elle avait entendu parler de Lunacy aux infos, il paraît qu'elle avait eu l'intuition d'une « deuxième elle-même ». Son nom en était la preuve. Lunacy étant la déesse de la Lune, en fait elles portaient toutes les deux le même nom puisque Mizuki signifie « la Beauté de la Lune ». Enfin, c'est ce genre de bêtises qu'elle me raconta en long et en large.

Et comme je restais sans voix à écouter ce délire sans queue ni tête, elle continua :

– Ce n'est pas seulement notre nom qui prouve que Lunacy et moi sommes la même personne à la base. Car au moment où l'affaire Lunacy a éclaté, je possédais exactement les mêmes produits qu'elle. Quand j'ai lu dans un magazine la liste des produits qu'elle avait réunis, j'en suis restée bouche bée…

Etc.

Sauf que, quand moi je l'avais aperçue dans la droguerie, c'était *après* la publication du magazine en question, alors je me demandais jusqu'à quel point elle croyait réellement ce qu'elle disait. En tout cas, c'est bien grâce à ces produits qu'elle avait pu vérifier l'absence de sang dans les cartons de lait vides, il était donc établi qu'elle en connaissait au moins l'usage.

– Et si on les testait sur Terada, ces produits ? me dit-elle une fois.

Elle commençait à m'énerver, j'avais l'impression de parler avec un personnage de série télé genre *L'École de la motivation* (je dis ça comme ça, je n'ai jamais regardé ces trucs-là, évidemment). Sans aller jusqu'à avoir envie de la tuer, toutefois. Quand elle avait été interrogée par la police sur l'affaire Shimomura, elle avait assez fortement chargé Terada. Or manifestement ça ne lui suffisait pas. Pourtant, c'était par hasard si nous l'avions comme prof principal, alors dire que tout était de sa faute, comme si c'était lui qui avait poussé à distance Shimomura à tuer sa mère, c'était tout de même pas très sympa.

– Qu'est-ce que tu lui reproches exactement, à Terada ?

Et là, elle me fit cette réponse renversante :

– Nao, c'est mon premier amour… Ah, euh… Mais maintenant, c'est toi que j'aime !

Me mettre, moi, sur un pied d'égalité avec Shimomura… Peut-on imaginer pire humiliation que celle-ci ?

– Tu es nulle ! Ça ne va pas, non ?

Je croyais avoir gardé ma réflexion pour moi, mais il

semble bien que les mots avaient franchi mes lèvres. Alors, puisqu'on y était, autant en profiter pour lui dire d'arrêter avec ses conneries sur Lunacy, mais elle répliqua en m'accusant d'être atteint de *mother complex*.

Il est vrai que j'avais évoqué devant elle certains éléments à propos de ce que j'ai écrit en début de ce testament, mais je trouvais quand même le mot vexant. Et alors que j'allais la contrer, elle reprit de plus belle :

– Tu as dit que ta maman t'aimait mais qu'elle avait été obligée de prendre une dure décision pour réaliser son rêve… mais en fin de compte elle t'a juste plaqué ! Si tu as tellement envie de revoir ta maman, pourquoi tu ne vas pas la voir ? L'aller-retour à Tokyo se fait dans la journée, et tu connais son université, n'est-ce pas ? Tu restes là à attendre en grommelant des choses dans ton coin, en fait c'est juste parce que tu n'as même pas le courage d'aller la trouver ! Tu as peur qu'elle te rejette, tout simplement ! En fait, tu le sais très bien que ta mère t'a abandonné.

A-t-on déjà entendu pire blasphème, franchement ? Non seulement elle m'insultait, mais elle souillait ma mère. Quand j'ai retrouvé mes sens, j'avais mes mains autour de son cou. Cette fois, c'était un pur homicide par volonté de meurtre, je n'avais même pas eu le temps de me préoccuper d'une arme. Il n'y avait rien derrière ce meurtre, aucun objectif. Autrement dit, ce fut un homicide par résultat du fait accompli. Sa mort prit moins de temps qu'à une bulle d'eau pour éclater, elle aussi.

Un mineur assassin, cela ne fait d'ailleurs même plus scandale, le crime de Shimomura en est la preuve. Aussi, je n'ai aucunement l'intention d'utiliser la mort de la déléguée pour obtenir quoi que ce soit.

Son cadavre est dans le grand frigo de mon Labo. Personne ne la cherche alors que ça fait déjà une semaine qu'elle a disparu. C'est tellement triste, la pauvre. J'aurais bien aimé lui faire profiter de la bombe de demain, qu'elle saute avec tout le monde, ne serait-ce que parce que, cette bombe, je l'ai fabriquée avec les produits qu'elle avait réunis. C'est elle-même qui les avait apportés, prétextant qu'ils « seraient tout de même mieux à leur place dans un labo ! ». Oui, mais si la vie est plus légère qu'une bulle de savon, un cadavre, lui, pèse comme une masse de fonte, et j'ai laissé tomber l'idée de la transporter jusqu'au collège.

Toutefois, qu'on ne se méprenne pas. La bombe n'a rien à voir avec le fait que j'ai tué ma copine.

Il y a trois jours, pour mettre un point final à tout, j'allai à l'université K.

J'aurais préféré que ce soit ma mère qui vienne, mais puisqu'on lui avait fait promettre lors de son divorce de ne plus entrer en contact avec moi… Elle est si à cheval sur les principes, c'est ça la principale entrave pour elle. Et plus elle avait pensé à moi et désiré me voir, plus cette entrave l'avait empêchée de bouger, c'était certain. En définitive, pour que mère et fils puissent se revoir, c'était à moi de briser cette entrave. À l'évidence c'était le seul moyen.

Cela me prit quatre heures pour arriver à l'université, par le train local, le Shinkansen et le métro. Je m'étais figuré l'endroit comme plus éloigné que n'importe quel paradis, mais en fin de compte ce n'était pas plus loin que ça. Cela n'empêcha pas que, au fur et à mesure que j'approchais du but, ma respiration se fasse plus difficile et que je sente une oppression au niveau de la poitrine.

Laboratoire n° 3 du département d'électromécanique de la faculté des sciences physiques de l'université K. Le laboratoire auquel elle appartient. Tout en marchant dans le vaste campus, je passai en revue les différents scénarios de nos retrouvailles.

Je tourne la poignée de la porte du laboratoire. C'est

elle qui vient ouvrir. Elle me regarde. Quelle tête fait-elle ? Que dit-elle ? Non, pas besoin de mots, elle me serrera directement dans ses bras sans rien dire. Oui, mais si ce n'est pas elle mais un assistant qui ouvre la porte ? « Mme le professeur Yasaka Jun, je vous prie. » Ensuite, dois-je donner mon nom, ou vaut-il mieux que je le taise ?

Tout en réfléchissant à ces sortes de choses, j'arrivai au bâtiment du département d'électromécanique. Je fis une rencontre à laquelle je ne m'attendais pas : le professeur Seguchi, qui avait personnellement commenté mon invention lors de l'Exposition nationale des travaux manuels scientifiques des élèves du secondaire. Le plus surprenant, c'est qu'il se souvenait de moi. C'est lui qui m'adressa le premier la parole :

– Tiens, quelle surprise ! Qu'est-ce qui t'amène ici, jeune homme ?

Pris au dépourvu, je ne pus dire que je venais voir ma mère. J'improvisai :

– J'avais quelque chose à faire dans les environs, alors j'ai pensé que je pourrais essayer de passer vous dire un petit bonjour…

– Oh, c'est gentil, ça. M'apporterais-tu une nouvelle invention, par hasard ?

– Oui, plusieurs…

Ce n'était pas un mensonge. J'avais apporté le Réveil Qui Tourne À L'Envers et le Détecteur De Mensonges.

Le professeur, très content, me proposa d'entrer dans son laboratoire. Le laboratoire n° 1, au troisième étage, aile est. Le laboratoire n° 3 se trouvait juste au-dessus, quatrième étage, aile est.

Quand je lui aurais montré mes inventions, le moment serait venu de lui dire qu'en fait j'étais venu voir ma mère. « Oh ! Alors comme ça tu es le fils du professeur Yasaka ! Tu m'en diras tant… Je comprends que tu sois génial, maintenant. »

Nous arrivâmes au laboratoire n° 1. Piles de livres par terre et machines de dernière génération. Presque exactement l'image que je me faisais du laboratoire d'un inventeur. Le professeur m'invita à prendre place sur le sofa et commença à préparer une boisson lactée en poudre. Pour me donner une contenance, j'examinai la pièce. Mon regard fut attiré par une photo posée sur son bureau.

Une photo du professeur Seguchi avec une femme. Dans le fond, un paysage européen, un château ancien, en Allemagne peut-être. La femme était serrée contre le professeur, un sourire de bonheur sur le visage.

Aucun doute possible, c'était ma mère.

Qu'est-ce que cela voulait dire ? Était-ce une photo prise à l'occasion d'un voyage d'étude ou d'un séminaire académique ? Même quand le professeur posa le verre de boisson lactée sur la table basse devant moi, je ne pus décoller mon regard de la photo.

Il s'en rendit compte et eut un petit rire.

– Oh, je vais rougir… En fait, c'est une photo de mon voyage de noces.

Une bulle explosa.

– Votre voyage de noces ?

– Ha ha ha… Eh oui, tu dois te dire que ce n'est pas de mon âge ! Je me suis marié à l'automne dernier, et à presque 50 ans je vais enfin avoir un enfant ! Je devrais avoir honte, je sais !

– Un enfant ?

– En décembre prochain, en principe. Et figure-toi que, dans son état, ça n'empêche pas ma femme d'être partie aujourd'hui en déplacement à Fukuoka pour participer à un séminaire. Ah là là…

Quantité de petites bulles explosaient et résonnaient dans ma tête.

– Mme le professeur Yasaka Jun, n'est-ce pas ?

– Tiens, tu connais ma femme ?

– C'est… quelqu'un que je respecte énormément.

Je tremblais tellement que je ne pus prononcer un mot de plus. La dernière bulle avait disparu. Le professeur me regarda d'un air suspicieux, et dit dans un souffle :

– Tu… tu serais… ?

Je partis en courant et j'étais sorti de son laboratoire avant qu'il ait terminé sa phrase. Je ne me retournai pas, mais je n'eus pas le sentiment qu'il me poursuivait.

Ma mère n'avait pas échangé sa vie de famille contre la poursuite du rêve qu'elle était en droit de faire compte tenu de son génie. Elle n'avait pas laissé son enfant adoré pour réaliser son rêve de devenir une grande scientifique.

Je n'étais pas son seul enfant. C'était bien ce qu'elle avait dit, pourtant. Et, sans venir m'en parler, elle avait épousé un homme encore plus génial qu'elle. Elle allait avoir un enfant de lui. Elle était heureuse.

Quatre ans après son départ, je comprenais enfin. Ce qui la gênait pour vivre sa vie, ce n'était pas le fait d'avoir un enfant, c'était cet enfant-là, celui qui s'appelait Shūya. Et du jour où ce Shūya avait disparu de son champ visuel, il était devenu du passé. Il avait peut-être même disparu de sa mémoire.

La preuve, c'est que, même si le professeur a compris la situation, ma mère n'a toujours pas appelé.

C'est pour me venger de ma mère que je vais perpétrer ce crime de masse, demain. Pour lui faire payer le crime qu'elle a commis, elle, il n'y a rien d'autre à faire.

Et cette fois, mes témoins, c'est vous qui êtes en train de lire mon testament sur mon site. Regardez bien jusqu'au bout ce qui va se passer demain et qui restera gravé dans l'histoire des crimes de mineurs. Que le cri de mon âme parvienne jusqu'à elle.

Adieu !

*

– Adieu !

Je jette sur le pupitre le texte du pensum que j'ai intitulé « La Vie » et que je viens de lire au micro, je sors mon portable de la poche de mon uniforme. Le numéro est préenregistré. J'appuie tranquillement sur le bouton d'appel, autrement dit sur la mise à feu de ma bombe.

Une seconde… Deux secondes… Trois… Quatre… Cinq secondes…

Il ne se passe rien. Qu'est-ce que c'est ? Pétard mouillé ? Non, en fait, mon second portable, celui que je viens d'appeler, ne vibre même pas. C'est impossible… Je regarde sous le pupitre…

La bombe n'est plus là !

Quelqu'un aurait déjà consulté mon site et prévenu les autorités pour la faire désamorcer ? Mais je ne vois la police nulle part. Et c'est un travail trop dangereux pour un amateur. Mais enfin, qui ? Non… Maman ?

Soudain, la mélodie de mon vrai portable, que je tiens toujours en main, retentit.

Numéro caché.

D'un doigt tremblant, lentement, j'appuie sur le bouton pour accepter l'appel.

VI

La prédicatrice

– Shūya, mon chéri ? C'est maman…

Ah ah, vous y avez cru ? Pas de chance, ce n'est pas maman, c'est Moriguchi. Cela fait longtemps, n'est-ce pas ? Eh oui, cinq mois déjà. Vous devez avoir été surpris, pour votre bombe. Oui, je me suis permis de la désamorcer, tôt ce matin.

Je dois dire que cette idée de la maintenir à basse température pour inhiber ses fonctions était remarquable. Une vraie idée d'inventeur. De cette façon, il était facile de transporter la bombe préalablement préparée puis congelée dans votre labo jusqu'au collège dans une simple glacière de camping, sans risquer qu'elle explose à la moindre secousse. Ce n'est pas seulement la physique qui vous intéresse, vous travaillez très sérieusement la chimie aussi, je vois.

Si vous aviez utilisé votre talent dans le bon sens, je suis persuadée que dans l'avenir vous auriez pu faire un extraordinaire inventeur. Malheureusement, le talent que vous avez la chance de posséder, vous l'avez utilisé dans le mauvais sens, pour commettre des crimes. Pour réaliser votre ridicule petit objectif.

J'ai pris la liberté de lire votre lettre d'amour à votre maman chérie sur votre site. Si vous n'avez pas honte de poster un truc pareil, c'est qu'à l'évidence vous aussi vous aimez bien vous prendre pour un personnage de tragédie, il me semble.

« Ma maman débordante de génie. Et moi, fils de ses entrailles, héritier de son sang, son seul et unique enfant. Pour réaliser son rêve, elle m'a laissé en pleurs dans cette ville de province avant de disparaître. Mais maman me l'a promis : s'il m'arrivait quelque chose de grave, elle accourrait. Alors moi, je la crois. Ensuite, papa se remarie et a un deuxième enfant avec ma belle-mère. Pauvre petit être solitaire que je suis. Ma maman me manque. Et pour la revoir, j'envoie l'une de mes inventions à un concours. Maman ne vient pas. Alors j'assassine quelqu'un. Si je deviens un grand criminel, maman va m'appeler, c'est sûr. Mais à cause d'un garçon trop bête de ma classe, mon projet échoue. Heureusement, je suis si heureux de tomber malade grâce à la vengeance de la mère de ma victime. Cette fois, maman viendra. Ah, finalement non, je ne suis pas malade. Alors, pour me consoler de ma solitude, j'appelle une fille de la classe à mon secours. Mais elle m'accuse de *mother complex* alors je l'étrangle. Je décide de jouer le tout pour le tout et je vais voir ma maman. Et là, avant même de la revoir, j'apprends qu'elle est remariée et qu'elle attend un enfant. Et voilà, en fait, elle m'a abandonné. Mais je vais me venger de ma méchante maman en faisant tout sauter. »

C'est bien ça ?

Vous êtes débile ou quoi ? Dans votre beau message d'amour, vous l'avez employé un certain nombre de fois, ce mot. Non mais, dites-moi, vous avez fait quoi, vous, dans votre vie, pour traiter les autres de débiles ? Que nous vaut cet honneur, dites ?

Même votre père, vous ne lui trouvez pas une valeur suffisante pour mériter de vivre. Mais qui vous fait manger, vous ? Vous n'êtes peut-être pas trop mauvais à l'école, mais si vous ne comprenez pas ça, ce ne serait pas vous par hasard le plus débile de tous, puisque c'est le nom que vous donnez à ceux qui ne comprennent rien à rien ?

Et c'est par un type comme vous que Manami a été

assassinée… C'est par cet individu que cette petite vie a été enlevée. J'ai lu votre lettre d'amour, et j'ai eu honte pour moi de vous avoir surestimé. Mais en ce qui concerne ma vengeance, je crois que je ferais mieux de vous raconter ce qui s'est passé depuis le dernier jour de classe de l'année dernière.

Ce matin-là, en fait, j'ai réellement prélevé du sang de mon mari, Sakuranomiya Masayoshi, pendant son sommeil, et je l'ai apporté au collège. Chaque matin, le lait de la campagne de distribution est livré à 9 heures, puis entreposé dans le frigo prévu à cet effet dans les bureaux de l'administration. Pendant la cérémonie du dernier jour d'école, je me suis éclipsée et avec une seringue j'ai injecté ce sang dans les cartons de lait marqués à vos numéros d'élève, le vôtre et celui de Shimomura. Et comme je savais que vous étiez un maniaque, pour être sûre que vous ne remarqueriez rien, j'ai planté la seringue à la soudure du carton du pack. Puis, après que tout le monde a bu sa dose de lait, je vous ai raconté mon histoire. Et raconter cette histoire devant tout le monde, en un certain sens, c'était vous traîner au centre du groupe qui vous condamnerait le plus lourdement, parce que les adultes, même contre le plus vicieux des enfants, respectent toujours les règles, eux.

Comme vous vous en êtes douté ensuite, en fait le taux de transmission du virus VIH par ingestion buccale est très faible. Mais puisqu'il n'est pas totalement nul, j'ai pensé que dans tous les cas ce serait un juste châtiment.

J'ai cru que c'était fini. Bien entendu, ni vous voir dans l'angoisse ni les brimades que vos camarades de classe pourraient inventer contre vous ne me satisferaient jamais. Le fait d'avoir monté cette vengeance n'a absolument pas diminué la haine que j'ai pour vous. Et le résultat serait identique, quand bien même je m'acharnerais de mes mains sur vous à coups de couteau. Aucune vengeance ne lave une telle douleur, j'ai eu l'occasion de l'apprendre.

Mais disons que je pensais avoir mis de force un point à ce sentiment. Je n'oublierai jamais Manami, mais je n'avais pas envie non plus de passer toute ma vie à m'occuper de vous. Je comptais recommencer de zéro quand Sakuranomiya ne serait plus là. Moi qui n'avais jamais vraiment rien réalisé pour autrui, j'envisageais de me consacrer à l'action humanitaire.

Un mois plus tard, vers fin avril, Sakuranomiya Masayoshi est entré dans la phase terminale du sida. Juste avant de mourir, il m'a déclaré : « Je regrette de ne pas t'avoir rendue heureuse. Mais au moins je t'ai empêchée de devenir une criminelle. Le matin du dernier jour de classe, je me suis aperçu que tu me prélevais du sang. J'ai tout de suite compris que tu manigançais quelque chose. Je t'ai suivie au collège, où tu as introduit ce sang dans des cartons de lait. J'ai pensé que c'était une vengeance atroce. Dès que tu es sortie de la pièce, j'ai échangé les deux cartons contre des neufs. Tu m'en voudras peut-être, mais il ne faut pas rendre la haine par la haine. Jamais tu ne retrouveras la paix de l'âme de cette façon. En outre, ces deux élèves peuvent encore refaire leur vie. Oui, tu dois le croire. Parce que c'est ce qui te permettra à toi aussi de refaire la tienne… »

Ce sont ses derniers mots. Toute vengeance est mauvaise, même contre ceux qui ont tué son enfant, et des enfants criminels peuvent refaire leur vie. Si les mots « vivre un sacerdoce » ont un sens, je crois qu'ils s'appliquaient exactement à lui.

Par ailleurs, si cela peut vous aider à modifier vos théories, Sakuranomiya Masayoshi n'avait pas eu la chance que sa mère lui raconte des contes traditionnels pendant sa petite enfance. Je suppose que vous n'avez pas pris la peine de lire les livres qui ont été mis à votre disposition dans le meuble au fond de la classe, mais dans son journal il raconte qu'il a perdu sa mère de maladie peu après sa naissance. Son père s'est remarié quand il était en cinquième année d'école primaire, au même âge que vous, donc. Et comme il n'était pas aussi intelligent que vous, il n'a pas su vivre en bons termes avec sa belle-mère et a fait des fugues à répétition à compter de cette époque. Jamais il n'a trouvé quelqu'un pour l'encourager. Si vous vous étiez rencontrés, vous l'auriez certainement traité de débile. Eh bien, voyez-vous, c'est ce débile qui vous a sauvé la vie.

Comme vous l'avez dit, les valeurs éthiques ne sont peut-être rien d'autre que le produit de l'apprentissage scolaire. Ces valeurs dont la plupart des gens s'imprègnent durant leur petite enfance, Sakuranomiya Masayoshi les a acquises quasiment à l'âge adulte. Parce que lui-même s'est rendu compte de ses déficiences et ne s'en est pas satisfait. C'est toute la différence avec vous, qui avez conscience que vos valeurs éthiques sont indigentes mais qui en tirez orgueil, qui les mettez sur le dos de votre mère et ne faites surtout rien pour les enrichir. Au contraire, sous prétexte que si vous changiez cela couperait le lien qui vous lie à votre mère, vous les gardez volontairement dans cet état d'indigence. Alors que cela n'a plus d'importance maintenant, n'est-ce pas ?

Je n'ai pas accepté la façon dont Sakuranomiya Masayoshi avait agi. Il me parlait de mon bonheur, mais je ne lui pardonne pas de m'avoir, jusque sur son lit de mort, considérée comme si j'étais une enseignante avant d'être une mère. Et, bien entendu, ce n'était pas parce qu'il vous avait sauvés que j'allais vous pardonner. Mais je n'ai pas trouvé tout de suite une autre façon de me venger. Alors j'ai décidé de laisser un peu de temps passer et de voir venir.

Je me tenais informée par M. Terada Yoshiki, vous savez, Werther, votre nouveau professeur principal, de ce qui se passait de votre côté. M. Terada a été l'élève de Sakuranomiya, et je l'ai fréquenté dans le même établissement pendant un an, je me souvenais bien de lui.

Terada n'a jamais été du genre à s'éloigner des sentiers battus, mais il vouait une véritable adoration à Sakuranomiya. Ainsi, quand il avait entendu dire que son professeur Sakuranomiya fumait en cachette de ses parents quand il était au lycée, lui-même s'était mis à fumer, même si ça le faisait tousser, ou quand il avait appris que Sakuranomiya avait rayé la voiture d'un prof qu'il n'aimait pas, il avait fait la même chose. Bref, il avait facilement tendance à devenir un élève à problèmes.

Quand Sakuranomiya Masayoshi est décédé, j'ai tenu éloignés les médias de la façon qui lui ressemblait le plus, à savoir en déclarant que je préférais qu'il reste vivant dans le cœur des enfants. Mais je n'ai pas pu empêcher M. Terada de se présenter le jour des obsèques. Estimant qu'il avait causé bien des soucis à son professeur vénéré durant sa scolarité, il voulait lui dire adieu pour son dernier voyage. Toujours sa logique pesante... Mais puisqu'il était là je n'allais pas le mettre dehors. Après la cérémonie, devant la plaquette mortuaire, Terada a demandé pardon au mort, à haute voix, pour toutes les bêtises qu'il avait faites dans le passé. Sakuranomiya a dû en rire jaune. Puis il a déclaré qu'il se considérait comme destiné à poursuivre l'action de son maître, ce qui concrètement signifiait qu'il lui annonçait sa nomination comme enseignant au collège de S depuis la rentrée.

Je lui ai donc demandé comment ça se passait dans ce collège où j'avais enseigné jusqu'au mois de mars. C'est alors qu'il m'a appris qu'il était professeur principal des 4e B. Il y a de ces hasards parfois... Mais il n'avait pas l'air de savoir que c'était moi qui avais eu cette classe en cinquième, et je me suis bien gardée de le lui dire. Il m'a raconté qu'un élève de la classe n'était pas venu une seule fois depuis la rentrée. C'était Shimomura. En écoutant son récit, j'ai compris que Shimomura se figurait qu'il était séropositif mais qu'il n'en avait pas informé sa mère. Cela m'a étonnée de la part de ce garçon, mais cela m'a aussi fait comprendre qu'un mur invisible existait entre lui et sa mère. Et que je pourrais l'utiliser. Je veux dire, n'y avait-il pas moyen d'acculer encore plus Shimomura contre ce mur ?

J'ai alors dit à M. Terada ce que je pensais que ferait Sakuranomiya à sa place. Très certainement, il irait rendre visite à la famille de l'élève, sans doute en se faisant accompagner d'un autre élève. Et même si au début il avait du mal à faire comprendre son geste, il garderait sa confiance en cet élève qu'un jour, oui, un jour, à coup sûr, il comprendrait. Il ne fallait surtout pas se décourager, et continuer les visites. Certainement voilà ce que ferait Sakuranomiya. Une fois par semaine, et même si on lui fermait la porte au nez, il appellerait de dehors ou quelque chose comme ça.

Je lui ai surtout recommandé de ne pas hésiter à venir me demander conseil, l'assurant que je ne parlerais de cela à quiconque. Car je me doutais qu'il ne trouverait personne à qui se confier au collège. C'est ainsi qu'il a commencé à régulièrement me raconter par courrier électronique ce qui se passait dans sa classe. N'allez pas croire que l'inénarrable Werther courait tout seul. Bien au contraire, le passage de relais se faisait directement auprès de son prédécesseur.

Il m'a également demandé quoi faire quand vous avez commencé à subir le harcèlement de vos camarades. Je lui ai conseillé, plutôt que de dire qu'il avait remarqué un problème, de faire jouer les indices apportés par les élèves, cela ferait prendre conscience aux autres que c'était sérieux. Nous avons eu droit à un splendide feu d'artifice de la méthode Terada à cette occasion. J'espérais que cela allait renforcer les violences contre vous, je suis sincèrement désolée que Kitahara ait eu à en supporter les conséquences.

Son assassinat aurait pu être évité, au final. Vraiment, cela me fait mal quand j'y pense. Cela dit, je sais que les jeunes comme vous ont fortement tendance à faire jouer les responsabilités en escalier, alors je préfère le dire clairement : ce n'est pas ma faute si Kitahara est morte, c'est bien vous qui l'avez tuée. L'étrangler sous prétexte qu'elle avait mis dans le mille en dénonçant votre *mother complex*, c'est vous. « Meurtre par résultat du fait accompli »… Je vous en foutrai, moi ! Décidément, plus ils sont débiles, plus ils sont doués pour inventer des théories.

Je continuais donc de vous observer à distance quand Shimomura a poignardé sa mère. J'ignore ce qui a pu se passer entre eux, et, bien que je puisse en imaginer une partie, je ne crois pas qu'il soit nécessaire d'en parler. Ce qui est sûr, c'est que si Shimomura n'avait pas tué Manami, il n'aurait pas tué sa mère. C'est pourquoi je ne ressens aucune compassion pour lui. Quant à sa mère, elle n'a reçu que le résultat de l'éducation qu'elle avait donnée à son fils. Et même si Sakuranomiya Masayoshi a essayé de m'en empêcher, je crois m'être assez bien vengée de Shimomura.

À votre tour, maintenant. Comme vous le savez parfaitement, techniquement, c'est Shimomura qui a causé la mort de Manami, mais si vous n'aviez pas monté votre projet de débile Manami ne serait pas morte. À la fin, je voudrais vous voir mourir tous les deux dans d'atroces souffrances, aussi bien Shimomura que vous, mais si je devais dire lequel de vous deux je hais le plus, ce serait vous, évidemment. Combien de fois ai-je imaginé que vos camarades de classe vous condamnaient à mort… Mais M. Terada m'a informé qu'il avait résolu le problème de harcèlement dans la classe. Il avait l'air si heureux en me l'annonçant… Il m'a sincèrement remerciée, disant que c'était grâce à mes conseils. J'ai eu du mal à le croire, bien que j'aie facilement deviné que vous aviez dû renverser la situation en profitant du fait que les autres vous croyaient séropositif. Ce qui m'a d'autant plus fait regretter que ça n'ait pas été le cas.

Fallait-il donc que je me venge de vous de mes propres mains ? Je savais qu'à l'instant de votre mort je penserais que vous n'aviez pas sincèrement regretté la mort de Manami. Cela n'aurait pas de sens. Je voulais connaître votre point faible. Même si je savais cela inutile, tous les jours je consultais votre site internet. Mais il n'y avait plus aucune mise à jour depuis « Le monde reconnaît la valeur du Porte-monnaie Antivol ! ». Pourtant, connaissant votre haine des choses inutiles, je ne pouvais pas croire que vous laissiez ce site ouvert si ce n'était pas pour en faire quelque chose. J'ai abandonné l'idée de me venger tout de suite, mais j'ai gardé un œil sur vous, pour que le jour où vous auriez cette chose à laquelle vous teniez je puisse la détruire. Et c'est à ce moment-là qu'il y a eu du nouveau.

Grâce à votre lettre d'amour à maman, j'ai appris que vous aviez eu une enfance un peu triste. Par exemple, je dis bien par exemple, quand vous m'avez présenté la première fois votre Porte-monnaie Surprise, peut-être quelque chose aurait changé si je vous avais simplement félicité. J'ai presque regretté de ne pas l'avoir fait. Mais en réalité, tout ça n'était que du délire de capricieux. Vous l'avez dit vous-même, le Porte-monnaie Surprise, ce n'est rien d'autre qu'une farce et attrape sordide, une mauvaise blague. Vouloir recevoir des félicitations pour avoir fabriqué un porte-monnaie qui vous envoie une décharge électrique quand vous le touchez, ça ne dépasse pas le niveau du petit garçon prétentieux. Félicite-t-on un gosse pour avoir creusé un trou dans lequel on trébuche ? C'était juste de l'orgueil pour votre petit génie, de la vantardise pour votre intelligence sans utilité. Et vous voulez qu'on vous encourage à fabriquer vos trucs idiots ? Et encore, si cela s'était limité à vous prendre la tête…

Vous vous êtes fabriqué un personnage qui n'accepte d'autre reconnaissance que celle de sa mère, dans votre tête les crimes que vous commettez ne sont de la faute de personne, pas même de la vôtre. Pour les expliquer, il faut absolument remonter à celle qui n'a pas satisfait vos désirs, qui a laissé tomber son petit garçon, qui a instillé le néant dans son cœur, le laissant seul avec son amour à l'instant où son rêve à elle se réalisait.

De ce point de vue effectivement, vous êtes aussi égoïstes

l'un que l'autre, la mère et le fils. Et pour vous venger de votre mère, vous posez une bombe. C'est ça, votre vengeance ? Tuer des gens qui n'ont rien à voir avec votre histoire ?

C'était déjà le cas avec Manami. Vous prétendez ne penser qu'à votre mère, mais en définitive vous vous en prenez toujours à quelqu'un d'autre.

Puisque tout se résume à un problème avec votre mère adorée et que vous êtes trop lâche pour la tuer, arrêtez de faire le fier, vos discours sont insupportables.

La police ne devrait pas tarder à arriver chez vous. Ils trouveront bientôt le cadavre de Kitahara Mizuki. Vous serez arrêté, et quand le rapport avec l'affaire Shimomura sera établi l'affaire de Manami aussi deviendra publique. Mais, quelle que soit la peine à laquelle vous serez condamné, pour vous ce ne sera pas un vrai châtiment. Les rédactions, vous savez déjà les faire, et les travaux d'intérêt collectif, vous apprendrez vite à faire ça très bien. Je suis même persuadée que vous êtes capable d'effacer votre passé et de recommencer une vie tout à fait brillante.

Mais avant que cela n'arrive, laissez-moi vous dire une chose.

Après avoir lu votre lettre d'amour et désamorcé votre bombe, je suis allée voir quelqu'un. Peut-être avais-je un peu de compassion pour vous, finalement. Ou peut-être avais-je envie de réfléchir de nouveau à ce que Sakuranomiya Masayoshi avait voulu me dire avant de mourir. Ou peut-être me suis-je dit que c'était là que se situait le point de départ de la mort de Manami.

Cette personne que vous désiriez tant rencontrer, moi je l'ai vue très facilement. D'abord, je lui ai montré votre lettre d'amour. Puis je lui ai raconté ce que vous aviez fait à Manami, et l'affaire Shimomura.

Vous voulez savoir ce qu'elle m'a dit ?

Ah, désolée, il y a un peu de bruit autour de moi. Vous entendez ? Des sirènes de voitures de police…

Monsieur Watanabe, la bombe de votre fabrication, je ne l'ai pas seulement désamorcée. Je l'ai réamorcée, mais à un autre endroit. J'espérais que vous n'appuieriez pas sur le bouton, mais vous l'avez fait. Elle a parfaitement fonctionné, ce n'était pas du tout un pétard mouillé. Je ne sais pas quelle puissance vous avez calculée, mais je dois dire que c'était amplement suffisant pour détruire à moitié un bâtiment en béton armé. Le laboratoire n° 3 du département d'électromécanique de la faculté des sciences physiques de l'université K. Là où je l'avais mise. C'est vous qui l'avez construite, c'est vous qui l'avez mise à feu.

Monsieur Watanabe, la voilà, ma vraie vengeance. Et aussi le premier pas dans votre nouvelle vie, vous ne pensez pas ?

DANS LA MÊME COLLECTION

DERNIERS TITRES PARUS

Brigitte Aubert
La Ville des serpents d'eau
La Mort au festival de Cannes

Parker Bilal
Les Écailles d'or

Lawrence Block
Heureux au jeu
Keller en cavale

Cilla et Rolf Börjlind
Marée d'équinoxe

C.J. Box
Zone de tir libre
Le Prédateur
Trois Semaines pour un adieu
Piégés dans le Yellowstone
Au bout de la route, l'enfer

Jane Bradley
Sept Pépins de grenade

David Carkeet
La Peau de l'autre

Gianrico Carofiglio
Les Raisons du doute
Le Silence pour preuve

Lee Child

Sans douceur excessive

La Faute à pas de chance

L'Espoir fait vivre

Michael Connelly

Deuil interdit

La Défense Lincoln

Chroniques du crime

Echo Park

À genoux

Le Verdict du plomb

L'Épouvantail

Les Neuf Dragons

Thomas H. Cook

Les Leçons du Mal

Au lieu-dit Noir-Étang...

L'Étrange Destin de Katherine Carr

Le Dernier Message de Sandrine Madison

Arne Dahl

Misterioso

Qui sème le sang

Europa Blues

Torkil Damhaug

La Mort dans les yeux

La Vengeance par le feu

Knut Faldbakken

L'Athlète

Frontière mouvante

Gel nocturne

Dan Fante
Point Dume

Karin Fossum
L'Enfer commence maintenant

Mimmo Gangemi
La Revanche du petit juge

Kirby Gann
Ghosting

William Gay
La Demeure éternelle

Sue Grafton
T… comme Traîtrise
Un cadavre pour un autre – U comme Usurpation

Oliver Harris
Sur le fil du rasoir

Veit Heinichen
À l'ombre de la mort
La Danse de la mort
La Raison du plus fort

Charlie Huston
Le Vampyre de New York
Pour la place du mort
Le Paradis (ou presque)

Joseph Incardona
Aller simple pour Nomad Island

Viktor Arnar Ingólfsson
L'Énigme de Flatey

Thierry Jonquet

Mon vieux

400 Coups de ciseaux et Autres Histoires

Mons Kallentoft

La 5e Saison

Les Anges aquatiques

Joseph Kanon

Le Passager d'Istanbul

Jonathan Kellerman

Meurtre et Obsession

Habillé pour tuer

Jeux de vilains

Double Meurtre à Borodi Lane

Les Tricheurs

L'Inconnue du bar

Un maniaque dans la ville

Hesh Kestin

Mon parrain de Brooklyn

Natsuo Kirino

Le Vrai Monde

Intrusion

Michael Koryta

La Nuit de Tomahawk

Une heure de silence

Volker Kutscher

Le Poisson mouillé

La Mort muette

Goldstein

Henning Mankell

L'Homme qui souriait

Avant le gel

Le Retour du professeur de danse

L'Homme inquiet

Le Chinois

La Faille souterraine et Autres Enquêtes

Une main encombrante

Petros Markaris

Le Che s'est suicidé

Actionnaire principal

L'Empoisonneuse d'Istanbul

Liquidations à la grecque

Le Justicier d'Athènes

Pain, Éducation, Liberté

Deon Meyer

Jusqu'au dernier

Les Soldats de l'aube

L'Âme du chasseur

Le Pic du diable

Lemmer l'invisible

13 Heures

À la trace

7 Jours

Kobra

Sam Millar

On the Brinks

Les Chiens de Belfast

Le Cannibale de Crumlin Road

Dror Mishani

Une disparition inquiétante

La Violence en embuscade

Håkan Nesser

Le Mur du silence

Funestes Carambolages

Homme sans chien

Mike Nicol

Du sang sur l'arc-en-ciel

George P. Pelecanos

Hard Revolution

Drama City

Les Jardins de la mort

Un jour en mai

Mauvais Fils

Louis Sanders

La Chute de M. Fernand

Ninni Schulman

La Fille qui avait de la neige dans les cheveux

Le Garçon qui ne pleurait plus

James Scott

Retour à Watersbridge

Romain Slocombe

Première Station avant l'abattoir

Peter Spiegelman

À qui se fier ?

Carsten Stroud

Niceville

Retour à Niceville

Joseph Wambaugh

Flic à Hollywood

Corbeau à Hollywood

L'Envers du décor

Don Winslow

Cool

Dernier Verre à Manhattan

Missing : New York

Austin Wright

Tony et Susan

RÉALISATION : NORD COMPO À VILLENEUVE-D'ASCQ
IMPRESSION : NORMANDIE ROTO IMPRESSION S.A.S. À LONRAI
DÉPÔT LÉGAL : MAI 2015. Nº 105627 (1501738)
Imprimé en France